古典文獻研究輯刊

六 編

曾 永 義 主編

第 16 冊

中國民間故事類型研究（上）

陳 麗 娜 著

國家圖書館出版品預行編目資料

中國民間故事類型研究（上）／陳麗娜 著 -- 初版 -- 新北市：
花木蘭文化出版社，2012〔民 101〕
目 4+236 面：19×26 公分
（古典文學研究輯刊 六編；第 16 冊）
ISBN：978-986-254-959-9（精裝）
1. 民間故事 2. 分類索引
820.8　　　　　　　　　　　　　　　　　101014847

ISBN-978-986-254-959-9

古典文學研究輯刊
六　編　第十六冊　　　　　　　ISBN：978-986-254-959-9

中國民間故事類型研究（上）

作　　　者　陳麗娜
主　　　編　曾永義
總 編 輯　杜潔祥
出　　　版　花木蘭文化出版社
發 行 所　花木蘭文化出版社
發 行 人　高小娟
聯絡地址　新北市永和區中正路五九五號七樓
　　　　　電話：02-2923-1455／傳眞：02-2923-1452
網　　　址　http://www.huamulan.tw 信箱 sut81518@gmail.com
印　　　刷　普羅文化出版廣告事業
初　　　版　2012 年 9 月
定　　　價　六編 18 冊（精裝）新台幣 30,000 元

中國民間故事類型研究（上）

陳麗娜　著

作者簡介

陳麗娜，東華大學民間文學研究所博士。著有〈丁蘭刻木事親及其相關故事試探〉、〈「青蛙娶親」故事試探〉、〈台灣客家「年初三送窮鬼」習俗試探〉、〈從 AT 分類看《中日韓三國民間故事選集》中東亞民間故事的共同性〉、〈〈雲南省常見民間故事類型索引〉的型號商榷〉等多篇論文，主要研究領域為民間文學、民間故事、類型研究等。

提　要

　　中國擁有豐富多樣的民間故事，故事文本是民間文學研究的基礎。科學的分類研究是掌握歸納民間故事的門徑，採取有效且普及性高的檢索方法，對民間故事的整理與研究是重要的。故事類型索引的作用，則在使研究者能按圖索驥，掌握民間故事比較研究的途徑。瞭解中國民間故事類型索引的特色與疏略，進而適切運用，對從事民間故事研究而言是有所裨益，這也是本論文欲著力研析的所在。

　　論文首先介紹中國民間故事類型分類的源起，再以鍾敬文〈中國民間故事型式〉、艾伯華《中國民間故事類型》、丁乃通《中國民間故事類型索引》、金榮華《民間故事類型索引》等書為論述主軸，說明艾氏等人索引的寫作緣由、取材範圍與編排原則，析論其傳承、創新與貢獻。另評析其他中國民間故事類型研究的相關著作，如蔡麗雲《中國民間動物故事類型研究》、袁學駿〈中國民間故事基本類型（提綱）〉、祁連休《中國古代民間故事類型研究》等。也說明類型索引在民間故事的跨國追溯、民間故事的分布和文化意義的作用與價值。

　　本論文欲藉著瞭解各中國民間故事類型索引的沿革、書寫體例與在國際上的定位，對其疏略與特色有所探討與掌握，從而建立一個索引整合平台。試以 AT 分類法為基礎，汲取整合諸家體例之長，擬定中國民間故事類型索引的實行方案，展望未來可應用於編寫各種不同需求與作用的類型索引，提供民間文學工作者更開闊的研究視野。

目

次

第壹章　緒　論

第一節　民間故事類型索引的價值和研究目的

　　所謂的民間文學，就是口語的、口述的、口傳的文學，由群眾之間口耳相傳，父傳子、子教孫這樣的口語傳達觀念的藝術。民間文學使我們得以認識祖先的文化，更能使我們在這塊土地上自我認同。〔註1〕民間文學範疇內的民間故事，不僅流傳在人們的口頭上，也活躍在各人民的生活中，且發揮著多種作用。若依體裁形式分類，可大分為三類：民間故事、民間詩歌、民間戲曲。其中民間故事所涵蓋的神話故事，是遠古時代人們解釋自然現象、解釋人與自然的關係、說明人類和物種起源等具有高度幻想性的故事。〔註2〕如開天闢地、人類起源、洪水氾濫、穀物起源等。

　　民間的傳說故事在描述民族歷史、反映人民生活方面，較神話更為廣泛。如魯班、諸葛亮、八仙、梁祝、朱元璋等人傳說，將歷史、自然方面的知識和生產經驗的傳承，傳播給人民。民間故事中的動物故事和幻想故事，則大多被人們視為一種娛樂活動來講述，但具有「寓教於樂」的特點，其中廣泛反映懲惡揚善主題及優良的倫理道德觀念，如崇尚勤勞勇敢、聰慧善良、知恩必報、愛情忠貞、嫉惡如仇等，對人民的心理而論，有莫大的鼓舞和慰藉作用。

〔註 1〕 胡萬川：〈何謂民間文學〉，《民間文學的采錄與整理》（豐原市：台中縣立文化中心，1993 年），頁 2～3。

〔註 2〕 金榮華：《中國民間故事與故事分類》（台北：中國口傳文學學會，2003 年 3月），頁 67。

　　民間故事對群眾的教育作用，主要體現在故事的內容上，此外並對民族文化的研究與發展有重要價值和作用。民間故事對人民的生活習俗，如婚喪禮儀、年節活動、衣食住行、生產和生活中的禁忌等有所解釋，給這些習俗增添情趣和文化內涵，更增加故事在民俗學中的價值。民間故事反映的民族英雄事蹟、民族歷史上的重大事件等，這些都是民族學的重要資料。此外歷史學、文化人類學、宗教學、哲學等，也常常從學科的需要而運用民間故事的內容。〔註3〕

　　中國民間故事極為豐富，尤其是大陸在 1984 年進行全國普查之後，蒐羅到的民間故事數量極多，面對如此龐雜的民間故事，若不能按類歸納，是很難對故事概況有全面的瞭解。故事文本是民間文學研究的基礎，科學的分類研究是掌握歸納民間故事的門徑，故採取有效且普及性高的檢索方法，對民間故事的整理與研究是很重要的。

　　張紫晨說：「民間故事只是整個民間文學中的一個組成部分。它離不開民間文學總體分類學的體系。民間文學整體分類學的體系，我認為在大層次上，可分為四個部分，即：分類基本理論、分類史、分類法、分類與研究四大方面。其中，分類的基本理論在於從總體上說明分類的目的、原則、指導思想及對各種方法的認證與比較，分類史，是從歷史發展的角度探討分類學史，包括民間文學總體分類史及具體體裁分類史的探討。它可以說是分類史學；分類法，概述在現有研究中各種不同的分類處理方法，及其交錯聯絡關係；分類與研究解決分類工作在研究工作中的位置，分類與研究的關係等等。」〔註4〕民間故事分類的本質是為滿足不同的需要而提供的工具。每種分類系統應具備有說服力的分類標準和體例，以及共認的實用價值。一般有以下三種分類法〔註5〕：

　　（一）種類分類法。將大量的民間故事集中概括為幾個大的類項，或在大類項下再列數個中小類。同對整個民間文學門類的分類法相對應，這種分類法一般稱為種類分類法。以鍾敬文主編的《民間文學概論》和劉守華《故事學綱要》中提出的分類法為代表。

〔註 3〕此部分民間故事的簡述乃參考《中國民間故事集成》總序，頁 13～14。
〔註 4〕張紫晨：〈民間文學的分類學和分類體系〉，《中芬民間文學搜集保管學術研討會文集》（北京：中國民間文藝出版社，1987 年 12 月），頁 182。
〔註 5〕李揚：〈簡論中國民間故事的分類體系〉，《中芬民間文學搜集保管學術研討會文集》（北京：中國民間文藝出版社，1987 年 12 月），頁 195～196。

（二）與 AT 體系一致的中國民間故事類型分類法。以丁乃通《中國民間
　　　故事類型索引》爲代表。

（三）母題（motif）分類索引。與類型索引對情節的分類不同，它進一
　　　步將故事中的行爲、行爲者、物件、背景等敘述因素進行分類。

　　分類方法多樣，而類型索引的特色，提供研究者豐富比較科學的資料。
類型索引對故事學的重要性，如鍾敬文所說：「我們所理解和要求的故事學，
主要是對故事這類特殊意識型態的一種研究。他首先把故事作爲一定社會型
態中的人們的精神產物看待。研究者聯繫著它產生和流傳的社會生活、文
化傳承，對它的內容、表現技術以及演唱的人和情景等進行分析、論證，以
達到闡明這種民眾文藝的性質、特點、型態變化及社會功能等的目的。類型
索引的編著乃至根據這種觀點、方法的探索，一般比較不重視故事思想內
容和藝術特點等的分析和闡明。它的注意力比較集中於故事梗概的共同點及
相異點，比較重視探究故事的流變過程和原始型態。沒有疑問，應該說這種
探索成果，對整個故事學的建立是有益的。……它是我們這門科學（故事
學）發展的需要，是“面向世界”和未來的需要。」〔註6〕，「型式分類法，
它簡潔精確地表現了被當作歸屬在一起的民眾作品（實際上是不同的民間故
事、傳說等）的基本概念。詞語的定義由各個型式的字母、數碼加以補充說
明。」〔註7〕類型索引編碼的優點在於其普遍性，數字的號碼是獨立於語言之
外的。

　　雖然任何的分類體系都未盡完善，而只要其通行性強，普及性高，即是
較好的分類法。分類索引的作用，可對數量龐雜的民間故事達到駕簡馭繁功
效。以類型爲分類準則，就故事結構的基本模式作判別，在分類上較明確，
不易受到地域、文化與角色異動的影響。藉助類型索引瞭解各地民間故事的
蘊藏、搜集與整理，就如同圖書分類，按圖索驥，使民間文學研究者可掌握
民間故事比較研究的途徑。

　　近年除大陸地區展開全國性的民間文學普查外，台灣的民眾也積極探索
各地的鄉土歷史。許多縣市政府文化中心，在學者專家的帶領下，展開對民
間文學的採集與整理工作。全省各地，舉凡閩南故事、客語故事、原住民族

〔註 6〕　丁乃通著；鄭建威等譯：《中國民間故事類型索引》（北京：中國民間文藝出
　　　　　版社，1986 年 7 月），序言，頁 5。
〔註 7〕　同註 5，頁 176。

故事，以及歌謠、俗諺等皆有采錄，這是紀錄民間文學非常珍貴的第一手資料，對於民間文學研究者有重要的參考價值。適時而起的民間故事研究風氣也較以前蓬勃，發表的論文篇章也相當可觀，惟絕大多數都是對某個類型故事作探討，而鮮少論及類型索引主題，如類型故事專題研究的學位論文有：彭衍綸《臺灣民間故事〈白賊七的趣話〉及其相關問題研究》（1996）、簡齊儒《台灣地區蛇郎君故事研究》（1999）、吳安清《虎姑婆故事研究》（2003）等，此外還有其他單篇論文，例如：

（一）就類型故事論述者

　　洪淑苓〈描繪玲瓏的姿影──巧女故事的類型與深層結構〉
　　　　（1997）

　　林彥如〈澎湖「彭祖公的故事」試探〉（2002）

　　余蕙靜〈「狗耕田」故事初探〉（2003）

　　林宛瑜〈巧媳婦故事類型研究〉（2004）

　　吳俐雯〈臺灣「呆女婿」故事探析〉（2006）

　　陳妙如〈「老虎報恩　搶親作媒」故事探源〉（2007）

（二）就類型故事比較者

　　蔡春雅〈「諧鐸」「奇婚」篇與 AT 313 型故事試探〉（1998）

　　王　青〈敦煌本「搜神記」與天鵝處女型故事〉（2004）

　　張秀娟〈中日龍宮故事探微──以《柳毅傳》和〈蒲島太郎〉〉
　　　　爲例（2007）

（三）就類型故事演變論及其他相關問題者

　　王國良〈韓憑夫婦故事的來源與流傳〉（1980）

　　謝明勳〈「如願」故事源流考述〉（1989）

　　張清榮〈由「白水素女」故事的演變談民間故事的研究範疇〉
　　　　（1994）

　　陳勁榛〈林瑞芳、王詩琅本白賊七故事考論〉（1999）

　　黃玉緞〈從澎湖「甘羅的故事」看民間文化對故事情節的影響〉
　　　　（2002）

除以上例舉的論文外，目前所見論及類型索引相關議題的只有下列五篇：

　　丁乃通〈民間故事類型第二次修訂版的介紹及評價〉（1969）

　　金榮華〈對湯普遜《民間文學情節單元索引》中歸類排列的幾點商榷〉

（1990）

金榮華〈「情節單元」釋義——兼論俄國李福清教授之「母題」說〉
（2001）

陳麗娜〈《雲南省常見民間故事類型索引》的型號商榷〉（2006）

趙御均〈《中國民間故事型式》與《中國民間故事類型索引》初探〉
（2007）

丁文是簡介阿爾奈與湯普遜的《民間故事類型》；金文主要是對《民間文學情節單元索引》的歸類排列與提出「情節單元」爲「motif」對應詞的看法；陳文是對《中國民間故事集成・雲南省》常見民間故事類型索引某些型號的辨正；趙文是探討兩書引用資料對類型擬定的影響。

在大陸地區，目前將中國民間類型故事研究結集成書者有劉守華主編的《中國民間故事類型研究》（2002），書中收錄六十個類型故事的論文；此外還有其他探討類型故事的論文〔註8〕；以及述評鍾敬文在中國民間故事類型研究的貢獻〔註9〕。對於評析中國民間故事類型索引的文章則有：林繼富〈“中國民間故事類型索引”研究的批評與反思〉（2003）、劉守華〈關於民間故事類型學的一些思考〉（2004）、孫正國〈“多維切分、開放擴展”原則與索引智能化——編寫《民間故事類型索引》的媒介視角〉（2005）等文。綜上可見，不論在台灣或大陸，對中國民間故事類型索引作全面論述與認知研究是目前較欠缺的。

民間故事的分類，不僅是類型的分析和相關資料的匯集，也有著索引的作用。所以，如果分類的架構已經確立而類型的歸類失當，那麼使用者便無法依類檢索而影響了索引的功能。〔註10〕鍾敬文曾提到故事類型索引的作用，有以下三點〔註11〕：

〔註 8〕　參見相關論文如：劉魁立〈關於中國民間故事研究〉（1994）、顧希佳〈蜈蚣報恩型故事的類型解析〉（2002）、劉魁立〈論中國螺女型故事的歷史發展進程〉（2003）、王丹〈民間故事類型研究法述評〉（2003）、王天鵬〈中日蛇郎故事比較〉（2006）、邰銀枝〈蒙古族“羊尾巴兒子”故事類型解析〉（2008）等。

〔註 9〕　參見鄭土有〈論鍾敬文對中國民間故事類型研究的貢獻〉（2002）、萬建中〈鍾敬文民間故事研究論析——以二三十年代系列論文爲考察對象〉（2002）。

〔註 10〕　金榮華：〈中國民間故事和 AT 分類〉，《禪宗公案與民間故事——民間文學論集》（台北：中國口傳文學學會，2005 年 6 月），頁 327。

〔註 11〕　同註 6，序言，頁 5。

1. 對普通學者而言，它可以引導你去瞭解一個國家或者全世界的民
   間故事的類似情形，乃自由此窺見它（民間故事）的大略狀貌。
2. 對民間文藝研究者而言，你將在上述的作用之外，引起對某些類
   型故事進行探索或進一步搜集它的興趣，或者你將被引起對於民
   間故事的某些宏觀概念，並從這裡進一步去鑽研、闡發。
3. 它最普通的作用，是作爲一種工具書去供檢查。

金榮華說：「目錄學是治學門徑，類型索引是民間故事的目錄學。」故事類型
索引是引導民間文學研究者進行相關研究的入門磚，而索引的取材與體例編
排，攸關研究者解讀資料的方向，故瞭解中國民間故事類型索引的特色與疏
略，實爲重要，而這正是本論文欲著力研析的所在。

第二節　民間故事的定義與範圍

　　民間文學，是"五四"新文化運動之後才出現和流行的。它指的是：廣
大勞動人的語言藝術——人民的口頭創作。這種文學，包括散文的神話、民
間傳說、民間故事；韻文的歌謠、長篇敘事詩以及小戲、說唱文學、諺語、
謎語等體裁的民間作品。〔註12〕胡愈之於 1921 年在《婦女雜誌》第七卷第一
號發表了〈論民間文學〉，他提到：

> 中國民族在世界上佔有特殊的位置，所以中國的民間風俗、民間文
> 藝，當然是極有研究的價值。可是中國的故事歌謠，卻從來沒有
> 人採集過；雖有幾個外國人的著作，但是其中所收的，也不過是
> 斷片的材料罷了。現在要建立我國國民文學，研究我國國民性，
> 自然應該把各地的民間文學，大規模的採集下來，用科學方法，整
> 理一番才好呢。……研究民間文學應該分兩個階段：最先把各地
> 的民間故事、民間傳說、民間歌謠採集下來，編成民間故事集、
> 歌謠集等；隨後把這種資料，用歸納的分類的方法，編成總和的
> 著作。

他把"民間文學"分爲三類：故事、歌曲、片段的材料。再細分爲：（一）故
事：演義，及俗傳的史事；童話；寓言；趣話、喻言等；神話；地方傳說。
（二）有韻的歌謠和小曲。（三）片段的材料，例如乳歌、謎、俗諺、綽號、

〔註12〕《中國大百科全書》（台北：錦鏽出版社，1992 年），頁 524。

地名歌等。〔註13〕

　　當時的學者，對民間文學大多以「民間文藝」稱之，而對民間文藝的分類，各有不同看法，其中對「故事」的看法如下〔註14〕：

　　一、徐蔚南先生的分類

　　　　　1.傳說、2.童話、3.寓言、4.趣話、5.神話、6.地方傳說。

　　二、何濟先生的分類

　　　　（一）英國俗學會的分類：古典，像真實有其事而說的，像娛樂而說的。

　　　　（二）法人哈夫曼克里依式的分類：

　　　　　　　1. 民間的詩——歌謠、諺語、刻名、音樂、跳舞等。

　　　　　　　2. 故事——神仙故事、滑稽故事、傳說等。

　　三、周作人先生的分類

　　　　（三）神話與其類似者的分類：

　　　　　　　1. 神話——神的故事，宗教的。

　　　　　　　2. 傳說——半神的英雄的故事，歷史的。

　　　　　　　3. 故事——名人的故事，傳記的。

　　　　　　　4. 童話（的故事），文學的。

　　四、王任叔先生的分類——故事

　　　　　1.地理的、2.歷史的、3.神異的、4.戀愛的、5.其他。

　　五、謝雲聲先生的分類——故事

　　　　　1.神話、2.童話、3.故事、4.趣事。

　　六、許地山先生的分類——故事

　　　　（一）認真說的故事（聖的故事）

　　　　　　　1.神話、2.傳說：（1）英雄故事、（2）英雄行傳。

　　　　（二）遊戲說的故事（庸俗的故事）——野乘

　　　　　　　1.童話、2.神仙的故事、3.民間故事（野語）。

　　七、馮飛先生的分類——童話（以童話上的空想為根據的分類）

　　　　　1.小仙神、2.巨人、3.異常動物、4.自然人格化、5.其他。

〔註13〕轉引自劉錫誠主編：《中國新文藝大系（1937～1949）——民間文學集》（北京：中國文聯出版公司，1996 年 8 月），頁 122～124。

〔註14〕這部份內容轉引節錄自王顯恩：《中國民間文藝》（上海：上海文藝出版社，1992 年 3 月），頁 118～139。

八、趙景深先生的分類——童話

　　1.小神仙、2.鬼、3.巫、4.陶蘭奧格人、5.修道士、6.惡魔、7.巨人、
　　8.國王，王后，公主，伯爵與盜賊。

九、張梓生先生的分類——童話

　　（一）純正的：1.代表的意思想的、2.代表習俗的。
　　（二）遊戲的：1.重複故事、2.趣話，物語。

十、清野先生的分類——傳說

　　（一）朝鮮傳說的分類：1.人物、2.山川、3.動物、4.植物。
　　（二）中國上虞傳說的分類：1.人物、2.神鬼、3.動物。

十一、葉德均先生的分類

　　故事類：1.神話、2.傳說、3.地方傳說、4.童話、5.寓言、6.趣事。

十二、楊蔭深先生的分類

　　故事：1.神醫、2.傳說、3.趣事、4.寓言。

十三、黃詔年先生的分類

　　（一）散文的：1.故事、2.傳說、3.神話、4.童話、5.寓言、6.喻言、
　　　　7.笑話。

由上所陳，可知故事分類中，有的是局部的，有的是全體的，有的僅是綱目
的，有的是詳細分析的，有的是將童話視爲故事的。如周作人將童話大要分
爲二部〔註15〕：

　　（一）純正童話，即從世說出者，中分二類。
　　　　甲、代表思想者。多以天然物爲主，出諸想像，備極靈怪，如變
　　　　　　形復活等式皆是。又物源童話，說明事物原始，如猿何以無
　　　　　　尾亦屬之。
　　　　乙、代表習俗者。多以人事爲主，亦極怪幻，在今日視若荒唐，
　　　　　　而實根於原人之禮俗。如食人掠女諸式童話屬之。
　　（二）游戲童話，非出於世說，但以娛悅爲用者，中分三類。
　　　　甲、動物談。模寫動物習性動作，如狐之狡，狼之貪，各因其本
　　　　　　色以成故事。
　　　　乙、笑話。多寫人之愚鈍刺繆，以供哄笑，如後世諧曲，越中有

〔註15〕周作人：《周作人民俗學論集》（上海：上海文藝出版社，1999 年 1 月），頁
　　40。

　　　　呆女婿故事，其說甚多。
　　　　丙、複疊故事。歷述各事，或反複重說，漸益引長，初無意旨，
　　　　而兒童甚好之。

　　「民間故事」一詞的英文是「Folktale」。對民間故事的定義，學術界有廣
義與狹義之分。廣義的指稱民眾口頭創作的所有散文體的敘事作品，分神話、
傳說和故事三類；狹義的專指這三類中的「故事」。《中國民間故事集成》總
序說：「《中國民間故事集成》所使用的"民間故事"這個名詞，是一個廣義
的概念，它包括中國各族人民群眾口頭散文敘事文學的各種體裁和形式，其
中有神話、傳說，還有其他各種樣式的故事，如動物故事、幻想故事、生活
故事笑話、寓言，以及某些民族或地區特有的口頭散文敘事文學體裁等等。」
民間故事既是最通俗的藝術形式，又是一個國家或民族的靈魂，對它們的研
究，便具有雅俗共賞的特點。人類文化的交流匯通極為廣度和深度，這也無
疑會有助於擴展我們的文化視野，豐富我們的人文科學知識。〔註 16〕

第三節　民間故事類型的定義

　　民間故事的分類，正如民間文學的分類一樣是極其複雜的。分類之所以
必要，主要是為了研究各類民間故事的特點、規律，以促進民間文學的發展。
分類之所以困難，主要是由於民間故事往往有近似、併存、交錯、變異的情
況，因此很難嚴格劃類。即使分類也只能是相對的，不是絕對的。〔註 17〕民
間故事的分類從十九世紀中葉就已經開始。1864 年，德國學者芬‧哈恩在其
《基里西亞及阿爾夫尼亞故事》中便做了分類理論的最初嘗試。隨後學者不
斷探索，提出了民間故事三種分類形式：一種是以著名故事的題目來概括民
間故事的重大類型，如灰姑娘、白雪公主等；一種是用序號稱謂表現民間故
事的類別，如格林兄弟在其《兒童與家庭的故事》中所使用的序號型式。第
三種便是按情節、母題分類。即以阿爾奈和湯普森為代表的 AT 分類法及母題
索引分類法。〔註 18〕另外還有以故事中的人物為主體來分類的，如愛爾蘭文

〔註 16〕丁乃通著；陳建憲、黃永林、余惠先譯：《中西敘事文學比較研究》（湖北：
　　　　華中師範大學出版社，1994 年 10 月），序言，頁 5。
〔註 17〕吳蓉章：《民間文學理論基礎》（四川：四川大學出版社，1987 年 9 月），頁
　　　　108。
〔註 18〕張紫晨：〈民間文學的分類學和分類體系〉，《中芬民間文學搜集保管學術研討

學家夏芝（W. B. Yeats），他在《愛爾蘭童話故事集》把所搜集的民間故事分為八類〔註19〕：

（一）小神仙：這一類又可分為結隊的小神仙，（即菲麗）取換兒，魚精，孤寂的小神仙四項。

（二）鬼：鬼是介於人間與地獄的精靈。

（三）巫：巫的眼睛能夠看見小神仙。

（四）陶蘭奧格人：陶蘭奧格意即少年國，那**裏**沒有老，也沒有死。

（五）修道士。

（六）惡鬼：惡鬼與鬼是不同的。鬼是人變的，惡鬼則是本來的鬼。

（七）巨人：愛爾蘭異教的神愈變愈小，成了菲麗；異教的英雄則為愈變愈大，成了大巨人。

（八）國王，王后，公主，伯爵與盜賊。

這類分法，主要著眼點在研究人物的性格。又有以事件為主題來分類的，英國民俗學者麥苟勞克在他的《小說的童年》裡把民間故事分為四大類十二系〔註20〕，如：

（一）初民心理：(1)生命水系；(2)復活系；(3)分身系；

（二）圖騰信仰：(4)變形系；(5)說話的無生物系；(6)友誼的獸系；

（三）初民風俗：(7)食人精系；(8)太步系（"禁忌"）；(9)承繼系；(10)獻祭系；

（四）神話解釋（地方傳說）……

這種分類多是從人類學的角度來分的，主要是想通過民間故事的研究來了解認識原始人的風俗、信仰。趙景深在《童話概要》中，也說到「我們在現今很難找到一個童話僅屬於一系的，每每一個童話能屬於三、四系。這實是極泛常的事。」「因此，這類分類方法，是不符合民間故事本身的實際的。」

會文集》（北京：中國民間文藝出版社，1987年12月），頁181～182。

〔註19〕趙景深：〈夏芝的民間故事的分類法〉，《文學週報》第二三七期，1926年，頁554～555。

〔註20〕轉引自天鷹：《中國民間故事初探》（上海：上海文藝出版社，1981年5月），頁44。

〔註 21〕還有哈特蘭德在《神話與民間故事》一書中把故事分為「嚴肅的故事」和「遊戲的故事」兩種。所謂「嚴肅的故事」，是「要人信仰的，至少在一定時期內是要人信仰的」；「遊戲的故事」是沒有人名，也不管一定地名的。「嚴肅的故事」是故事中有一定地名、人名和時間的，它就是「神話傳說」；「遊戲的故事」是故事中不管什麼地名、人名、時間的，它就是「童話」。哈特蘭德也說：「許多童話在事實上與傳說是極相似的。實在的，許多故事有時是傳說有時是童話。」因此，這種分類是極不確定的，也太廣泛，不能把民間故事從各種不同情況中區別出來。〔註 22〕

　　早在 1921 年，胡愈之便第一個譯介了西洋的有關分類方法，並進行了從民族學到民間文學、從民間文學到民間故事逐層分類的嘗試，最終將民間故事細分成了演義、童話、預言、趣話、神話、地方傳說等六類。周作人、楊蔭深、徐蔚南、顧均正、馮飛、謝雲聲、趙景深、王任叔、張梓生等人都不同程度地進行過中國民間故事的分類工作。〔註 23〕關於中國民間故事的分類，較具有代表性的分類法有以下三種：

　　鍾敬文主編的《民間文學概論》〔註 24〕對民間故事的分類如下：

　　（一）幻想故事（童話）

　　（二）生活故事

　　　　1. 長工和地主的故事

　　　　2. 工匠故事

　　　　3. 反封建禮教故事

　　　　4. 巧媳婦和呆女婿故事

　　　　5. 生產經驗故事

　　　　6. 新生活故事

　　（三）民間寓言

　　（四）民間笑話（包括民間軼聞）

　　天鷹《中國民間故事初探》〔註 25〕的分類法：

〔註 21〕同註 20，頁 45。

〔註 22〕同註 20，頁 45～46。

〔註 23〕馬學良、白庚勝：〈中國民間故事分類研究的回顧與展望〉，《民間文學論壇》1993 年第一期，頁 47。詳文參見第二節「民間故事的定義與範圍」。

〔註 24〕鍾敬文：《民間文學概論》第九章（上海：上海文藝出版社，1980 年）。

〔註 25〕同註 20。

現實性因素較強的故事

（一）近代人民革命鬥爭故事

    1. 農民反封建統治的起義故事

    2. 近代人民反帝鬥爭故事

    3. 義和團運動故事

（二）現代人民革命鬥爭故事

    1. 土地革命戰爭時期的故事

    2. 抗日戰爭和解放戰爭時期的故事

（三）工礦工人鬥爭故事

（四）長工鬥地主的故事

（五）勞動階級人物故事

（六）生活故事

（七）諷刺故事

幻想性因素較強的故事

（一）傳奇故事

    1. 表現人與自然界關係的傳奇故事

    2. 表現人的社會關係的傳奇故事

    3. 反映人民的道德觀念的傳奇故事

（二）傳說故事

    1. 古代人民革命傳說故事

    2. 古代英雄傳說故事

    3. 各行各業勞動能手傳說故事

    4. 風俗傳說故事

    5. 地方傳說故事

    6. 專題傳說故事

劉守華《故事學綱要》〔註26〕對民間故事的分類如下：

（一）民間童話

    1. 反映人和自然關係的童話（分三種類型）

    2. 反映階級關係的童話。

〔註26〕劉守華：《故事學綱要》第二、三、四章（湖北：華中師範大學出版社，1988
年12月）。

       3. 表現倫理道德主題的童話。

（二）生活故事

       1. 長工鬥地主的故事

       2. 百姓打官司的故事

       3. 巧女故事

       4. 呆女婿故事

       5. 機智人物故事

（三）民間寓言

       1. 動物寓言

       2. 人物寓言

（四）民間笑話

以上中國的故事分類法，或以體裁爲標準，或以內容爲標準，或以體裁爲標準劃分大類再根據內容劃分細類，但均是將大量的民間故事集中概括爲幾個大的類項，或在大類項下再列數個亞類。這種分類法一般稱爲種類分類法。「由於當時對民間文學、民間故事等概念的內涵還認識不清，造成了不僅分類者有各自的分類標準、分類方法也千姿百態，而且大多滿足於對部、類的劃分，對型、式、母題等的分類研究幾乎無人過問。」〔註27〕

    對民間故事進行分類，是爲了科學、有效地對故事的本質、特點、結構藝術、社會價值等進行深入地探索與研究。分類並不是研究的目的，只是對故事進行研究的手段之一。〔註28〕分類研究就是要通過對對象之主題、母題、情節等基本結構及其特徵的分析，尋找這些原則，然後對它們加以分門別類。〔註29〕各種分類法中，「類型」分類是其中一項，如芬蘭學派就是這種分類法的代表學派，他們從歷史演進、地理轉移來研究民間故事。按照一整套固定情節進行分類，依型、式分門別類編號。

    故事學中的「類型」，源自芬蘭學者安迪・阿爾奈（Antti Aarne）於 1910 年在《民間故事類型》（*The Types of the Folktale*）一書中對各民族民間故事作比較分析時所使用的 "type" 一詞。一種類型是一個完整的敘事作品，組成它

〔註27〕同註23，頁 47。

〔註28〕劉守華、陳建憲編：《民間文學教程》（湖北：華中師範大學出版社，2007 年 3 月），頁 145。

〔註29〕同註23，頁 48。

的可以是一個母題，也可以是多個母題。如果幾個不同的故事具有相同或相似的母題，則這幾個故事屬同一"類型"，並被看作與歷史淵源有關。〔註30〕匈牙利民俗學家雅諾・航迪（Jnos Honti）提出三種不同的方式來把一個故事類型看作一個可行的分析單元。首先，它由特殊地綁在一起的母題構成；其次，任何一個故事類型都能夠作為一個獨特的實體和其他故事類型形成對照；第三，一個故事類型可以被認為是一種柏拉圖式的千篇一律的形式或模式，它通過多種多樣的存在表現自身（這些多種多樣的例證被稱為異文或變體）。〔註31〕

　　故事類型是依據情節單元（motif）來定義的。湯普遜把母題界定為「一個母題是一個故事中最小的、能夠持續在傳統中的成分。」〔註32〕由於「母題」這個漢譯名稱容易和「主題」相混淆，金榮華主張以「情節單元」作為母題（motif）的對應詞，並作了說明〔註33〕：

　　　　「情節單元」一詞，就是西方所謂的「motif」。前賢或譯「motif」
　　　　為「母題」，似乎有音義兼顧之妙，但實際並未譯明其意義。因為
　　　　「motif」所指是一則故事中不能再加分析的最簡單情節，譯作「母
　　　　題」使人誤會其中還有較小的「子題」。有人譯作「子題」，亦在表
　　　　明其為最基本的情節。但是譯作「子題」會使人想到其上還有較大
　　　　的「母題」，而一則故事固然可以由幾個「motif」組成，也可以祇
　　　　有一個「motif」，所以仍不妥當。

他在〈「情節單元」釋義──兼論俄國李福清教授之「母題」說〉一文，對「情節單元」有更詳細的解說〔註34〕：

　　　　在民間故事的研究方面，針對其人、時、地都可變異的特性，發展
　　　　出了以結構為主的「類型」（type）分類；又在內容分析界定了以事

〔註30〕萬建中：《民間文學引論》（北京：北京大學出版社，2006 年 7 月），頁 215。
〔註31〕阿蘭・鄧迪斯：户曉輝編譯：《民俗解析》（桂林：廣西師範大學出版社，2005 年 1 月），頁 228～229。
〔註32〕斯蒂・湯普森著；鄭海等譯：《世界民間故事分類學》（上海：上海文藝出版社，1991 年 2 月），頁 499。
〔註33〕金榮華：《六朝志怪小說情節單元索引（甲編）》（台北：中國文化大學中國文學研究所，1984 年 3 月），序言，頁 3～4。
〔註34〕金榮華：〈「情節單元」釋義──兼論俄國李福清教授之「母題」說〉，《禪宗公案與民間故──民間文學論集》（台北：中國口傳文學學會，2007 年 9 月），頁 307～308。

件爲主的「情節單元」。……「情節單元」是英文或法文中「motif」一字在民間文學裡的對應詞，指的是故事中一個小到不能再分而又敘事完整的單元。這裡所謂的情節，是指在生活中罕見的人、物或事。所謂單元，就是扼要而完整地敘述了這不常見的人、物或事。例如：「有一隻生了角的兔子」是一個情節單元，這是靜態的；「那個大力士單手拖動了一架飛機」也是一個情節單元，這是動態的。……在民間文學裡，每一則可以稱作故事的敘事，至少有一個情節單元，也可以有一個以上的情節單元。

美國學者斯蒂·湯普森在《世界民間故事分類學》中對「類型」的敘述如下〔註35〕：

一種類型是一個獨立存在的傳統故事，可以把它作爲完整的敘事作品來講述，其意義不依賴於其他任何故事。當然它也可能偶然地與另一個故事合在一起講，但它能夠單獨出現這個事實，是它的獨立性的證明。組成它的可以僅僅是一個母題，也可以是多個母題。大多數動物故事、笑話和軼事是只含一個母題的類型。標準的幻想故事（如《灰姑娘》或《白雪公主》）則是包含了許多母題的類型。

所謂「故事類型」，丁乃通說：「是一定要至少兩個或兩個以上不同的說法，這樣才能顯示出特徵以及和其他類型的關係。」〔註36〕金榮華說：「就整個故事的內容和結構作分析，把基本內容和主要結構相同而細節卻或有異的故事歸集在一起，取同捨異，就成爲一個故事類型。同一類型的故事常是一個故事的不同說法；對成型的故事進行分類，並且架構起一個個比較完整的故事群，就是所謂的類型分類。」；又說：「同類型的故事，故事的基本核心模式應該是相同的，如果不是同一個模式，那麼它就是另外一則或另外一型的故事。……所以設定類型就是在一個故事的不同說法中就其基本結構撰寫概要，顯示此型故事的基本模式，然後就其特徵擬設類型的名稱，並且登錄屬於此依類型之各個故事的出處。」〔註37〕

湯普遜還提到〔註38〕：對於民間敘事作品作系統的分類，必須將類型與

〔註35〕同註32，頁499。
〔註36〕丁乃通：〈中國民間故事的分類〉（台北：中央日報，1988年11月17日），長河版。
〔註37〕同註2，頁9、69。
〔註38〕同註32，頁498～499。

母題清楚地區分開來，因為對這兩方面項目的排列實質上是不一樣的。一個完整的故事（類型）怎樣由一系列順序和組合相對固定了的母題來構成，這樣一種研究就像考克斯小姐的著述《灰姑娘》所顯示的，她對格林《灰姑娘》故事文本的分析可算一個明白的例子：

> 被虐待的女主人公（被後母和後母的女兒們虐待）——爐邊住處——三個女兒從父親那裡挑選禮物。女主人公挑了榛樹枝，將它種在母親的墳上。——墳地得助——任務（揀谷粒）——動物們（鳥群）完成任務——變形了母親的幫助（樹上的鳥）——魔幻的禮服——約會地（舞會）——三次舞會後的逃逸——女主人公(1)躲在梨樹上，(2)躲進鴿子窩，鴿窩為父親砍掉——松脂馬車——遺失鞋子——以鞋子尋找未婚妻——多變的腳——假新娘——動物作證（鳥群）——幸福的婚姻——惡人被罰。

湯普遜這種對「類型」和「母題」涵義的解說，成為後來學者分析民間敘事作品的基礎。

丁乃通說：「對研究民間文學的人來說，類型索引是科學研究方法的基本工具，十分重要。正像動物和植物一樣，倘若生物學家不先整理起來，分為界門綱目，便會千頭萬緒，無法著手研究。民間文學也是繁複雜蕪，各式各樣的都有，而且因為是口頭傳授，變化萬千。各國民間故事類型的作者，也和生物學家一樣，先要把全國所搜集到的故事整理分類，然後再指出每一故事屬哪一類型，有什麼特點，將類型編起號來，其他同仁才能用來作進一步有系統的探討。」〔註39〕「一個研究者使用這種方法所力求達到的最根本目的，莫過於完全弄清某一特定故事的生活史，他希望通過分析不同異文，研究有關的歷史和地理因素，運用一些眾所周知的關於口頭傳播的事實，找到該故事原型的某些東西，並能較合理地解釋該故事在依次產生所有的不同異文時所發生的變化，這些研究還將指出它的原型產生的時間、地點以及它發生變化的原因。」〔註40〕。學者藉著對「情節單元」（motif）的掌握，對大量的故事進行辨析，歸類立型，編纂成《民間故事類型索引》，提供民間文學研究者檢索故事上極大的便利。

〔註39〕 同註6，序言，頁1。
〔註40〕 湯普遜著：陳建憲譯：〈民間故事的生活史〉，《故事研究資料選》（湖北：中國民間文藝家協會湖北分會編印，1989年9月），頁36。

　　故事類型研究最著名的就屬芬蘭學者阿爾奈初創和美國學者湯普遜增修完成的《民間故事類型》（*The Types of the Folktale*）一書，此書的編排方式，通常被稱為“阿爾奈──湯普遜體系”，或簡稱「AT 分類法」，它的實用價值已得到各國學者的公認。〔註41〕關於中國民間故事類型研究，最早有 1931 年鍾敬文〈中國民間故事型式〉開拓性的書寫〔註42〕，1937 年德國學者艾伯華出版編寫的《中國民間故事類型》（*Typen Chinesischer Volksmärchen*），直至 1999 年才有中文譯本出版〔註43〕。華裔美籍學者丁乃通於 1978 年在赫爾辛基出版《中國民間故事類型索引》（*A Type Index of Chinese Folktales*），1983、1986 年有中文譯本出版〔註44〕；中國文化大學金榮華教授在 2000 年、2002 年撰寫《中國民間故事集成類型索引（一）、（二）》兩書後〔註45〕，於 2007 年出版《民間故事類型索引》〔註46〕三冊。以上索引皆是目前檢索中國民間故事類型不可或缺的重要著作。

第四節　研究材料與方法

　　本論文以「中國民間故事類型研究」為主題，以相關的索引專書為探討研究範圍，以下分述研究材料與方法。

一、研究材料

　　本論文研究材料大致分為三部份，一為主要論述著作，以鍾敬文〈中國民間故事型式〉、艾伯華（Wolfram Eberhard）《中國民間故事類型》、丁乃通《中國民間故事類型索引》、金榮華《民間故事類型索引》為論述主軸。二為關於

〔註41〕　參見劉魁立：〈世界各國民間故事情節類型索引述評〉，《劉魁立民俗學論集》（上海：上海文藝出版社，1998 年 10 月）。

〔註42〕　婁子匡編：《國立北京大學中國民俗學會民俗叢書》第十七冊（東方文化供應社，1971 年），頁 353～374。

〔註43〕　艾伯華著（Wolfram Eberhard）：王燕生、周祖生譯：《中國民間故事類型》（北京：商務印書館，1999 年 2 月）。

〔註44〕　(1)丁乃通著：孟慧英、董曉萍、李揚譯（瀋陽：春風文藝出版社，1983 年 11 月）。(2)丁乃通著：鄭建成等譯：《中國民間故事類型索引》（北京：中國民間文藝出版社，1986 年 7 月）。

〔註45〕　金榮華：《中國民間故事集成類型索引（一）、（二）》（台北：中國口傳文學學會，2000、2002 年）。

〔註46〕　金榮華：《民間故事類型索引》（台北：中國口傳文學學會，2007 年 2 月）。

中國民間故事類型研究的其他著作，依出版時間先後論述，有蔡麗雲《中國民間動物故事類型研究》、袁學駿〈中國民間故事基本類型（提綱）〉、祁連休《中國古代民間故事類型研究》等書；三為參酌運用的外國類型索引等相關書籍，如阿爾奈和湯普遜《民間故事類型》（*The Types of the Folktale*）、丹尼斯・尼可拉斯・布《中國民間文學》（*The Folk-Lore Of China*）、池田弘子《日本民間文學類型和情節單元索引》（*A Type and Motif Index of Japanese Folk-Literature*）等。

二、研究方法

本論文書寫是運用比較研究方法，首先介紹中國民間故事類型分類的源起，再詳加解說艾伯華等人索引的寫作緣由、取材範圍與編排原則，條列說明全書架構，析論其傳承、創新與貢獻所在。還有說明評析其他中國民間故事類型研究的相關著作。繼以故事類型為例，解說中國 AT 民間故事類型的跨國追溯、民間故事的分布和文化意義等情況，最後試擬編纂「中國民間故事類型索引」的實行方案。論述當中，對於索引體例相同或承用的部分，為了對比內容差異，型號編碼或故事提要往往需以表格作輔助說明，所以夾表夾敘的書寫情況實在難免，書後也附錄相關列表，以資參考；本論文所提及的學者皆直接以姓名尊稱。

美國學者斯蒂・湯普遜在《世界民間故事分類學》對故事的文化價值揭示得很清楚，他說：

> 故事講述的這種口頭藝術比歷史更古老，並且它不受一個洲或一種文明的束縛。故事的主題可能在各地有所不同，講述的條件和意圖可能從一個地方到另一個地方，或從一個世紀到另一個世紀發生變化。然而在任何地方它都照顧到同樣的基本需要和個人需要。這種閒暇時的娛樂需要在大多數民族的十分有限的消遣中建立起來，除了現代城市文明已深入滲透的地方，人們發現講故事是消遣的最大滿足之一。〔註47〕

為了提供一種基礎來概述一個地區共同的大量故事儲存，類型索引是必要的。搜集者可以根據類型索引去採錄那些情節相同或者大致相近的故事，也可以憑藉它去搜錄還未被列入類型索引中的那些故事。研究地方性或民族性

〔註47〕同註32，頁5。

傳統的學者，需要內容豐富的分類索引來激勵自己拓寬視野，從事比較性、世界性研究的學者甚至更需要它，以確認研究的對象與方向。索引的作用主要是檢索資料，民間故事研究者需要資料豐富、應用廣泛的類型索引輔助，作更開闊視野的探討。對於民間故事研究的精進與開展，「中國民間故事類型研究」的探討實有其必要。

第貳章　中國民間故事類型的源起

中國的民間故事自古有之，然大多散見於各諸子文集或志怪小說中，沒有綜述集大成者，直至宋代《太平廣記》的編纂，中國才有第一本故事分類書。這書是中國最早的故事分類，也是世界最早的故事分類。〔註1〕

第一節　《太平廣記》的分類

宋太宗太平興國二年（西元977年），李昉、扈蒙、李穆等人奉敕將自漢至宋初的小說三百多種，包括野史、傳記、小說等雜編爲五百卷，目錄十卷，取名《太平廣記》。全書編輯依故事主角的身份、性別、才能、行事或全篇性質等，分爲一百二十一大類〔註2〕，一百五十多個小類，共匯輯了6970多則故事〔註3〕，每小類的各個故事，均標小題，照抄原文一段或數段，下面註明出處。許多六朝志怪、唐代傳奇都藉此得以流傳，其中神仙鬼怪的故事佔很大比重。以下列舉類目次序，以見分類大要：

　　1.神仙　　　　2.女仙　　　　3.道術　　　　4.方士
　　5.異人　　　　6.異僧　　　　7.釋證　　　　8.報應

〔註1〕 金榮華：《中國民間故事與故事分類》（台北：中國口傳文學學會，2003年3月），頁37。

〔註2〕 一般簡介類書的資料，多寫作九十二類，是爲目錄卷的編排方式，如名賢類附諷諫：廉儉類附吝嗇：伎巧類附絕藝等，然就其類別而言，實有121大類。參見張國風：《太平廣記版本考述》（北京：中華書局，2004年5月），頁95～100。

〔註3〕 戚志芬：《中國的類書、政書與叢書》（台北：商務印書館，1994年9月），頁54。

9.徵應	10.定數	11.感應	12.識應
13.名賢	14.諷諫	15.廉儉	16.吝嗇
17.氣義	18.知人	19.精察	20.俊辯
21.幼敏	22.器量	23.貢舉	24.氏族
25.銓選	26.職官	27.權倖	28.將帥
29.雜謔智	30.驍勇	31.豪俠	32.博物
33.文章	34.才名	35.好尚	36.儒行
37.憐才	38.高逸	39.樂	40.書
41.畫	42.算術	43.卜筮	44.醫
45.相	46.伎巧	47.絕藝	48.博戲
49.器玩	50.酒	51.酒量	52.嗜酒
53.食	54.能食	55.菲食	56.交友
57.奢侈	58.詭詐	59.諂佞	60.謬誤
61.遺忘	62.治生	63.貪	64.褊急
65.詼諧	66.嘲誚	67.嗤鄙	68.無賴
69.輕薄	70.酷暴	71.婦人	72.情感
73.童僕奴婢	74.夢	75.巫厭	76.厭咒
77.幻術	78.妖妄	79.神	80.淫祠
81.鬼	82.夜叉	83.神魂	84.妖怪
85.人妖	86.精怪	87.靈異	88.再生
89.悟前生	90.塚墓	91.銘記	92.雷
93.雨	94.風	95.虹	96.山
97.溪	98.石	99.坡沙	100.水
101.井	102.寶	103.水銀	104.玉
105.錢	106.奇物	107.草木	108.文理木
109.王穀	110.茶荈	111.龍	112.虎
113.畜獸	114.狐	115.蛇	116.禽鳥
117.水族	118.昆蟲	119.蠻夷	120.雜傳記
121.雜錄			

各大類下的小類資料排列，如下例〔註4〕：

〔註 4〕 李昉等編：《太平廣記》（北京：中華書局，2003 年 6 月），目錄卷第一。

第一　神仙一

老子　木公　廣成子　黃安　孟岐

第二　神仙二

周穆王　燕昭王　彭祖　魏伯陽

第三　神仙三

漢武帝

第四　神仙四

王子喬　鳳綱　琴高　鬼谷先生　蕭史　徐福　王母使者

月支使者　魏叔卿　張楷　陽翁伯

對於這樣的分類，《太平廣記》卷首的〈太平廣記表〉並沒有作說明。某些類目分類也有分合未當、零亂、重複的地方。如第 112 類的「虎」、第 114 類的「狐」，論屬性都應該歸在第 113「畜獸」類下；如「神仙」類外，又有「女仙」，還另分「神」一類；而同一條故事，亦往往分見於兩類或幾類目下，如卷 137「徵應」類三〈人臣體徵〉的引〈幽明錄〉「陳仲舉徵時，常行宿主人黃申家。」又見於卷 316「鬼」類一，內容全同，只是小題和人名寫作「陳蕃」。這是因為書由多人編撰，從不同的角度分類，所以選材重複。〔註5〕另外有同篇名同一人分列多處的事例，如〈虎婦〉分列在第 427「虎二」、431「虎六」卷；劉禹錫分列在第 497「雜錄五」、498「雜錄六」卷；李德裕分列在第 232「器玩」、239「諂佞」、244「褊急」卷等。所以《太平廣記》雖是類書，保存極豐富的民間故事，而類目的排列次序卻沒有明確的準則。

第二節　丹尼斯（N. B. Dennys）的中國民間故事分類

鍾敬文在丁乃通《中國民間故事類型索引》序言中曾說過：「關於中國民間故事類型的整理工作，在十九世紀七○年代，已經有一位當時住在香港的英文雜誌經營者和編輯者戴尼斯（N. B. Dennys）初步嘗試過。」〔註6〕趙景深在〈中國民間故事型式發端〉〔註7〕也提到：「現在翻開譚勒的中國民俗學

〔註5〕 劉葉秋：《類書簡說》（台北：國文天地雜誌社，1990 年 3 月），頁 64。

〔註6〕 丁乃通著；鄭建威等譯：《中國民間故事類型索引》（北京：中國民間文藝出版社，1986 年 7 月），序言，頁 1。

〔註7〕 趙景深：〈中國民間故事型式發端〉，廣州中山大學《民俗週刊》第八期，1928

（Denny: The Fork-Lore of China）第十二章來看，他也曾依照過雅科布斯的型式來應用到中國民間故事上去。」他們所說的是曾擔任過香港《中國郵報》主編十年的丹尼斯·尼可拉斯·布（Dennys Nicholas Belfield）（後簡稱丹尼斯），他的《中國民間文學》（The Folk-Lore Of China）〔註8〕在 1876 年出版，書中對中國民間故事做了初步型式歸納的分類。

一、丹尼斯的〈地區性家庭的故事傳說〉〔註9〕

丹尼斯在《中國民間文學》第十二章前言說：「對古中國傳說有點認識的人，都會相信目前所研究的傳說只佔十分之一，這研究傳說的工作遠超過這些頁數的範圍以及一般讀者的耐性。因此，圍繞著以上主題的標題，主要必須試著處理大量的傳說變體中的典型傳說，同時去比較現今西方類似的傳說，很少的國家會大範圍地關注這方面。」〔註10〕他應用分類的概念把中國民間傳說故事區分爲 8 大類 15 式〔註11〕，並在前言表達了對提供手稿者的敬意：「這些人非常和善的將手稿紀錄交給作者整理處置。」他歸納的型式包括：Ⅰ.關於丈夫與妻子、Ⅱ.關於父母與孩子、Ⅲ.男子與不可見的世界、Ⅳ.人與自然力量爭鬥、Ⅴ.人與人的競賽、Ⅵ.男子完成了英雄事蹟、Ⅶ.人和野獸、Ⅷ.植物和身體的一部分轉變成植物。故事型式如下：

　　Ⅰ.關於丈夫與妻子

　一、帕涅羅佩式（PENELOPE ROOT）

　　　1. 丈夫將妻子留在家中。

　　　2. 妻子忠貞地等待丈夫的歸來。

　　　3. 在遭遇一些困難問題後他們合好如初。

　二、哲諾米亞式（GENOEVA ROOT）

　　　1. 丈夫外出將妻子留在家中。

　　　2. 一個錯誤的指責帶來了與妻子的對立，且丈夫還命令妻子去死。

　　　年，頁 1。亦見《民間文學叢談》（長沙：湖南人民出版社，1982 年 7 月），頁 147。

〔註 8〕 Dennys Nicholas Belfield, *The Folk-Lore Of China, and its affinities with that of the Aryan and Semitic races.* London, 1876.

〔註 9〕 Dennys Nicholas Belfield, *The Folk-Lore Of China*, Chapter XII. pp.129～145.

〔註10〕 同註 8，頁 129。

〔註11〕 趙景深〈中國民間故事型式發端〉文中誤植爲 17 式，頁 2。

3. 在妻子死前，丈夫發現了是自己的錯誤。

4. 他們合好如初。

（差異性）

5. 丈夫像往常一般將妻子留在家中。

6. 丈夫試著考驗妻子的忠貞。

7. 結果造成妻子的死亡，或幾乎快造成妻子死亡的結果，但他們合好如初。

三、思凡薇特式（SVANHVIT ROOT）

1. 一位男子看見了一位沐浴的女子與她在岸邊的魔法衣裳。

2. 他偷了衣裳，女子就被男子所掌控。

3. 數年後，女子重新找回（獲得）衣裳並逃離。

4. 男子再也無法將女子找回。

（差異性）

5. 男子娶了一位超自然力的女子。

6. 數年後，女子對人間已經感到疲累厭煩而逃離。

7. 男子再也無法將女子找回。

II.關於父母與孩子

四、所羅門的審判（JUDGMENT OF SOLOMON ROOT）

1. 兩位母親共爭一個孩子。

2. 請他們所能找到的最聰明的官員來裁定。

3. 官員測試到底誰才是孩子真正的母親。

4. 真正母親得到勝利。

五、里亞・塞爾米亞式（RHEA SYLVIA ROOT）＊〔註12〕

1. 孩子們因意外或計謀被遺棄。

2. 野獸哺育他們長大。

3. 他們終於重回家鄉，最終得到很高榮譽。

〔註12〕若型式名稱標示「＊」者，是依鍾敬文、楊成志翻譯的〈印歐民間故事型式表〉型式名；標示「＊＊」者，是依趙景深〈中國民間故事型式發端〉書寫的型式名。以下皆同。參見(1)鍾敬文、楊成志翻譯：〈印歐民間故事型式表〉，《國立中山大學民俗叢書》第十二冊附錄（台北：東方文化供應社，1970年）。(2)趙景深：〈中國民間故事型式發端〉，廣州中山大學《民俗週刊》第八期，頁1～10。

Ⅲ.男子與不可見的世界

六、阿齊魯先式（ACHERUSIAN ROOT）**

　　1.一個可以供凡人進入底下世界的地方。

　　2.常有幽靈進出。

　　3.一位凡人造訪它並學習來世的秘密。

七、無聲城市式（CITY OF SILENCE ROOT）

　　1.精靈們被監禁在人製的金屬船或陶器內。

　　2.他們因意外或計謀中被釋放。

　　(a) 他們找那些監禁他們的人報仇。

　　(b) 他們感謝他們的釋放。

八、魔法鬥法式（MAGICAL CONFLICT ROOT）

　　1.兩位擁有神力的人，測試自己與另一個對抗。

　　2.他們經歷很多樣的變身。

　　3.較好或最有力量的一方戰勝另一方。

九、海克力斯杯式（HERCULES CUP ROOT）

　　1.一位凡人獲得具有不可思議力量的杯子為禮物。

　　2.凡人把這杯子當運輸工具。

　　3.追捕他的人放棄追捕他，因為得知他有這樣的一個神奇杯子。

十、阿里巴巴式（ALI BABA ROOT）

　　1.有神奇法力的一位主人可以命令打開及關閉一個神奇洞穴。

　　2.一位陌生人學到了密語。

　　3.他得到了財富或利益，但有人卻因要確保他的好運而犧牲了。

Ⅳ.人與自然力量爭鬥

十一、魔法墓地式（MAGIC TOMB ROOT）

　　1.一個墓地有吸引力的能力。

　　2.有人嘗試著去打開它並且進入。

　　3.嘗試者都全部或部分失敗了。

Ⅴ.人與人的競賽

十二、迪多王后式（QUEEN DIDO ROOT）**

1. 陌生者造訪新的國家。

2. 他們狡猾的引誘當地人把原本不該給新來的人的東西或地位給這新來者。

VI.男子完成了英雄事蹟

十三、馬扣斯克投斯式（MARCUS CURTIUS ROOT）＊＊

(a) 獻祭人類生命來關閉地表的裂縫。

(b) 人血注入鑄造之物會成功。

（很多變異性）

(c) 一位男子或女人就照著這樣的獻祭方式把自己獻祭出去。

(d) 一個人被外力強迫去如此做，有成功的結果。

VII.人和野獸

十四、鳥獸魚式，或"一個好處轉變得到另一個好處"

（BIRD, BEAST AND FISH ROOT, or "ONE GOOD TURN DESERVES ANOTHER"）

1. 一位男子被監禁的動物請求協助脫逃，從生病狀態被救活恢復健康。

2. 男子以愉快的心情拯救動物。

3. 男子陷入麻煩。

4. 動物在關鍵時刻幫助了男子。

VIII.植物和身體的一部分轉變成植物

十五、鷹取不死水式（SOMA-BRINGING FALCON ROOT）＊＊

1. 某個生物進行非常特別的工作。

2. 藉由它自行或他人力量（行為），它的身體裂開掉到地面上。

3. 這掉落的部分會生根並生長成一株植物。

4. 這植物之後是被尊崇的。

趙景深在〈中國民間故事型式發端〉文中，將丹尼斯的型式與〈印歐民間故事型式表〉〔註13〕作一比較，認為兩者型式的相似處如下：

（一）夫妻故事

第一式即雅科布斯的第四皮涅羅皮式。

〔註13〕參見附錄一「印歐民間故事型式表」。

第二式即雅科布斯的第五哲諾米亞式。

第三式與雅科布斯相同，亦為天鵝處女式。

（二）親子故事

第五式即雅科式布斯的第十四式。

（三）人與不可見的世界

第八式即雅科布斯的第三十七式（鬥法式）。

（七）人與獸

第十四式為人與獸類，獸鳥魚式，即雅科布斯的第四十八式。

趙景深說：「但最要緊的，我以為還是要先研究大類。大類似乎稍可包括一切，也許可以弄到包括無遺的地步，而型式恐怕是永遠不會完結的。」〔註14〕似乎他認為丹尼斯的型式大類還有再研究的必要。然而從丹尼斯的故事型式與印歐型式的比較，可見中國民間故事與外國民間故事型式是有某些相似的。

二、丹尼斯〈地區性家庭的故事傳說〉的國際編碼

若以在國際上極為通行的民間故事「AT 分類法」〔註15〕來檢視丹尼斯〈地區性家庭的故事傳說〉，其符合國際編碼的故事型式如下：

〈地區性家庭的故事傳說〉型式	AT 類型編碼
一、帕涅羅佩式（PENELOPE ROOT）	882C*
三、思凡薇特式（SVANHVIT ROOT）	400A
四、所羅門的審判（JUDGMENT OF SOLOMON ROOT）	926
七、無聲城市式（CITY OF SILENCE ROOT）	331
八、魔法鬥法式（MAGICAL CONFLICT ROOT）	325A
十、阿里巴巴式（ALI BABA ROOT）	676
十二、迪多王后式（QUEEN DIDO ROOT）	2400
十四、鳥獸魚式（BIRD, BEAST AND FISH ROOT）	554

〔註14〕趙景深：〈中國民間故事型式發端〉，廣州中山大學《民俗週刊》第八期，頁10。

〔註15〕參見第肆章第一節「AT 分類法」的介紹。

雖然丹尼斯只是將某些中國民間故事作初步的型式分類，還算不上是完整體系分類研究，可是他證實了在結語中所說的：「前述所被注意到之主題例證，雖然必然性地簡略，但希望能充分證明在中國民間的傳說是跟其他地方流行的傳說有著一般的相似之處。⋯⋯我認為在西方和中國有一致性的故事的例子都是足以引起注意。」〔註16〕此文能對中國民間故事分類作初步探討，顯示丹尼斯關注的主題與具體歸類例證的書寫，是具有卓越見解的。

第三節　鍾敬文的〈中國民間故事型式〉

現代世界的民俗學活動，學者們都認為是從德國格林兄弟的搜集民間故事與傳說開始的。中國現代民俗學的產生時期則是從"五四"前後開始的，從北京大學徵集歌謠，印行《歌謠》週刊之後，開始進行了關於歌謠和民間故事的採錄活動。

1928 年湯普遜增訂阿爾奈的《民間故事類型》出版，雖說其中也收錄歸類中國民間故事，數量卻很少，總共只有 72 個型號 112 則〔註17〕，還不能算是中國民間故事的分類研究。而中國從事民間文學研究的學者開始注意故事類型的議題，首先是鍾敬文與楊成志兩人於 1928 年翻譯出版英國民俗學會的《民俗學手冊》附錄〈印歐民間故事型式表〉，介紹給國內學者。後續有趙景深、鍾敬文等人對此發表相關論文。鍾敬文於 1931 年在《民俗學集鐫》第一輯所發表的〈中國民間故事型式〉，將中國民間故事歸類出 45 類 52 式，這對於中國民間故事類型學觀念的建立，有開創推展之功。以下詳述之。

一、從事民間文學發軔時期

鍾敬文（1903～2002）出生於廣東省海豐縣公平鎮。1920 年入陸安師範學校就讀，致力於新文藝的習作，畢業後在家鄉小學教書。這一時期，他受到北京大學徵集中國近代歌謠的活動影響，除從事新文藝的創作外，也對民間故事的採錄工作極有興趣。據他敘述早期從事採錄民間故事的過程：

> 那個時代的"五四"運動，我渴讀新書刊，放棄日文學習作而寫作
> 新文學（散文、新詩），同時也接受了從北京到地方刊物刊載歌謠、
> 故事等的影響，致力於民間文學作品的搜集、記錄、並對它進行初

〔註16〕同註8，頁145。
〔註17〕參見附錄二「阿爾奈與湯普遜引用中國民間故事型號表」。

步的探索。現在且專談談對於口承故事方面搜尋的情形吧。它主要
是在 1922 年至 1926 年那段時間內。當時我從五坡嶺學校畢業出
來，在公平圩、汕尾港等地從事教育工作。課務之餘，我熱心地從
人們口頭上去搜尋故事。材料的供給者，有家族的成員（我的二嫂
子的肚子就是一個故事、歌謠的村料庫）；有朋友和舊同學，還有就
是我教學班上的學生，集子裡有些帶著海濱人民想像色彩的故事，
就是他們提供的。〔註18〕

我利用住在接近村民和來往客商的小市鎮的機會進行活動。我四面
八方去搜求資料。從家人到鄰人，從同事到學生，只要他們能提供
的，我都絕對不放過他們。這種活動，在我稍後直接讀到《歌謠》
週刊時就更加來勁了。〔註19〕

在這麼積極投入採集工作後，他的收穫是相當豐碩的，他也將這些口傳資料
整編後投寄刊物發表：

在那段時間裡，我搜集、紀錄了各種形式的民間歌謠數百首（多數
是口頭傳唱的，少數是手抄本），口承故事——神話、傳說、民間故
事、笑話等百餘則。這些資料經過編註等手續，或以專集形式，或
以散篇形式，寄投北京、上海等地的書店或刊物發表。像二○年代
後期陸續出版的《客音情歌集》、《民間趣事》等集子，都是這時期
搜集、整理的成果。〔註20〕

在這些採錄民間故事當中，他察覺到有許多故事相類似的情形。他思考著：

這些故事，搜集地區雖然都在海豐縣境內，但他們的實際流傳地點，
卻絕不限於這一地區。像鄰縣陸豐，民間口頭上就有許多同樣的故
事在流傳。擴大一點說，這些記錄作品中，有不少同一類型的故事，
是在全國各省擴布著的。例如《蛇郎》、《老虎外婆》、《有酒嫌無糟》
及所謂機智人物的故事等。〔註21〕

〔註18〕 鍾敬文：〈序自己集錄的《口承故事集》〉，《民間文藝季刊》1990 年二期，頁
48～49。此文也見於楊哲編：《鍾敬文生平、思想及著作》，〈《鍾敬文採集口
承故事集》自序〉（石家莊：河北教育出版社，1991 年），頁 263～266。

〔註19〕 鍾敬文：《民間文藝學及其歷史——鍾敬文自選集》（濟南：山東教育出版社，
1998 年 10 月），頁 2。

〔註20〕 同註 19，頁 2。

〔註21〕 鍾敬文：〈序自己集錄的《口承故事集》〉，《民間文藝季刊》1990 年二期，頁

1930 年鍾敬文與江紹原、婁子匡在杭州創辦「中國民俗學會」，他在編《民間》、《民俗週刊》刊物時，看了許多民間故事，開啓他研究的發端：「1930年，我比較專心致力於民間文學的收集、研究，寫了關於這方面的講義和若干論文。」〔註22〕，他陸續發表相關的論文，有〈「狗耕田」型故事的試探〉（1930）、〈中國民間故事試探──田螺精〉（1931）、〈中國的地方傳說〉（1931）等論文。尤其是〈中國的地方傳說〉一文，構擬了中國地方傳說的九個類型，如：雞鳴型、動物輔導建造型、試劍型、望夫型、自然物或人工物飛徙型、美人遺澤型、競賽型、石的動物型、物受咒型等。從中可略窺鍾敬文試圖對中國民間故事傳說擬定類型書寫的用心。從他《陸安傳說・綴言》的一段話，可以看出他從事這個工作的態度：

> 這許多故事中，我相信必有若干是各地所共同的（也許有的已經別人
> 先我寫出）。不過，大體雖然相近，性質上至少要各帶著幾分不同的
> 地方色彩。這種大同小異，或竟是小同大異的東西，在研究者的眼
> 光看來，正是絕好的足資比較研究的材料。然即在賞鑒方面也非無
> 益處。因它在同一的事情上，可以感到異樣的情調與色素。〔註23〕

二、〈印歐民間故事型式表〉的翻譯

　　1928 年鍾敬文與楊成志合力翻譯英國雅科布斯（Joseph Jacobs）的〈印歐民間故事型式表〉，是有以下這段因緣的：

> 記得 1927～1928 年間，我和顧頡剛、董作賓、容肇祖諸位先生在廣
> 州中山大學創立了民俗學會，繼續進行北京大學歌謠研究會開創的
> 這種學術活動。1927 年底，我和同鄉青年學者楊成志得到了英國民
> 俗學會出版的《民俗學手冊》（1914），我們都覺得書中所附的《印
> 歐民間故事的若干類型》和《民俗學問題格》對我國這方面的研究
> 頗有參考價值，就共同把其中的《印歐民間故事的若干類型》先行
> 譯成中文，並於 1928 年刊行（稍後，楊成志譯出了《問題格》）。這
> 個小冊子，一時頗引起了我和同行們的興趣，接著，我跟趙景深都

50。

〔註22〕 鍾敬文：《鍾敬文學術論著自選集》（北京：首都師範大學，1994 年 9 月），頁759。

〔註23〕 轉引自劉錫誠：《二十世紀中國民間文學學術史》（河南：河南大學出版社，2006 年 10 月），頁 176。

寫了有關類型研究的文章發表。〔註24〕

鍾敬文在型式表前「付印題記」，表達他的意見是：「這篇不長的文章，在想略解歐洲民間故事的狀態，或對於中國民間故事思加以整理和研討的人，它很可給予他們以一種相當之助力的。」〔註25〕〈印歐民間故事型式表〉是約瑟雅科布斯（Mr. Joseph Jacobs）爲著《民俗學概論》初版，用亨德孫第一版的《北部諸州民俗》書裡庫路德作的分類表來訂正的，一共有七十個故事型式，名稱如下〔註26〕：

　　印歐民間故事型式表（*Types of Indo-European Tales*）

　　一、邱匹德與賽支式（Cupid and Psyche type）

　　二、麥羅賽那式（Melusina type）

　　三、天鵝處女式（Swan-maiden type）

　　四、皮涅羅皮式（Penelope type）

　　五、哲諾未亞式（Genoveva type）

　　六、判赤京或生命指南式（Punchkin of Life-Index type）

　　七、參孫式（Samson type）（與第六對看）

　　八、赫剌克利斯式（Hercules type）

　　九、蛇兒式（Serpent Child type）

　　一○、惡魔羅伯式（Robert the Devil type）

　　一一、金小孩式（Goldchild type）

　　一二、利爾利（Lear type）

　　一三、侏儒式（Hopo's my Thumb type）

　　一四、里亞・塞爾米亞式（Rhea Sylvia type）

　　一五、杜松樹式（Juniper Tree type）

　　一六、和爾式（Holle type）

　　一七、卡斯京式（Catskin type）

〔註24〕艾伯華著；王燕生、周祖生譯：《中國民間故事類型》（北京：商務印書館，1999 年 2 月），序言，頁 2。

〔註25〕婁子匡主編：《國立中山大學民俗叢書》第十二冊附錄（台北：東方文化供應社，1970 年），頁 4。

〔註26〕參見婁子匡主編：《國立中山大學民俗叢書》第十二冊附錄（台北：東方文化供應社，1970 年）；此文亦見葉春生主編：《典藏民俗學叢書》上冊（黑龍江人民出版社，2004 年 2 月），頁 9～23。故事提要詳見附錄一「印歐民間故事型式表」。

一八、金髮式（Goldenlocks type）

一九、白貓式（White Cat type）

二〇、辛得勒拉式（Cinderella type）

二一、美人與獸式（Beauty and Beast type）（與第一對照）

二二、獸姊妹夫式（Beast Brother-in-law type）

二三、七隻天鵝式（Seven Swans type）

二四、孿生兄弟式（Twin Brother type）

二五、從巫術中逃出式（Flight from Witchcraft type）

二六、白太式（Bertha type）

二七、哲孫式（Jason type）（與第二五對看）

二八、穀德綸式（Gudrun type）

二九、悍婦馴服式（Taming of the Shrew type）

三〇、脫刺是卑耳德式（Thrush-beard type）

三一、睡美人式（Sleeping Beauty type）

三二、賭婚式（Bride Wager type）

三三、約克與豆莖式（Jack and Beanstalk type）

三四、旅行地獄式（Joumey To Hell type）

三五、殺巨人者約翰式（Jack the Giant-killer type）（與第四三對照）

三六、波力飛烏斯式（Polyphemus type）

三七、鬥法式（Magical Conflict type）

三八、巧智退魔式（Devil Outwitted type）

三九、大膽約翰式（Fearless John type）

四〇、預言實現式（Prophecy Fulfilled type）

四一、法術書式（Magical Book type）

四二、盜魁式（Master Thief type）

四三、勇敢的裁縫匠式（Valiant Tailor type）

四四、威廉退爾式（William Tell type）

四五、忠實約翰式（Faithful John type）

四六、莖勒特式（Gelert type）

四七、報恩獸式（Grateful Beast's type）

四八、獸、鳥、魚式（Beast, Bird, Fish type）

四九、人得到超獸類的權力（Man Obains Power Over Beasts type）

五〇、亞拉丁式（Aladdin type）

五一、金鵝式（Golden Goose type）

五二、禁室式（Forbidden Chamber type）

五三、賊新郎式（Robert-Bridegroom type）

五四、骸骨呻吟式（Singing Bone type）

五五、白雪姑娘式（Snow White type）

五六、拇指湯式（Tom Thumb type）

五七、安德洛麥過式（Andromeda type）

五八、蛙王子式（Frog-Prince type）

五九、剌謨皮斯地理忒士京式（Rumpelstiskin type）

六〇、動物語言式（Language of Animals type）

六一、靴中小貓式（Puss in Boots type）

六二、狄克喜亭吞式（Dick Whittington type）

六三、正直與不正直式（True and Untrue type）

六四、死人報恩式（Thankful Dead type）

六五、笛手皮得式（Pied Piper type）

六六、驢、台及棍棒式（Ass, Table, and Cudrel type）

六七、三蠢人式（Three Noodles type）（重疊趣話）

六八、替泰鼠式（Titty Mouse type）（重疊趣話）

六九、老婦與小豚式（Old Woman and Pig type）（重疊趣話）

七〇、亨利墳尼式（Henny-Penny type）（重疊趣話）

這型式表似乎是一種以著名故事為型名來概括民間故事類型的分類方法，如灰姑娘、白雪公主等。趙景深對這種分類方式頗不以為然，他在〈評《印歐民間故事型式表》〉認為：「無論如何，似乎應該先分為大類，以後再仔細分為小類。」〔註27〕：

> 說一句大膽的話：雅科布斯替庫路德修正的這個《印歐民間故事型
> 式表》，實在還有修正的必要，甚至可以完全廢除。所以要廢除的理

〔註27〕趙景深：〈評《印歐民間故事型式表》〉，《民俗週刊》第二十一、二十二合期，1928 年。此文亦見趙氏《民間文學叢談》（長沙：湖南人民出版社，1982 年 7 月），頁 154～157。

由，便是一切民間故事，不一定在這個表裡能夠尋得著，像這樣仔
細的分類，至少可以分出一千類來。他幾乎是每篇故事算作一類
的，……比方，第六七八這三式，都是可以歸爲一式的，雅科布斯
卻分作三式，即是分得過於仔細的證明。……我以爲應該把神話和
歷史以及趣事去掉。雅科布斯似乎還不大明白神話歷史趣事和民間
故事的分別。他的型式是有些混亂的。

　　因爲這個印歐民間故事類型研究成果的引介，因此當時「用比較方法研
究民間故事的人多了起來。當時幾乎每一部外國民間故事集問世，不論是法
國的、挪威的、波斯的、孟加拉的、印度的，幾乎都有人把其中的某些故事
和中國故事聯繫起來。」〔註 28〕趙景深曾將中西故事相比擬討論，發表〈挪
威民間故事的研究〉、〈波斯民間故事研究〉〔註 29〕；清水也發表了〈阿斯皮
爾孫的三公主〉、〈貝洛爾的《鵝媽媽的故事》〉〔註 30〕。清水在故事集《海龍
王的女兒》自序說〔註 31〕：

　　民間故事的類似的比較的討論，是十分有意義的事，如能就世界各
　　國的故事傳說作相互比較的探討，以瞭解其於同一母題之下，怎樣
　　運用聯合而成爲各樣不同的故事，怎樣因 "時" "地" "種族" 及
　　"文化" 的關係而變化歧異，這都是頗有趣味的事。如起勁的幹時，
　　不獨可成功一部分很有價值的書，而且是有殊功於學術上的。近來
　　國內的學者，如玄珠、景深、靜聞伙友等，都頗致力於此。

當時學者將中國與外國的民間故事作比較的研究蔚爲風氣，然而鍾敬文也提
到當時型式表翻譯出版後所受到兩極化的批評：

　　……自《印歐民譚型式》，由國立中山大學語言歷史學研究所刊行之
　　後，有些人珍愛備至，常用以爲寫作民譚論文援引的「墳典」。但有
　　些人，卻很鄙薄它，以爲全無用處；甚至把它視爲斷送中國民俗學
　　研究前途的毒藥。〔註 32〕

〔註 28〕劉守華：《比較故事學論考》（黑龍江人民出版社，2003 年 5 月），頁 109。

〔註 29〕趙景深：《民間故事研究》（上海：復旦書店，1928 年），頁 73～80、81～91。

〔註 30〕參見《民俗週刊》第十九、二十合期、七十五期。

〔註 31〕《民俗週刊》第六十五期；亦見葉春生主編：《典藏民俗學叢書》下冊（黑龍
江人民出版社，2004 年 2 月），頁 2041。

〔註 32〕《國立北京大學中國民俗學會民俗叢書》第十七冊（台北：東方文化供應社，
1971 年），頁 355。

鍾敬文在 1934 年《中國民間文學探究‧自敘》一文中，表達對故事型式研究的看法：

> 約翰‧雅科布斯所修訂的《印歐民間故事型式表》，不但在它的本土歐羅巴，就在東方的日本，也被專門學者們所鄭重地介紹，且承認它是很足供參考的東西。可是，它在中國，卻被一部分人賜以和這極相反的命運——蔑視！……（雖然另一些人，把它過地看成爲唯一的法寶，這也是我所不敢贊同的）。拙作《中國民譚型式》，不過是一個未完成的嘗試。但自信不是全無意義的工作（這並非因爲它在國外發表的時候，頗受贊許的緣故）。〔註33〕

> 我以爲，神話、故事的研究，是可以從種種方面去著眼的。型式的整理或探索，是對它的形式（同時當然和內容有關係）去研究的一種方法。這自然不是故事研究工作的全部，但這種研究，於故事的傳承、演化、混合等闡明上是很爲重要的。我不願引什麼外國學者的話來助證自己的論點，……是的，故事的內容的研究是重要的（至少我自己，無論過去或現在，都不曾理論地或實踐地忘記了這個原則），同時形式方面的研究，也不是容許疏忽的。或者更確切地說，這兩方面的研究，是應該相輔而行的。〔註34〕

鍾敬文認爲研究民間故事有多種方法，型式研究是其中一種方法，而不是目的。故事的內容研究與型式研究是同等重要，透過型式可對同樣故事的傳承、演變深入探討。

三、〈中國民間故事型式〉的編寫

鍾敬文 1928 年秋，從廣州到杭州工作。在杭州期間他編寫一些中國民間故事類型，分期刊載於當地出版的《民俗週刊》上，共 45 類 52 式。後來匯合起來，題爲〈中國民間故事類型〉〔註35〕，初刊於《民俗學專號》（即《民俗學集鐫》第一冊，1932 年），後來譯成日文，1933 年刊載於《民俗學》月

〔註33〕 轉引自楊哲編：《鍾敬文生平、思想及著作》（石家莊：河北教育出版社，1991年），頁 701。

〔註34〕 同註 33，頁 703。

〔註35〕 《民俗學集鐫》第一輯，頁 353～374；亦見《國立北京大學中國民俗學會民俗叢書》第十七冊（台北：東方文化供應社，1971 年）；亦見鍾敬文：《鍾敬文文集‧民間文藝學卷》（安徽：教育出版社，2002 年 12 月），頁 620～636。鍾文原沒有編號，今依其排序編碼。

刊上。他在型式前的「小引」提到書寫的緣由與過程：

> 民國十六年的冬天，我和友人楊成志先生合譯了庫路德那被修正過
> 的《印度歐羅巴民間故事型式》（Some types of Indo-European
> folk-tales），當時想，把中國的民間故事照樣來整理一下，該不是無
> 意義的吧。……後來就省立民眾教育實驗學校"民間文學"的講
> 席。因爲常常瀏覽國內民間故事一類書籍之故，所以整理形式的心
> 思又形活動。高興時，即信手草寫兩三個，以塡塞此間「民俗週刊」
> 的空白。本擬等寫成一百個左右時，略加修訂。印一單行本以問世。
> 但數月來，半因爲所講的功課已換了新題目，半因爲自己的興趣又
> 另轉了一個方向；這樣，寫到了原定數目一半的型式，又只好中斷
> 了。〔註36〕

〈中國民間故事型式〉在學界開了編製中國民間故事型式的先河，類型名稱
如下〔註37〕：

一、蜈蚣報恩型	二、水鬼與漁夫型
三、雲中落繡鞋型	四、求如願型
五、偷聽話型	六、貓狗報恩型
七、蛇郎型	八、彭祖型（第一式、第二式）
九、十個怪孩子型	十、燕子報恩
十一、熊妻型	十二、享夫福女兒型
十三、龍蛋型	十四、皮匠駙馬型
十五、賣魚人遇仙型	十六、狗耕田型
十七、牛郎型	十八、老虎精型
十九、螺女型	二十、老虎母親（或外婆）型
二一、羅隱型	二二、求活佛型
二三、蛤蟆兒子型（第一式、第二式）	二四、怕漏型
二五、人爲財死型	二六、慳吝的父親型
二七、猴娃娘型	二八、大話型

〔註36〕《國立北京大學中國民俗學會民俗叢書》第十七冊（台北：東方文化供應社，
　　　　1971 年），頁 353～354。
〔註37〕故事提要參見附錄三「鍾敬文與艾伯華故事類型對照表」。

二九、虎與鹿型	三十、頑皮的兒子（或媳婦）型
三一、傻妻型	三二、三句遺囑型
三三、百鳥衣型	三四、吹簫型（第一式、第二式）
三五、蛇吞象型	三六、三女婿型
三七、擇婿型	三八、書呆子掉文型
三九、撒謊成功型	四十、孝子得妻型
四一、呆女婿型（第一式～第五式）	四二、三句好話型
四三、吃白飯型	四四、禿子猜謎型
四五、說大話的女婿型	

他在北京師範大學舉辦的「中國民間文化高級研討班」所說的一段話或許可說明他以故事類型為基礎作相關研究時的思維方式：

> 又如灰姑娘的故事，外國搜集了很多故事異文，但我若研究這個故事，大概會從社會、家庭來看，它說明了什麼，裡邊透露了什麼信息。我初步這樣考慮，母親愛她親生的女兒，這是血緣關係，再一個是財產分配的問題，如果不將非親生大女兒排除出去，那她要占一財產分額。當然還不只這兩點。這就是我與其他用眾多故事比較同異的研究方法不一致之處，我注重從故事所體現的意義上分析，這也是一種思考問題的方法。〔註38〕

以〈中國民間故事型式表〉為基礎，他陸續發表了一些專題性的論文，如〈中國民間故事試探——蛤蟆兒子〉（1932）、〈蛇郎故事試探〉（1932）、〈老虎與老婆兒故事考察〉（1932）、〈中國的天鵝處女型故事〉（1933），在〈中國印歐民間故事之相似〉（1939）一文中，則茲舉十例說明印歐民間故事頗多與中國故事相似的地方。〔註39〕

四、〈中國民間故事型式〉的影響與價值

鍾敬文撰寫的〈中國民間故事型式〉，雖只有 45 類 52 式，然民間故事重要的類型大多已包括其中。此文刊出後，引起國內研究民間故事學者的關注，

〔註38〕轉引自萬建中：《鍾敬文民間故事研究論析——以二三十年代系列論文為考察對象》，《北京師範大學學報》2002 年第二期，頁 25。

〔註39〕鍾敬文：〈中國印歐民間故事之相似〉，《民俗週刊》第十一、十二合期；亦見《國立北京大學中國民俗學會民俗叢書》第三冊，頁 77～84。

其後相關研究論文也多依循或倚重其型式爲論述基礎〔註40〕。除此之外，它的影響還有下列兩個層面。

（一）對日本民間文學界的影響

鍾敬文的〈中國民間故事型式〉在日本民間文學界受到很大的關注。1933年日本民俗學會編的《民俗學》第五卷第十一號月刊全文譯載了此文，名稱爲《中國民譚型式》。小島瓔禮提到當時這篇文章對日本民間故事研究者的啓發與影響〔註41〕：

> 當時，《中國民譚型式》對日本民間故事的比較研究上產生極其強烈的刺激。相當於畫像妻子的"百鳥衣型"是其中的一個好例子。……桂又三郎君介紹了正保四年（1647）的《簠簋抄》上卷中載有"畫像妻子"的故事。……再者，從《簠簋抄》是總結陰陽家的知識書來看，畫像妻子故事很有可能是由陰陽家從中國傳過來，然後在日本社會擴散開來的。但是，爲的證明這種觀點，首先必須能確認在中國也有這個類型的故事。從這個意義上來說，鍾先生的《中國民譚型式》起到了把亞洲大陸和日本列島連接起的大橋基石的作用。
>
> 按照《中國民譚型式》，蛇郎故事的基本結構是這樣的，……這個故事比較接近日本的"蛇女婿"。但是後半部分的開展，在日本不論地區還是數量上並不多見。後半部分和日本的"鬼女婿"接近。這樣的例子告訴我們，如果缺乏中國以及亞洲大陸資料的話，就不能討論日本民間故事變化、發展的情況。

日本民俗學家關敬吾也說：「鍾敬文的文章，是把我們的注意力引向口承文藝的契機之一。在這個意義上，應當說鍾敬文教授是我在中日口承文藝比較研究方面的前輩。」〔註42〕日本學者對於鍾敬文的型式表提供中日民間故事的

〔註40〕參見(1)顧希佳：〈蜈蚣報恩型故事的類型解析〉，《廣西民族學院學報》2002年五期，頁60～63。(2)林繼富：〈一句話引出的喜劇——"老虎怕漏"故事解析〉，《中國民間故事類型研究》（湖北：華中師範大學出版社，2002年10月），頁87～97。(3)王天鵬：〈中日蛇郎故事比較〉，《湖北民族學院學報》第二十四卷第二期（2006年二期），頁66～71。

〔註41〕小島瓔禮著：李連榮、高木立子譯：〈鍾敬文先生的學問——通往世界民俗學的橋樑〉，《民俗研究》2001年第二期，頁124～125。

〔註42〕轉引自汪玢玲：〈民俗文化學巨擘——記鍾敬文先生〉，《社會科學戰線》2002

比較研究，都持肯定的態度。

（二）對艾伯華類型索引的影響

鍾敬文對中國民間故事分類研究所做的努力，是具有開拓性功勞的。丁乃通在〈近代中國民間故事〉文中肯定鍾敬文研究論文成就外，更點出此文爲 1937 年艾伯華撰寫出版的《中國民間故事類型》提供了分類模式：

> 從民間故事研究的角度而言，最重要的學者當是鍾敬文。他除了研究洪水故事、蛇丈夫故事、天鵝處女故事等有價值的論文外，還參照十九世紀英國某些民俗學者的方法，試圖對中國的民間故事進行分類，爲艾伯哈德的《中國民間童話類型》提供了模式。〔註43〕

從艾伯華的故事分類，可看出其某些型式與鍾敬文的類型有極密切的關聯。〔註44〕當時在清華大學外國語文系任教的教授翟孟生（R. D. Jameson）對故事型式這個問題也很關心，他根據格林童話把外國的民間故事編成若干型式，于道源把他編的一部分型式於 1936 年翻譯刊登在《歌謠週刊》介紹給讀者。〔註45〕

（三）〈中國民間故事型式〉的價值

劉錫誠對鍾敬文故事研究的論文特色與貢獻有相當中肯的評述〔註46〕：

> 人類學派神話學的一些基本觀點，已比較廣泛地爲學界所知曉的認同，鍾敬文選擇一些比較典型的中國民間故事型式，採用文獻資料和新採集的口傳資料相印證，進行歷史的和地理的比較與闡釋，無疑是一個大膽的而且是成功的嘗試。……不少一般作者是只能運用

年一期，頁 235。

〔註43〕丁乃通著；陳建憲、黃永林、余惠先譯：〈近代中國民間故事〉，《中西敘事文學比較研究》（湖北：華中師範大學出版社，1994 年 10 月），頁 238。

〔註44〕參見附錄三「鍾敬文與艾伯華故事類型對照表」。

〔註45〕翟孟生的〈童話型式表〉於 1936 年在北京大學《歌謠週刊》第二卷第二十四～二十九期發表，由于道源翻譯。譯者在前言提到：「以爲現在中國一般研究民俗的人，往往還是在搜求材料上用力，而不知道利用這些已得的材料去作比較分析等整理工作；因之費力雖勤但是沒有系統，這也許是由於沒有適當的標準的緣故。因此，這一些表格是值得譯出來介紹給大家的。」型式表共分十一個故事類型：1.忠心的約翰型、2.灰女型、3.漢賽爾和格萊泰爾型、4.三蛇葉型、5.勇敢的小縫衣匠型、6.七隻老鴉型、7.長著三根金頭髮的魔鬼型、8.沒有手的女郎型、9.睡美人型、10.湯姆指型、11.雪白女型。

〔註46〕同註23，頁 360、363。

文獻資料，還沒有人涉獵和掌握如此眾多的口傳資料。在當時，鍾敬文是唯一的一個既願意查閱文獻資料又廣泛搜羅口傳資料並把二者結合起來進行研究的年輕學者。

鍾敬文採用西方的型式理論進行故事的研究時，比較注意本土化，也注意著力於研究西方型式表中沒有地位的中國特有的故事，如呆女婿故事，注意找出同類型的中西故事之差異，如在論到變形時指出「西洋民間故事中的變形較多屬於後者（指被動變形），在中國呢，卻以前者（指自動變型）為常見。」

若以 AT 分類法來分析鍾敬文的故事型式表，有十八個是具有國際性的，這些故事不僅在中國，其他的國家也有流傳；依丁乃通與金榮華類型索引的編碼而論，則有二十一個是主要流傳在中國區域的，詳如下列：

1.國際型（共十八個）〔註47〕

3＝301	6＝560	8＝330A	9＝653
12＝943	17＝400	18＝210	22＝461
24＝177	28＝1539 及 1535	29＝126 及 78	32＝915A
35＝285D	39＝1641	40＝465	41（第三式）＝1696
42＝910	45＝1920A		

2.主要流傳區域在中國者（共二十一個）

1＝554D	2＝776、776A	4＝555D	5＝598
7＝433D	10＝747	14＝1641C.1	16＝542
19＝400C	20＝333C	23＝440A	25＝555A
26＝1305D.1	27＝312A.1	31＝1382A 及 1382B	33＝742
34＝第一式（592A）、第二式（749B）	36＝922A.1	37＝851C	
41＝第一式（1696C）、第二式（1696E） 第四式（1683）、第五式（1691A.1）	43＝1526A.2		

〔註47〕等號前者是鍾氏型式序號，後者是其他索引的編碼。參見(1)Stith Thompson, *The Types of the Folktale* (Helsinki, 1981)。(2)丁乃通著：鄭建威等譯：《中國民間故事類型索引》（北京：中國民間文藝出版社，1986 年 7 月）。(3)金榮華：《民間故事類型索引》（台北：中國口傳文學學會，2007 年 2 月）。

有的故事型式目前還沒有類型編碼，如排序第 11、15、21、30、38 號，但故事至今仍在各地流傳，如第 21 號「羅隱型」故事〔註48〕。

　　月朗〈中國人類學派故事學比較研究發微〉〔註49〕對鍾敬文做的評析，不啻可稱為對〈中國民間故事型式〉價值的總評，其大意如下：

> 三十年代前後以鍾敬文為代表的人類學派比較故事學研究，其成就
> 與歷史意義在於：打破了以往故事研究的狹小天地，把中國故事置
> 於世界故事大背景之下加以比較考查，並把故事的演變與社會風
> 俗、人類思維的進化聯繫起來，科學地指出了各地相似故事間的某
> 些聯繫，初步揭示了故事演變的一般規律；其次，比較研究還促進
> 了故事搜集工作的科學化。

鍾敬文〈中國民間故事型式〉的撰寫刊行，不僅是他多年來從事搜集、閱讀與研究民間故事的心得總和，並提供中國民間故事類型分類的參考，就中國民間故事分類研究來說，是具有歷史意義的，也為中國民間故事分類建立新的里程碑，使民間文學研究者關注探討這個課題，這對促進中國民間故事研究水準的提升及後續故事類型索引編寫的開展，鍾敬文的〈中國民間故事型式〉都具有相當重要的地位。

〔註48〕　參見(1)金榮華：《金門民間故事集》（台北：中國文化大學中國文學研究所，1997 年 3 月），頁 200～201。(2)金榮華：《澎湖縣民間故事》（台北：中國口傳文學學會，2000 年 10 月），頁 166～167。

〔註49〕　月朗：〈中國人類學派故事學比較研究發微〉，《民間文學論壇》1986 年第四期，頁 63。

第參章　艾伯華的《中國民間故事類型》

　　艾伯華（Wolfram Eberhard，1909～1989）〔註1〕，德裔美籍社會人類學家、民俗學家、東方語言學家。1929 年畢業於柏林大學，1933 年獲得中國漢代天文學的博士學位。大學畢業後，進入柏林人類學博物館工作。

　　艾伯華自三〇年代初起，與杭州中國民俗學會互相通信，交換贈寄學術刊物，積極致力於雙方的學術往來，表現了對中國與西方文化交流的濃厚興趣。1934 年來華，為柏林博物館搜集民族志實物，順路到浙江金華一帶做民間文學實地調查，從老百姓中間收集了一些口頭故事。後到北京大學等校任教。1935 年，赴華北的西安、太原和大同等地考察寺廟與宗教信仰。

　　1937 年，艾伯華應邀赴土耳其安卡拉大學執教，歷時十一年。在土耳其期間，他講授了幾門關於中國文化的課程，範圍涉及中國民俗、中國大眾文化、中國歷史、中國少數民族文化和地方文化，以及中國與周邊民族的歷史往來等等。

　　自 1948 年至 1976 年，艾伯華一直在美國加州大學柏克萊分校任教，任社會人類學系教授，講授關於東亞、西亞和中亞的社會歷史與民俗文化的多種課程。

　　艾伯華著作頗豐，其中僅關於中國民俗與歷史的著作就有多種，有《中國民間故事類型》、《中國民間故事》、《中國東南部的民間敘事文學》、《客家

〔註1〕　此部分內容轉引節錄自〔德〕艾伯華著（Wolfram Eberhard）；王燕生、周祖生譯：《中國民間故事類型》（北京：商務印書館，1999 年 2 月），〈艾伯華傳略〉，頁 532～534。

故事研究》、《台灣民間故事研究》、《中國文化象徵詞典》等書。

第一節　艾伯華在中國的民間故事採集

　　艾伯華在 1937 年於赫爾辛基出版《中國民間故事類型》（*Typen chinesischer Volksmärchen*）（FFC120），1999 年才有中文版發行。〔註2〕這是第一本中國民間故事類型分類的索引。在丁乃通的書出版之前四十年〔註3〕，這是西方民間故事研究者研究中國民間故事唯一的類型檢索工具書。這本書的書寫與艾伯華在中國活動經歷有極密切的關係。以下分述之。

一、艾伯華與中國學者的文化交流

　　艾伯華與中國學者的交流對象最主要是當時杭州民俗學會的發起人，如鍾敬文、婁子匡等人。在他給婁子匡的書信中，我們可以知道當時他們除了互寄刊物與學術交流外，艾氏也準備要將中國的神話及傳說資料編成專書，所以他對於搜集中國民間故事的工作是很積極的。如艾伯華寫給婁子匡的信：

> 由於我的柏林朋友兼同事芬德生博士的盛意，我纔能夠讀到閣下的新著：中國新年風俗志，及閣下等所編的民間月刊最近兩期。那本書我感到頂高的興趣，閣下等所編的月刊，對於我和我的朋友，已成了一種必不少的幫助的資料。在這刊物中，我們大家找出了在別的任何地方所找不到的東西，而且是在德國還沒有一個人知道的東西。在我們這**裏**，流行了一種見解：以為在中國是沒有神話和傳說的。我從前也曾被人詢問過關於這一點，而我曾回答說在中國是沒有像在別的國家那樣的傳說的。現在，從你們的雜誌**裏**，和中山大學民俗學會和杭州民俗學會的出版物中，我們才知道，事情不是這樣的。<u>我自從許久以前，就已經從事於收集中國古今神話及傳說的資料，為的是將來要把它們編成一本專書。古代的材料，我從許多古籍中已找到不少，我這裡已有不少法、英、德各國同志的著作。</u>但近代的材料，我們至今還沒有知道。……現在我可不可以向閣下請求一種最大的「人情」，就是可否將民間月刊卷一，第一至第十二

〔註 2〕 同註 1。

〔註 3〕 Nai-Tung Ting, *A Type Index of Chinese Folktales*（FFC223）（Helsinki, 1978）.

－44－

期，卷二第三期以下的各期，連同閣下之寶貴的大著：紹興故事，
紹興歌謠以及最近的民俗學集鐫卷三，和你們的其他的最新的出版
品及定期刊物，一一賜寄。〔註4〕（《民間月刊》第二卷第五號）

閣下底巧女和獸娘的故事的搜集，是閣下無限努力的表現。這種搜
集，做得確是考究，特別是關於獸娘的諸故事，在德國也是有的。
如閣下所知道的，那也是具有許多相似的形式的。〔註5〕（《民間月
刊》第二卷第九號）

從婁子匡的〈園丁守護著的花朵──中國早期的民俗學會跟學人〉〔註6〕
文中，詳述了艾伯華如何運用中國學者的資料，對於中德兩國民俗學研究的
聯繫，還有德國人對於中國學人的研究成果評價，以及艾伯華將中國故事整
理出科學價值的豐碩成果，婁子匡是抱持肯定態度的：

過了若干年以後，中國民俗學人所供應的資料，艾氏便把它們整理
翻譯，中國的俗文學作品，就呈現在西方的民俗學人之前了。第一
本是艾氏以德文譯述的「東南中國的民間故事」（*Volksmärchen aus
Südost-China*）這是中國民俗學人曹松葉的「金華民間故事集」的精
譯，同時舉出 190 個類型而加以詳細的註釋。於是流傳中國浙東的
民間故事傳誦在國際民俗學人的眼前了。

艾伯華介紹中國民間文學的第二本書，是「中國的神仙故事」
（*Chinese Fairy Tales*），在英國倫敦問世了。這一本書內涵六十篇中
國底故事、神話和傳說，他從「民間月刊」、「民俗週刊」和林蘭所
搜記的故事集，作英文的選譯。

艾氏又把中國的民間故事作了科學的整理工作，就華南、華中和華
北的資料，作分區的整編，計搜羅六百五十五個流傳在華南的故
事；一千三百六十五個流傳在華中的故事；二百五十個流傳在華
北的故事；還有六八六個故事是漏記搜集地址的。艾氏把中國底

〔註 4〕 婁子匡主編：《國立北京大學中國民俗學會民俗叢書》第二十冊（台北：東方
文化供應社，1971 年），頁 81～82。
〔註 5〕 婁子匡主編：《國立北京大學中國民俗學會民俗叢書》第二十二冊（台北：東
方文化供應社，1971 年），頁 48～49。
〔註 6〕 婁子匡主編：《國立中山大學民俗叢書》第一冊（台北：東方文化出版社，1969
年），頁 6。

二千九百五十六個故事，整編成為「中國故事的類型」（*Typen chinesischer Volksmärchen*），列為芬蘭的民俗學者國際組合 F. F. C 的叢書之一。

另一位與艾伯華聯繫密切的學者是鍾敬文。他說在 1930 年，他與友人在杭州創建了「中國民俗學會」，從事民俗學的工作。當時艾伯華就曾經與他們通訊聯繫：

在那同時，一些外國的（主要是日本與德國的）同行，也注意到了我們的工作，與我們建立了通訊關係，互相寄贈刊物。在這中間，艾博士是最積極、最熱心的一位國際朋友。他自動給我們寫信，給我們寄來他們所辦的刊物《宇宙》和他的學位論文（關於中國天文學史的），還為我們的刊物寫過稿子。〔註7〕

在他諸多著作中也都提及與艾伯華的互動過程。如：

1930 年我們在杭州編印《民間》時，德國學者 W・愛伯哈德博士，曾主動和我們聯繫，互通學術訊息，交換刊物。〔註8〕

在艾氏〈關於民間文學的一封信〉中，除了表達對閱讀鍾敬文文章獲得了學習，更對〈中國的天鵝處女〉論文表示讚賞〔註9〕：

我在其中看到你的最新著作的幾篇，使我非常喜歡，……在那時候我把你的著作差不多都讀過了，而且從其中學到了很多的東西。……這個專號裏的幾篇文章尤其是天鵝處女故事（這是在我們德國很熟悉的傳說，而在美洲的印地安人中間以及在南海中也是有的。）對於我是很重要。我以為你的探究很正確，而你所達到了的結論，我也完全贊成。（《藝風月刊》一卷九期）

據後來鍾敬文告訴丁乃通，「1930 年初艾伯華在中國搜集資料時，鍾敬文及同事們所寫的有關中國民俗的文章和著作都給了他兩份。」〔註 10〕中國民俗學會還曾派人陪同艾伯華到地方上進行訪查：

〔註7〕 同註1，序言，頁6。

〔註8〕 鍾敬文：《民間文藝學及其歷史——鍾敬文自選集》自序（濟南：山東教育出版社，1998 年 1 月），頁 12。

〔註9〕 婁子匡編：孫福熙等著：《藝風・民間專號》，《國立北京大學中國民俗學會民俗叢書》第一〇八冊（台北：東方文化供應社，1971 年），頁 134。

〔註10〕 丁乃通著：李揚譯：〈答愛本哈德教授〉，《故事研究資料選》（湖北：中國民間文藝家協會湖北分會編印，1989 年 9 月），頁 285。

　　1934 年夏，德國民俗學家愛伯哈特博士來我國訪問，中國民俗學會
同他進行了學術交流（其時我雖在日本，但對這一活動是知道和贊
同的），還派人和他到浙江金華、麗水和雲和一帶考察畬族民間文
化。以後，他同金華一位中學教員曹松葉合作，用英文撰寫了一部
關於中國民間故事的書；又利用浙江等地的故事資料，寫成了《中
國民間故事的類型》的專著。〔註11〕

艾伯華三○年代到中國的時候，正是國內民間文學研究出版鼎盛時期，如顧
頡剛《孟姜女故事研究》，鍾敬文、楊成志翻譯出版〈印歐民間故事型式表〉，
還有鍾敬文《兩廣地方傳說集》、《陸安神話傳說集》、《民間趣事》等書，以
及林蘭多達三十七冊的故事集等。所以艾伯華在這段遊歷中國期間，他搜集
與採錄民間故事的成果想必十分豐碩。

二、艾伯華與曹松葉的採錄成果

　　艾伯華在《中國民間故事類型》書前扉頁特地加以說明：「謹以此書敬獻
給我的朋友——曹松葉，他向我提供了他所有的資料，因此本書才得以同讀
者見面。」可見曹松葉對艾氏書的寫成，提供了極大的幫助。

　　曹松葉早年畢業於南京師範大學，長期在金華、武義、義烏的中學教書。
二十世紀三○年代，曾在金華一帶採錄過大量的民間故事，卓有成就。艾伯
華 1934 年來華，經鍾敬文介紹，到浙江金華一帶作實地調查。就在那個時候，
他遇見了曹松葉。當時曹松葉把自己多年收集的金華一帶民間故事手寫記錄
稿抄本共七卷，約五百多則民間故事，都交給了艾伯華，並允許他使用和整
理這些材料寫成《中國民間故事類型》一書。曹松葉的民間故事收集成果實
在彌足珍貴，它們曾直接為民間故事研究作出過重要的貢獻。據艾伯華稱，
曹松葉的這七卷手抄本的一份副本收藏在柏林民族博物館。又據日本學者馬
場英子在不久前的查訪，當年收藏在柏林民族博物館的大批材料都焚毀於二
次世界大戰期間。〔註12〕

　　曹松葉經年在浙江金華地區從事民俗調查的工作，並將採錄結果與研究
投稿於《民俗週刊》、《民間月刊》等刊物，這可從他歷年來發表的調查報告

〔註11〕鍾敬文：〈我與浙江民間文化〉，《民俗文化學——梗概與興起》（北京：中華
　　　　書局，1996 年 11 月），頁 164。
〔註12〕此段內容轉引節錄自顧希佳：《浙江民間故事史》（杭州：杭州出版社，2008
　　　　年 1 月），頁 431～432。

與論文略知一二〔註13〕。

綜上所述，可知艾伯華的《中國民間故事類型》內容取材，除了他自己所涉獵的文獻資料與採錄所得外，來自中國民俗學者鍾敬文、婁子匡、林蘭等人資料〔註14〕，與曹松葉提供的七卷民間故事手抄本文集，對於艾伯華撰寫完成《中國民間故事類型》這本書，有其相當的幫助與重要性。

第二節　艾伯華《中國民間故事類型》的分類與綱要

艾伯華在《中國民間故事類型》前言，提到編寫此書的目的：「為從事民間故事比較研究的學者編寫並整理出一部在今天看來是可靠的著作，它至少可以暫時填補民間故事比較研究方面存在著的一個很大的空白。」〔註15〕他書寫的基本要點是用中國故事的全文作類型索引，及擬定中國民間故事類型的編撰系統。〔註16〕書中引用資料300多種，故事約3000篇，區分15大類，共247個類型（故事類型216種〔註17〕，笑話類型31種）。

艾伯華對於中國民間故事類型的分類，除了他當時的故事分類觀念外，鍾敬文的著作〈中國民間故事型式〉對他也有相當影響。如同之前提到艾伯華與鍾敬文通訊時，他說從鍾敬文那邊「學到了許多東西」。加藤千代也說：

論述 EB（艾伯華）索引時，不可以無視鍾敬文當時的研究成果。鍾

〔註13〕曹松葉發表的論文與調查報告有：1.〈曹眾的故事〉（中山大學《民俗週刊》第七十四期）；2.〈金華的三佛五侯〉、〈金華城的神〉、〈金華一部分神廟一個簡單的統計〉（中山大學《民俗週刊》第八十六～八十九期）；3.〈謎語的修辭〉、〈謎語的取材〉、〈黃河、長江、珠江三大流域謎語一個單簡的比較〉（中山大學《民俗週刊》第九十六～九十九期）；4.〈泥水木匠故事探討〉（中山大學《民俗週刊》第一○八期）；5.〈關於鳥獸草木蟲魚〉（《民俗學集鐫》第一集）；6.〈金華的神樹廟〉（《民間月刊》第二卷第七期）；7.〈齒的迷信〉（杭州民俗學會《民俗週刊》第十期）；8.〈關於金屬鬥牛的風俗〉（杭州民俗學會《民俗週刊》第三十五期）；9.〈金屬祈雨的風俗〉（杭州民俗學會《民俗週刊》第三十七期）；10.〈關於醫藥的迷信〉（南京《民俗週刊》第六期）等。

〔註14〕參見艾氏索引「參考文獻」，頁460、466、469。

〔註15〕同註1，前言，頁1。

〔註16〕艾伯華著；董曉萍譯：〈丁乃通的《中國民間故事類型索引》：以口頭傳統與無宗教的古典文學文獻為主〉，《民族文學研究》2008年三期，頁168。

〔註17〕書上編號雖是215號，然實際上應有216個類型故事，因為排序第200的編號有200與200a兩個故事類型。

的民間故事研究，不論在資料的歷史溯源還是在其地域分布上，都與外國作了歷時的和共時的比較。艾伯哈德之所以能夠完成後述那樣周密的索引，其背後鍾敬文的影響是不可否定的。〔註18〕

甚至丁乃通直指艾書的某部分類型是傳承自鍾敬文的著作〔註19〕：

> 愛本哈德教授的體系並非完全是他自己的，正如他一直承認的那樣，部分是源自一些中國民俗學者的著作，特別是鍾敬文。有十四個故事類型在字詞及故事因素劃分上幾乎完全一樣，同時，還有二十四個類型同鍾先生的劃分是如此相似，以致於我們無可置疑的看出愛本哈德教授的大作與鍾先生文章間的傳承關係。
>
> 去年在北京時，鍾教授告訴我，1930 年初愛本哈德教授在中國搜集資料時，鍾教授及同事們所寫的有關中國民俗的文章和著作都給了他兩份。在笑話中，有關巧女和拙女的故事（笑話 28，1-XI 和 7，1-III〔註20〕）是根據婁子匡《巧女和呆娘的故事》121～135 頁而來。

將艾伯華與鍾敬文的故事類型對照比較，實際上兩者有四十六個故事型式是相同與幾近相似的。〔註21〕所以以上兩位學者的說法是中肯的。

一、《中國民間故事類型》的取材

艾伯華在書的前言說：「這部著作是從現代中國的民間故事出發的，即是從當今還確實流傳著的民間故事出發的。不過，本書除收有"民間故事"外，同時還包含傳說、寓言、笑話、甚至偶爾也含有軼事和史事傳說。」〔註22〕他認爲：

> 在中國的民間故事中每個母題都是非常固定的，同時也具有強大的生命力，然而母題鏈，即整個民間故事，又是相對地不穩定的。民間故事裡經常出現的母題有時也會突然出現在傳記、笑話裡。在中國，民間故事的形成還沒有停止，許多母題還是有生命力的。這些

〔註18〕加藤千代著；陳必成譯：〈關於中國民間故事類型索引——艾伯哈德的書評與丁乃通的答辯〉，《故事研究資料選》（湖北：中國民間文藝家協會湖北分會編印，1989 年 9 月），頁 273。

〔註19〕丁乃通著；李揚譯：〈答愛本哈德教授〉，《故事研究資料選》（湖北：中國民間文藝家協會湖北分會編印，1989 年 9 月），頁 284～285。

〔註20〕丁乃通文誤植爲「笑話 2，1-III」。

〔註21〕參見附錄三「鍾敬文與艾伯華故事類型對照表」。

〔註22〕同註 1，前言，頁 2。

母題在今天又能形成新的民間故事、軼事或其他的體裁形式，並在
形成過程中繼續存在下去。〔註23〕

可見其索引分析對象是採廣義的民間故事概念。書中引用的參考書籍、期刊
等，總數有三百餘種，上有《山海經》、《呂氏春秋》、《戰國策》等古籍，下
有三〇年代中期出版的民間故事集及民俗雜誌等書刊。以下例舉之。

（一）古代典籍

經：《詩經》、《書經》等。

史：《史記》、《後漢書》、《晉史》等。

子：《山海經》、《墨翟》、《韓非子》、《呂氏春秋》、《淮南子》、《藝文類
聚》、《太平廣記》等。

集：《曹子建集》、《柳宗元集》等。

（二）現代刊物

民間故事集：《荣花郎》、《故事的罈子》、《廣州民間故事》、《山東民間傳
說》等。

採錄本：《曹松葉手抄本》、《艾伯華手抄本》、《中國的民間傳說》等。

民俗雜誌：《婦女旬刊》、《新民半月刊》等。

地方志：《佛山忠義鄉志》、《福建通志》、《龍溪縣志》等。

其他：《湖南唱本提要》、《宋元南戲百一錄》等。

二、《中國民間故事類型》的體例

艾伯華說：「本書不是嚴格按照阿爾奈提出的模式來編排的。中國民間故
事的特點，無論從內容、還是從它們的特點來說，都比較容易地看出，它們
是屬於一個整體，彼此不能分家。」〔註24〕書前導讀有這麼一段話：「本書是
描述和探索中國民間故事類型的工具書，同時也是一部學術著作。它具有工
具書的功用，但不是嚴格地按照國際上通用的 AT 分類法進行編排的工具書，
而只是有限地參考了 AT 分類法。」〔註25〕他爲中國故事類型設計擬定了一套
編撰系統。而加藤千代認爲，艾氏書完成於 1936 年，湯普遜補訂的《民間故
事類型》已發表了十年（該類型發表於 1928 年），艾伯華應該是熟悉這一材

〔註23〕同註1，前言，頁2。
〔註24〕同註1，前言，頁7。
〔註25〕同註1，導讀，頁1。

料的，還認為他目錄的分類細部大綱除第5、6類目是以神話為對象這一特點之外，還是受了AT的影響，並以之為借鑑的。〔註26〕

艾氏全書的內容分三部分：故事類型（第一章）、研究著述（前言與第二章）、文獻索引（包括：中文參考書目索引、中文書刊作者索引、民間故事拼音索引、民間故事類型索引）與「民間故事地區來源一覽表」等。艾伯華對各類型與條目的編排有：主題標號、類型編號、類型名稱、故事提要、擴展、異文、資料出處、流傳地區、綜述、附註、比較等。其中包括關於類型的各種說明，如：母題的說明、故事情節的延伸、情節單元素的變異、故事的歷史溯源、與其他故事的比較與關聯等。《中國民間故事類型》大類簡目〔註27〕如下：

　　　一、動物

　　　二、動物與人

　　　三、動物或精靈幫助好人，懲罰壞人

　　　四、動物或精靈跟男人或女人結婚

　　　五、創世、混沌初開、最初的人

　　　六、物種和人類的起源

　　　七、河神與人

　　　八、妖精和死鬼與人

　　　九、諸神與人

　　　十、陰間和轉世

　　　十一、神和神仙

　　　十二、巫師、神秘的寶藏和奇蹟

　　　十三、人

　　　十四、主人公和英雄

　　　十五、滑稽故事

內容示例一：13.樂於助人的動物：貓和狗〔註28〕

　　　13. 樂於助人的動物：貓和狗

〔註26〕加藤千代著：劉曄原譯：〈兩種中國民間故事類型索引簡說〉，《民間文學論壇》
　　　　1991年第五期，頁89。
〔註27〕類型譯名據王燕生、周祖生所譯的中文本，頁531。類目名稱參見附錄四「艾
　　　　伯華《中國民間故事類型》類目簡表」。
〔註28〕同註1，頁25～26。

(1) 某人餵養了貓和狗。

(2) 他的一件寶物被盜。

(3) 貓和狗在迫使老鼠不情願地把寶物送了回來。

(4) 由於待遇不公，貓狗結仇。

出處：

　a. 菜花郎，第 41～57 頁（河南，濟源）。

　b. 換心後，第 68～77 頁（地區不詳）。

　c. 民間 I，第十集，第 57～63 頁（浙江，紹興）。

　（以下從略）

母題(4)：闕。

　河南 a；浙江 c；以及 b；廣東 i。

　兩隻動物被打死：江蘇 g。

前引：

　某人因爲善待裝扮成和尚的人而得到寶物：河南 a。

　拜訪龍王：浙江 c；以及 b。

　（以下從略）

流傳地區：

　全中國？

示例二：43.蛤蟆兒子〔註29〕

　43. 蛤蟆兒子

(1) 一對夫婦想要一個兒子，即使他小得像個蛤蟆也好。

(2) 他們得到了一個這樣的兒子。

(3) 兒子打算長大後娶個漂亮的姑娘,姑娘的父母提出了苛刻的條件。

(4) 蛤蟆滿足了他們的條件,同姑娘結了婚。

(5) 妻子聽從母親或姑媽的建議把蛤蟆的皮藏了起來,這樣他就不再變成蛤蟆了。

(6) 蛤蟆兒子仍然是人。或者從此消逝。

出處：

　a. 民間 I，第十二集，第 64～66 頁（浙江，紹興）。

〔註29〕同註 1，頁 83～84。

b. 民間 I，第三集，第 32～36 頁（浙江，紹興）。

c. 潮州妖精鬼神故事，第 48～49 頁（廣東，潮州）。

d. 漁夫的情人，第 33～40 頁（江蘇，上海）。

e. 瓜王，第 41～49 頁（地區不詳）。

f. 民俗，第六十五期，第 37～39 頁（地區不詳）

g. 紹興故事，第 60～65 頁（浙江，紹興）。

h. 娃娃石，第 89～96 頁（江蘇，灌雲）。

i. 雲中的母親，第 21～30 頁（江蘇，灌雲）

對應母題(1)：

漁夫捕魚，其中有隻青蛙：浙江 a；廣東 c。

闕母題 1：浙江 b。

代替青蛙的是雞：浙江 g。

代替青蛙的是豬：江蘇 i。

對應母題(2)：

兒子是南瓜：浙江 b。

兒子是雞蛋：江蘇 d。

對應母題(3)：

沒有提出任何條件：浙江 a；廣東 c；江蘇 h，i；以及 e。

從海龍王那兒取來了希望得到的寶物：浙江 b。

對應母題(6)：

兒子仍然是人：浙江 a，b，g；廣東 c；以及 e。

有一段時間仍然是人：江蘇 i。

兒子消逝：江蘇 d，h。

增添：

爲逃脫生命危險，他要在桶內待 49 天，但是桶被過早地打開了，所以他死了（參考"妖婆的女兒"，本書第 46 類型）：江蘇 i。

歷史淵源：

涉及印度，比較《印度古代神話傳說集》，第 144～147 頁。

流傳地區：

中國南部？

由上例可見，藉由書中的每一個故事類型可推知故事內容、各異文的異同，與其他故事的參考資料等。

　　鍾敬文在艾氏書序言的一段話，或許可說明艾氏書寫這本書的另一用意：「著者在這裡，並不甘心於使他的書只成爲提供給故事的比較研究者一些寶貴參考資料的檢索文獻，而是處處要以一個有自己見解的故事學者的身份出現在他們的眼前。」〔註30〕書中的「前言：侷限性和宗旨」與「第二章：成果」部分，是艾伯華對中國民間故事的研究著述，他充分表述了對中國民間故事歷史文獻、民間故事的地域、文學作品與民間故事、民間故事和文化發展階段等研究心得。「文獻索引」則詳列所引用書目與分析資料出處，以上是艾書的架構內容，也是艾伯華爲中國民間故事類型索引所採取的編撰方式。

第三節　艾伯華《中國民間故事類型》的貢獻與侷限

　　賈芝曾說：「它（艾書）可以使外國學者尋到一些中國民間文學的閃光的珠貝，也可以使研究者從他集中的若干中國民間故事類型中看到通往中國民間故事寶庫的荒徑小道，這對後來研究者的探索是有益的。」〔註31〕這第一本中國民間故事類型分類的專書，做爲外國學者認識中國民間故事的媒介，艾伯華對中國民間故事所做的努力與貢獻，在當時都是很難能可貴的。

一、艾伯華《中國民間故事類型》的貢獻

　　鍾敬文在此書序言說：「三〇年代我費力所草成的中國故事類型，不過五十餘個；數年之後，一個外國青年學者，在短短的數年裡，竟完成了這樣一部超過將近幾倍份量的專著。」他還肯定：「它是關於中國民間故事的一種具有相當意義的學術工具書，它也是百年來西方學者所撰寫的一部比較有價值的中國民俗學力作。」他也說明這本書的主要特點在〔註32〕：

　　1. 它是把中國的民間故事作爲相對獨立的對象，並按照中國故事的特點

〔註30〕同註1，序言，頁4。
〔註31〕丁乃通著；鄭建威等譯：《中國民間故事類型索引》（北京：中國民間文藝出版社，1986年7月），序言，頁4～5。
〔註32〕同註1，序言，頁3～4。

加以概括而寫成的一部著作。

2. 提供的類型相當豐富（正格故事類型 215 個〔註33〕、滑稽故事類型 31 個）。

3. 著者還發表許多對中國民間故事各方面事象的見解（包括對它的考證等）。

丁乃通也如是說：「把他搜集到的中國民間故事書籍與雜誌文章，以及少數舊小說和筆記小說裡的民間故事及傳說，分門別類，列為類型。對中國口頭和通俗文學作有系統的整理，這還是第一次。艾先生對民俗學的功績，自然不可泯沒。」〔註34〕

二、艾伯華《中國民間故事類型》的侷限

艾伯華所編寫的不僅是一部中國民間故事類型索引，他還在書中對故事的延伸、替代、變異、歷史情況、比較對照、分布情況等作大量記錄與分析，其學術研究的用心是很明顯的。或許正如他所說的：

> 在我出版第一部中國民間故事類型索引時，西方國家對中國故事還幾乎一無所知，我當時的目的是希望西方讀者能更多地了解中國民間故事，不管它們出自中國經典，還是中國學者樂於向西方人介紹的記錄本。〔註35〕

儘管艾伯華有如此強烈的企圖心，書中仍不免有些缺失，丁乃通曾指出此書謬誤的地方：

> 艾氏在三十年代初期曾到過中國，他認為中國民間故事傳統和西方完全不同，解放後對中國大陸民間文學工作者偏見頗深，又認為中國的少數民族和漢人從遠古以來便沒有關係，中國學者不應該研究少數民族的故事。在他那本索引裡，他把民間故事、神話和傳說、軼事等等都混為一談，沒有用 AT 類型，胡亂分類了一番。而且，他的書裡抄襲了不少中國學者（如鍾敬文先生）的作品，未加說明，

〔註33〕 書上誤植為 275 個，然就書上實際編列應是 216 個，其中排序第 200 的編號包括 200、200a 兩個故事類型。

〔註34〕 丁乃通：〈民間故事類型第二次修訂版的介紹及評價〉，《清華學報》新七卷第二期，1969 年 8 月，頁 233。

〔註35〕 艾伯華著；董曉萍譯：〈丁乃通的《中國民間故事類型索引》：以口頭傳統與無宗教的古典文學文獻為主〉，《民族文學研究》2008 年三期，頁 165。

有剽竊之嫌。許多地方粗製濫造，錯誤百出。對中國故事的來龍去脈，未經精湛研究便妄加武斷，缺點很多。不幸的是它這本索引以及其他著作使西方、尤其是美國的學人，對中國民間故事和民間文學工作有了錯誤的觀念，這是非常遺憾的事。〔註36〕

艾書內容確實是有某些侷限與缺失，以下分述之。

（一）「民間故事」概念的混淆

艾氏在前言「民間故事的概念」，說明取材資料的類別〔註37〕：

這部著作是從現代中國的民間故事出發的，即是從當今還確實流傳著的民間故事出發的。不過，本書除收有"民間故事"外，同時還包含傳說、寓言、笑話、甚至偶而也含有軼事和史事傳說。

他接著提到使用這個概念也會出現某些遺漏，如古典文學和晚期文學中的軼事、關於神仙、廟宇、奇特風景來歷的傳說、純粹的佛教傳說和故事、戲文、死的民間故事等。對於艾氏這個民間故事的概念，賈芝與劉魁立表達了他們的看法：

艾氏蒐羅古今神話、傳說、民間故事，未加區分地收入書中，他忽視了中國除漢族以外還有眾多少數民族的大量民間故事尚未搜集。其類型一書中對民間流傳的民間故事與古代文獻中的簡略記載也未能區別開來。〔註38〕（賈芝）

編者在編纂索引時對於"中國民間故事"這一概念的理解似嫌過寬，因而在選材上便出現性質不一、繁蕪駁雜的情況。〔註39〕（劉魁立）

所謂「民間故事」，就是在民間流傳與口頭創作的故事，它與文人創作有所區別。金榮華認為：「從創作工具和方式來說，文學分為書面文學和口傳文學兩種。書面文學則又因本質的不同而分為通俗文學（俗文學）和雅正文學（言志文學）兩類。」〔註40〕口傳文學即是民間文學，具有娛樂性質，而非

〔註36〕同註31，序言，頁2。

〔註37〕同註1，前言，頁2～3。

〔註38〕同註31，序言，頁4。

〔註39〕劉魁立：〈世界各國民間故事情節類型索引述評〉，《劉魁立民俗學論集》（上海：上海文藝出版社，1998年10月），頁383。

〔註40〕金榮華：〈通俗文學和雅正文學的本質和趨勢〉，《中國現代文學理論季刊》第十九期（2000年9月），頁324。

商業行為的產物。民間文學中的散文敘事，分神話、傳說和故事三類。「民間故事」一詞，廣義是泛指這三類；狹義是專指這三類中的「故事」。

依艾伯華所言，他對民間故事的概念應是採取廣義的範疇，而他卻忽略了書面文學和口傳文學的不同。至於他認為出現遺漏的資料部分，因文中他沒有作仔細的說明與界定，語意籠統，難明其意。然而「民間故事」是在民間流傳與口頭創作的，講述的故事必須是能夠成類型的，如此才能歸類立型，這應是民間故事類型索引取捨資料的判斷標準。

（二）取材資料的侷限

艾伯華索引分析歸類的故事篇數共 2988 篇，主要省分在浙江、廣東、江蘇、福建；主要地區是紹興（浙江）、金華（浙江）、潮州（廣東）、翁源（廣東）、灌雲（江蘇）等地。〔註41〕他對於這些民間故事流傳的地域是相當清楚，也知道在書中所佔的數量比例：

> 搜集整理出來的資料的地域分布很不平均，這從本書所附的民間故事地區來源一覽表上一眼就可以看得出來。民間故事中有 35%以上來自浙江，其中絕大部分又是來自浙江中部，而該省的北部和南部就幾乎一個也沒有。此外還來自其他幾個沿海省分，特別是廣東。未註明省分的民間故事有相當大的一部份（超過 20%）也幾乎全都分布在南方的幾個沿海省分。內地各省，特別是中國的西北地區幾乎是一片空白。〔註42〕

這種情形或許是因為當時中國民間故事的搜集整理工作還處在開始階段，已發表的資料也相當分散，難以集中的緣故；另外還與當時中國的民俗學會活動有關，「由於二三十年代中國的民俗學運動的活躍地區限定在東南沿海的江蘇、浙江、廣東一帶，艾伯華也就只能主要依據從這個地區採錄得來的口頭故事編纂本書。」〔註43〕，這與艾伯華所說民間故事的搜集者大多出身在沿海省分的情形相符合。因此民間文學研究者若單以此書來探討或評斷中國民間故事的概況是較為困難的。

〔註41〕見艾氏書「民間故事地區來源一覽表」，頁 441～454。

〔註42〕同註 1，前言，頁 6。

〔註43〕劉守華：《中國民間故事類型研究》（湖北：華中師範大學出版社，2002 年 10 月），導論，頁 12。

（三）故事類型論述的偏頗

對於艾伯華在書中故事相關研究論述，賈芝說：「他僅依靠一個中國知識份子搜求已有的出版物，鉤沉古籍，很難對中國各民族的民間故事做出系統的研究、分類以至正確的判斷。他的敘述和論斷，往往使我們有隔靴搔癢之感。」〔註44〕參看艾伯華在前言所說的：

> （民間故事）地域分布不均，爲我們對某些民間故事的流傳情況做
> 出某種結論造成了很大的困難。凡是作出這些結論的地方，就只能
> 當作暫時的論點而加以十分謹慎的對待。〔註45〕

> 我認爲，我們現在已完全掌握了中國民間故事中各種最爲重要的類
> 型，只是對流傳的地區和少數類型的異文還不太清楚，這只有再進
> 一步搜集之後可能搞清楚。〔註46〕

> 由於瞭解某個民間故事以往是否已出現過是非常重要的，所以有關
> 古代文學作品的出處在本書中就不能忽略不提。我的這部著作，立
> 足於現代的民間故事，但也試圖以回溯過去的方式來追本溯源，以
> 便根據我的瞭解來確定這個民間故事最晚是在什麼時候出現的。在
> 這方面，我只運用了少量自己讀過的參考文獻。或者說，只運用了
> 中國同行所指出的參考文獻。〔註47〕

艾伯華雖然知道引用的故事有其區域性，運用的參考文獻是有限的，且「迴避了涉及民間故事在中國以外的發祥地的論述」〔註48〕，而仍然對故事的歷史和分布作武斷的論定，這是很值得商榷的。以下舉例說明：

1. 編號 122〔雲中落**繡**鞋〕〔註49〕

歷史淵源：通過出處 b 大概可以證實在明代已出現。

案：依照 AT 分類法，這是一個國際性的類型故事，編碼爲 301，類型名稱〔三個公主遇難〕，這故事在許多國家都有流傳。〔註50〕丁乃通對此類型故

〔註44〕同註31，序言，頁4。
〔註45〕同註1，前言，頁7。
〔註46〕同註1，前言，頁1。
〔註47〕同註1，前言，頁5。
〔註48〕同註1，前言，頁6。
〔註49〕同註1，頁206。
〔註50〕參見(1)Stith Thompson, *The Types of the Folktale* (Helsinki, 1981) pp.90～92。
　　　　(2)金榮華：《民間故事類型索引》（台北：中國口傳文學學會，2007年2月），

事做過專文探討，推估「在宋或宋以前的中國古典文學中就有這個故事類型極其廣泛地流行的證明了。」〔註51〕

艾書故事出處 b 引用的是《包公案》，參考文獻沒有註明版本，只寫「有多種版本的民間小說」。包公為歷史上著名的人物，其斷案分明，嫉惡如仇的清官形象深植人心，民間對其講述與附會的故事極多〔註52〕，他也是箭垛式的人物〔註53〕。而艾氏依此民間小說即作故事淵源論定，實有欠妥當。

2. 編號 32〔灰姑娘〕〔註54〕

流傳地區：似乎是僅限於中國南部。

附注：

和"蛇郎"近乎相同（a 和 b 都是"蛇郎"的故事（參看本文））。同樣，和"天鵝處女"也有某些相似之處，在樂於助人的牛的母題中也存在某些相似之處。

案：這也是一個國際性的故事類型，AT 編碼 510A，類型名稱〔灰姑娘〕（Cinderella）〔註55〕。此型故事見於中國的其實不僅限於南部，據丁乃通與金榮華索引收入的故事共有六十六篇，流傳於漢族、傣族、藏族、哈薩克族、達斡爾族等二十四族，分布的區域幾乎遍及全國。〔註56〕

頁 106～107。

〔註51〕 參見丁乃通著：陳建憲、黃永林、余惠先譯：〈雲中落繡鞋——中國及其鄰國的 AT 301 型故事群在世界傳統中的意義〉，《中西敘事文學比較研究》（湖北：華中師範大學出版社，1994 年 10 月），頁 186。

〔註52〕 參見丁肇琴：《俗文學中包公形象之探討》，輔仁大學中國文學系博士論文，1997 年。

〔註53〕 「箭垛式人物」的說法最早見於胡適〈三俠五義序・包公的傳說〉：「古來有許多精巧的折獄故事，或載在史書，或流傳民間，一般人不知道他們的來歷，這些故事遂容易堆在一兩個人的身上。……這種有福的人物，我曾替他們取個名字，叫做『箭垛式的人物』。」參見《胡適文存》第三集卷五（台北：遠東圖書公司，1971 年 5 月），頁 441。另相關的解說可參見祁連休、蕭莉編：《中國傳說故事大辭典》（北京：中國文聯出版公司，1992 年 2 月），頁 18。

〔註54〕 同註1，頁 58。

〔註55〕 參見(1)Stith Thompson, *The Types of the Folktale* (Helsinki, 1981) p.177。(2)金榮華：《民間故事類型索引》（台北：中國口傳文學學會，2007 年 2 月），頁 184～186。

〔註56〕 參見(1)丁乃通著；鄭建威等譯：《中國民間故事類型索引》（北京：中國民間文藝出版社，1986 年 7 月），頁 166～168。(2)金榮華：《民間故事類型索引》（台北：中國口傳文學學會，2007 年 2 月），頁 184～186。

　　艾書此類型引用的故事出處 a 和 b，是劉萬章《廣東民間故事》中的〈牛奶娘〉、〈疤妹和靚妹〉〔註57〕，這兩則都是複合型故事，故事情節包括 510A〔灰姑娘〕與 433D〔蛇郎〕後半妹妹變形部分。而 510A 與 433D 兩類型故事的基本結構不同〔註58〕，艾氏「附注」的寫法，則容易讓人誤以爲這兩類型故事極爲相似。

　　3. 編號 213〔王昭君〕〔註59〕

　　流傳地區：全國，然而現在正逐步縮小。

　　案：艾氏在故事出處引用了七則故事，其中兩則註明流傳地是「概括各地」，那麼這個「現在正逐步縮小」的說法不知道是依據什麼而論定，而且中國大陸在 1984 年展開全國民間故事普查後，在《中國民間故事集成》內蒙古省卷本還記錄了昭君出塞的故事〔註60〕，所以艾氏的說法是值得商榷的。

　　另外艾伯華在〈近東和中國民間故事研究〉〔註61〕提到 461 型〔三根魔鬚〕故事，說「中國的講述形式只見於現代口頭文學，而不見於書面作品。」他說這故事「只能在中國的東南沿海和南方沿海找得到。」認爲「它的誕生地一定在近東，很可能在伊朗。由於在中國它只在沿海流傳，不可能經由土耳其斯坦傳入中國，一定是從海上傳入的。」其實這一類型故事，可見於北魏‧慧覺等譯撰《賢愚經》卷十一《檀膩羈品第四十六》〔註62〕，故事在中國流傳極爲廣泛，分布於甘肅、寧夏、山西、江西、雲南等地，遍及回族、瑤族、白族、景頗族等族。〔註63〕在艾文的第五個註釋，也註記了「這個故事也發現在雲南少數民族地區流傳。」因此艾伯華對故事源起的論述顯然失

〔註57〕 葉春生主編：《典藏民俗學叢書》(下冊)(黑龍江人民出版社，2004 年 2 月)，頁 2198～2206。

〔註58〕 參見兩類型的故事提要，艾伯華著；王燕生、周祖生譯：《中國民間故事類型》（北京：商務印書館，1999 年 2 月），頁 51～52、56。

〔註59〕 同註1，頁 307。

〔註60〕 《中國民間故事集成‧內蒙古卷》(北京：ISBN 中心出版，2007 年 11 月)，〈昭君出塞〉(漢族)，頁 162～168。

〔註61〕 〔德〕艾伯華：〈近東和中國民間故事研究〉，《中外比較文學譯文集》（北京：中國文聯出版社，1988 年)，頁 34～43。

〔註62〕 祁連休：《中國古代民間故事類型研究》(河北：河北教育出版社，2007 年 5 月)，頁 433～437。

〔註63〕 參見(1)丁乃通著：鄭建威等譯：《中國民間故事類型索引》(北京：中國民間文藝出版社，1986 年 7 月)，頁 133～136。(2)金榮華：《民間故事類型索引》（台北：中國口傳文學學會，2007 年 2 月)，頁 165～167。

於武斷。〔註64〕

（四）分類類目的商榷

艾伯華說此書不是嚴格按照阿爾奈提出的模式來編排的，他爲中國故事類型擬定了一套編撰系統。可是從其大類的類目名稱與小類的歸納，仍有許多待考量的地方。如：

1. 類目大類方面

（1）第3「動物或精靈幫助好人，懲罰壞人」、4「動物或精靈跟男人或女人結婚」類目名稱或可改爲「精靈與人」，因爲原來的類目名稱包括動物幫助人或與人結婚，而這兩類故事都可併入第2類「動物與人」。

（2）第7「河神與人」與9「諸神與人」類、第13「人」與14「主人公和英雄」類，因類目相似，可各合併成一類。

（3）第14類目名稱「主人公和英雄」或許改爲「忠貞的戀人」較吻合歸納的故事性質，因爲只有編號215故事〔利息〕的主角是「朱元璋」才符合原有的類目名稱，其他皆是表現戀人忠貞的故事。

2. 類目小類方面

就各類型故事而言，宜再作調整：

（1）第22號類型〔神報恩〕宜列入第9類「諸神與人」。

（2）第44號類型〔青蛙變妖人〕與標題類目「動物或精靈跟男人或女人結婚」無關。

（3）第59〔蜂王〕、60〔龍的母親〕、61〔龍蛋〕、62〔米泉〕、63〔神奇寶物〕、64〔隱身帽〕、65〔樂於助人的鬼〕號類型皆與標題類目「創世、混沌初開、最初的人」無關。

（4）第66號類型〔大地的形狀〕宜歸入第5類「創世、混沌初開、最初的人」。

（5）第75〔情歌的來歷〕、76〔娛蚌〕號類型應是習俗傳說，與標題類目「物種和人類的起源」無關。

（6）第99〔建築犧牲者〕、100〔（工匠的絕招）〕號類型與標題類目「河神

〔註64〕其他學者對此類型故事的探討可參見本書第七章第一節「民間故事的跨國追溯」。

與人」無關。

(7) 第 130 號類型〔毛衣女〕或可列入第 8 類「妖精和死鬼與人」。

(8) 第 151〔旱魃〕、157〔不見黃河心不死〕、168〔一夜之功〕號類型與標題類目「神和神仙」無關。

(9) 第 155〔彭祖之死〕、156〔彭祖不死〕號類型宜列入第 10 類「陰間和轉世」。

(10) 第 158 號類型〔彭祖的年齡〕屬於彼此競賽誇大的笑話，宜列入滑稽故事類。

(11) 第 13 大類〔人〕，其中各故事的類型屬性有：幸運故事類（190〔有言必中〕、194〔鞋匠成了駙馬〕）、聰明的笑話類（191〔謊話連篇〕、206〔醜女出嫁，走馬看花〕）、命運故事類（193〔千金小姐嫁乞丐〕）、神奇故事類（195〔百鳥衣〕）、神奇寶物類（196〔紅李子和白李子〕）、聰明的言行類（199〔罕見的遺囑〕、200〔三句遺囑〕）、程式故事類（209〔強中自有強中手〕）等，而這些故事的共同點只是都有「人」這個角色，若依此分類標準，則其他故事沒有不可列入的。

(12) 第 207 號類型〔蘇堤〕宜列入第 8 類「妖精和死鬼與人」。

有關分類類目問題，加藤千代也曾指出艾書類目不當的地方：

> EB 分類的十七個細目的標題只是權宜性的，例如列在 (7)"河神與人類"中第 100〈手藝人的圈套〉、第 101〈建橋〉、102〈洛陽橋〉三個故事當是分布於全國各地的工匠祖師魯班的傳說，故事內容與河神沒有太多的直接關係。魯班只是在建造宮殿、寺院、樓閣等工程性質上和造橋聯繫起來。〔註65〕

雖然她也說艾書表現中國民間故事的面貌、性質與艾氏在細目安排的苦心：

> 愛本哈特之所以要分別列出細目及所屬故事，是有其良苦用心的。各類所屬故事的集合便可表現出中國民間故事的全部面貌和性質，例如第 30〈狗耕田〉（鄰居老頭兒型 TN503E）、第 31〈蛇郎〉（鬼入贅型 TN433D）、第 32〈灰姑娘〉（TN510A），這三個故事列在一起，我們便可發現三者的後半部分都有被殺者的靈魂轉生的模式，

〔註65〕加藤千代著；劉曄原譯：〈兩種中國民間故事類型索引簡說〉，《民間文學論壇》1991 年第五期，頁 89。

這是中國特有形式，不僅一目了然，且極易理解。〔註66〕

然而故事類型編號 30 歸屬「動物或精靈幫助好人，懲罰壞人」，31、32 歸屬「動物或精靈跟男人或女人結婚」，分屬第 3 與第 4 兩大類，這並非如加藤千代所言，艾氏是考量故事的靈魂轉生模式相同而排列在一起。而且艾氏分類乃依照故事內容區分，而非情節，不然排列在後的〔田螺娘〕、〔狗的傳說〕等故事類型要如何解說這個關聯性。此外艾氏認為故事類型都是通過內在的關係而互相聯繫在一起的，他以故事相近者而排列一起，如 42〔青蛙王子〕、43〔蛤蟆兒子〕、44〔青蛙變妖人〕、45〔蠱〕，然而後三者的故事情節結構並不相同，艾氏忽略類型定義而如此類推的排列方式是不妥的。

　　在三十年代，艾伯華能以分類觀念將搜集到的中國民間故事立型歸類，編寫《中國民間故事類型》，這書也成為外國學者認識中國民間故事的媒介，這對中國民間故事的保存與類型研究是有所貢獻的。丁乃通說因為「艾先生所用的分類法並不是一般民俗學者廣泛使用的，因此倘若要將中國和其他國家的民間故事，作一個比較性的綜合研究，便有很多困難。」〔註67〕誠如所言，艾書不是採用國際性索引編排方式，也無對照表可資參考，對於民間文學研究者要進行跨國、跨區域的比較研究是有困難的。而對於艾氏的民間故事延伸相關論述，民間文學研究者引用時更應注意其資料的侷限性，唯有正視與釐清這些問題，我們才能充分應用艾氏《中國民間故事類型》的索引功能。

〔註66〕同註 65，頁 89。

〔註67〕丁乃通：〈民間故事類型第二次修訂版的介紹及評價〉，《清華學報》新七卷第二期，1969 年 8 月，頁 233。

第肆章 丁乃通的《中國民間故事類型索引》

前　言

　　丁乃通教授（1915～1989）生於浙江杭州，1936 年畢業於北京清華大學西方語文學系，隨即赴美深造，1938 年在哈佛大學獲英國文學碩士學位，1941年以研究十九世紀英詩的論文取得哈佛大學英國文學博士學位。歸國後，先後在上海之江大學、河南大學、重慶及南京國立中央大學、廣州嶺南大學、香港新亞學院等校任外文系教授。1966 年起在美國西伊利諾大學英文系任教，講授英國文學，也教授民間故事學。

　　丁乃通花費十年心血撰寫的《中國民間故事類型索引》〔註 1〕，英文版於1978 年由芬蘭國家科學院出版，中文譯本於 1983、1986 年出版；與許麗霞合著的《中國民間敘事書目》，1975 年由美國舊金山中文資料中心出版，在歐洲及美國專業期刊發表學術論文數十篇。其中《中西敘事文學比較研究》〔註 2〕一書為丁乃通運用芬蘭學派的歷史地理方法對中外故事進行比較研究的代表作。

〔註 1〕 Nai-Tung Ting, *A Type Index of Chinese Folktales*（FFC223）（Helsinki, Academia Scientiarum Fennica, 1978）.

〔註 2〕 丁乃通著：陳建憲、黃永林、余惠先譯：《中西敘事文學比較研究》（湖北：華中師範大學出版社，1994 年 10 月）。

第一節　丁乃通在美國的教學與 AT 分類法

一、丁乃通在美國的教學

丁乃通「原本是念英國文學的，多年來一直在美國教授英文和英國文學。六十年代初期，因為研究比較英國浪漫派詩人濟慈的名詩《蛇女》和中國的白蛇傳，發現了民間故事的重要，對於中國那樣豐富偉大的民間傳統特別愛好，對於美國民俗學家們曲解並蔑視中國民間故事，更感到痛心。因此決心要寫一本像樣的類型索引以正視聽。」〔註3〕

另外丁氏在 1985 年 10 月所寫的一篇短文也提到書寫《中國民間故事類型索引》的緣由：

> 我是一個美籍華人，本來是研究和教授英國作家文學的，只是因為在六十年代初期，研究了一個比較文學上的題目，發現民間文學不但是好些作家文學的基礎，而且是比較兩個或更多文化背景而不同的民族的文學作品最有用的工具，這才開始認真閱讀關於民俗學和民間文學的書籍雜誌。〔註4〕

丁乃通提及當時中國民間故事研究的大環境是：「中國民間故事的採訪、搜集研究，起步較遲，直到二十年代才開始。當時如鍾敬文、趙景深等人已經注意到中國民間故事和印歐故事有許多相似處，初步作了一些分類。後因日本侵華、解放初年至文革前的十幾年中，一切研究工作因此停頓下來。阿爾奈的《民間故事類型》的第一版和湯普遜的《民間故事類型》的第二版，始終沒有能傳入中國。中國同仁即使想繼續這種分類工作的，也苦無可以沿用的藍本，以致中國異常豐富的口頭傳統，中國人自己沒有能有系統地整理分類。」〔註5〕

丁乃通基於西方研究民間故事的學者對中國民間故事的認識不足及論述有所偏頗，〔註6〕於是搜集了 625 種古今民間故事書籍，按照 AT 分類法對中

〔註3〕丁乃通著；鄭建威等譯：《中國民間故事類型索引》（北京：中國民間文藝出版社，1986 年 7 月），序言，頁 2～3。

〔註4〕劉守華、陳建憲：〈身居海外戀祖國，留取丹心照汗青——沉痛悼念美籍華裔民間文學家丁乃通先生逝世〉，《民間文藝季刊》1989 年四期，頁 242。

〔註5〕同註3，序言，頁 2。

〔註6〕(1)Aarne 和 Thompson 書中採用有關中國民間故事的書籍只有四本：艾伯華（Wolfram Eberhard）《中國民間故事類型》、曹松葉和艾伯華：《華東華南民

國民間故事作類型分析，於 1968 年開始搜集資料，經八年時間，直到 1976
年冬完成初稿，撰成《中國民間故事類型索引》（以下簡稱 ATT）〔註7〕，英
文版於 1978 年由芬蘭國家科學院出版（FFC 223）〔註8〕，中文版分別於
1983 年、1986 年出版。〔註9〕這是第一本用 AT 分類法來分類中國民間故事的
書籍。

丁乃通的研究工作，是建立在對中國故事文獻和國際學術思潮的廣博知
識與深刻融會的基礎之上的。〔註10〕丁乃通為什麼要使用 AT 體系，用國際類
型來對中國故事進行分類，他提到最主要的原因是：1.效法鍾敬文、趙景深、
瓦爾特・安德森（Walte Anderson）和斯蒂斯・湯普森（Stith Thompson）樹立
的範例。2.更多地採用國際類型，是因為不但容括更多的漢族故事，而且可以
容括同國際故事十分接近的少數民族故事。他所增補的大部分 AT 類型，特別
是童話和情節緊湊的故事部分具備此類型明顯而獨具的特徵。〔註11〕

瓦爾特・安德森（Walter Andeson）實際上已認定了許多中國故事的類型
是和 AT 類型一致的。西方民俗學家所以會一度有過那樣錯誤的印象，大都是

間傳說故事》、葛維漢（Dr. David Grockett Graham）《川苗的歌謠和故事》、愛
德華・沙畹（Edouard Chavannes）《中國故事及佛經寓言五百則》。(2)艾伯華
對中國民間故事論述的偏頗處如：「認為中國民間故事傳統和西方完全不
同，……又認為中國的少數民族和漢人從遠古以來便沒有關係，中國學者不
應該研究少數民族的故事。」參見丁乃通：《中國民間故事類型索引》（北京：
中國民間文藝出版社，1986 年 7 月），序言，頁 2。

〔註 7〕 Nai-Tung Ting, *A Type Index of Chinese Folktales* (Helsinki, 1978)，「ATT」是指
丁乃通先生的著作。前面的「AT」是指採用 AT 分類法系統，後面的「T」是
指姓氏，因丁先生早年留學美國，姓氏採用英文的華語拼音系統為「Ting」，
故簡稱「ATT」。

〔註 8〕 「FFC」是民間文學工作者協會通報（Folklore Fellows Communications）刊物
的簡稱。

〔註 9〕 (1)丁乃通著；孟慧英、董曉萍、李揚譯（瀋陽：春風文藝出版社，1983 年
11 月）（節譯本）。所謂「節譯本」，據本書「譯者的話」：「每個故事後附一篇
例。原著篇例較多，考慮到其中多屬國外資料，查閱不便，從讀者的實際需
要出發，我們只選用了一個解放後出版的、讀者查閱方便的書刊篇例，其餘
略去。」(2)丁乃通著；鄭建威等譯（北京：中國民間文藝出版社，1986 年 7
月）。湖北華中師範大學於 2008 年 4 月將此書重新印刷再版，本文論述以 1986
年版本為主。

〔註 10〕 劉守華、陳建憲：〈身居海外戀祖國，留取丹心照汗青──沉痛悼念美籍華裔
民間文學家丁乃通先生逝世〉，《民間文藝季刊》1989 年四期，頁 243。

〔註 11〕 丁乃通：〈答艾本哈德教授〉，《故事研究資料選》（湖北：中國民間文藝家協
會湖北分會編印，1989 年 9 月），頁 285。

因爲有人將中國神話、傳說、異聞等都當成童話整理（中國的動物故事和笑話便沒有像童話那樣地被人誤解）。只有通過一個在神奇故事中僅包括童話，而不包括其他種類（神話、傳說等）的索引，人們才能按照國際的傳統來眞正了解和研究中國民間故事。〔註 12〕丁氏書就是由於這個目的而寫作的。對於本書的重要性，丁氏也提到：「在 1949 年中華人民共和國成立和 1966 年文化大革命爆發之間，很大一部份民間故事在中國記錄下來並出版了。即使不談要把中國的和國際的故事進行比較研究這個理由，單是將這些新搜集到的故事分類登記起來，已經足夠說明爲什麼會需要這本索引了。」〔註 13〕

二、阿爾奈（Antti Aarne）和湯普遜（Stith Thompson）的 AT 分類法

二十世紀初，斯堪地那維亞各國的民間文學理論家致力於民間故事研究，形成了史稱的“芬蘭學派”。芬蘭學派以盛行於歐洲的流傳學派的理論爲出發點，認爲每一個故事都是由一個地方流傳到另一個地方，同時由簡明的形式向繁細的方向發展。他們力圖指明它產生的時間和流傳到其他地方的先後時序。這種研究方法稱作“地理歷史比較研究法”，芬蘭學派的主要代表著作是安蒂・阿爾奈（Antti Aarne，1867～1925）的《民間故事類型索引》。〔註 14〕

1910 年芬蘭安蒂・阿爾奈出版《民間故事類型索引》（*Verzeichnis der Märchentypen*），分析的資料是以芬蘭民間故事爲基礎，以北歐國家資料爲主。後來美國湯普遜（Stith Thompson，1885～1976）〔註 15〕對此書作補充修訂，在 1928 年出版。之後根據世界各國的民間文學資料修訂，確立這個分類法的國際性，於 1961 年重新出版，名爲《民間故事類型》（*The Types of the Folktale*）〔註 16〕。這是一種以「類型」來區分的分類方法，書中的資料或多

〔註 12〕同註 3，導言，頁 7。

〔註 13〕同註 3，導言，頁 9。

〔註 14〕劉魁立：〈世界各國民間故事情節類型索引述評〉，《劉魁立民俗學論集》（上海：上海文藝出版社，1998 年 10 月），頁 357～358。

〔註 15〕「固然是他（S. Thomspon）以阿爾奈的分類爲基礎實行了其建議，使各國各民族的故事用同一種分類和編號成爲可能，更重要的貢獻是他就故事中「情節單元」的概念，對大量文獻做了分析和編成分類目錄。」見金榮華：《中國民間故事與故事分類》（台北：中國口傳文學學會，2003 年 3 月），前言，頁 1。

〔註 16〕Antti Aarne and Stith Thompson, *The Types of the Folktale* (Helsinki, 1961)，之後也於 1964、1973、1981 年分別再版。

或少採用了世界各國的故事，於是這個分類架構就取兩人姓氏的第一個字母，合稱為「AT分類法」，此分類法普遍被世界各國民間文學工作者所採用，是目前公認最具有國際性的分類法。

　　阿爾奈在索引的前言說，他的故事情節分類體系是為了對大量的不可能全部印刷出版的民間故事記錄資料進行分類、編目和登記而用的。「書中一個限制的因素是有關涉及傳統故事類型，索引並未包含當地傳說（德國 Sagen），除非它們有在偉大文學傳統收集中的口頭傳統中被提及，因此，如伊索寓言、印度 Panchatantra 傳說、一千零一夜及文藝復興短篇故事——這些會被認定的也只有口頭故事或是曾被聽過所紀錄下來的故事。」〔註17〕他建議，為了使這些寶貴的紀錄資料能為進行故事比較研究所廣泛利用，希望能對每個民族的故事資料都按這一分類體系進行編目。〔註18〕由阿爾奈他對這項分類工作的一般目的和計劃作的說明，更充分表達這樣的看法〔註19〕：

> 但這件首要的編目工作還需要某些基礎工作。將豐富多彩的民間故事排列成不同的類型，並將它們統一在一個次序清楚的整體中，迄今還沒有任何系統的做法。因此我們期待著努力獲得故事類型的這樣一種編目，以達到整個故事編目的意圖。一個共同的故事分類系統應該盡可能適合於不同國家的需要，這種必要性長時間以來人們一直是感受到的。確實，在對民間故事進行排到和歸類的範圍內。這樣一種系統是有其重要性的，但它的意義主要在實踐上。假如出版得這樣多的民間故事集全都根據同一分類系統加以排列，那將給故事搜集者們的工作帶來多大的便利啊！那樣的話，學者將能夠靈活機動地在任何故事集中錄取他所需的資料，而現在如果他希望親身習知這些內容，就不得不去查遍全部文獻。每一位編輯者都依據自己的判斷去編排他的故事集，而這種判斷尾隨著本學科的較深的知識，卻只憑借少數故事例子。同屬一類的或相對接近的材料，往往散見於各處。如今要是民俗學協會擔當了故事類型的分類工作，並且體現到他們今後的故事集和故事編目中去，這種分類應該獲得廣泛的運用，資料的搜集也將從此變得十分容易。

〔註17〕 *The Types of the Folktale*（Helsinki, 1981），序言，頁7。
〔註18〕 同註14，頁360。
〔註19〕 湯普森著；鄭海等譯：《世界民間故事分類學》（上海：上海文藝出版社，1991年2月），頁500～501。

（一）AT 分類法之分類法則及類目安排〔註20〕

　　阿爾奈在其《索引》的緒言中明確地闡述了他的整個分類系統，首先將故事劃分爲三類，每一類再依據角色的種類劃分更小的類別，若遇到角色分屬於不同的類別，則以是否爲故事主要的角色來判定：

> 整體而論，故事被劃分爲基本的三組以適應分類目的：動物故事，常規民間故事和幽默故事。拿動物故事來說，根據動物們在故事中扮演的角色的種類，又劃分出更小的一些故事組，再進一步，這每一個小故事組中涉及同一種動物的又歸到一起。例如，野性動物故事組開頭就列舉了民間故事中受歡迎的狡詐狐狸的故事。此外，如果出現在一個故事中的動物分屬於不同的組別，則依據動物在情節中扮演的主要角色來決定將此故事放在什麼地方。舉例來講，"比兔子還膽小"的狐狸故事，就不歸入狐狸故事中，而是放到"其他動物"故事組去，因爲在這個故事中兔子是角色的基本特徵。同樣，"狗與麻雀"（類型 248）放在鳥故事當中，而沒有算作"家畜"故事組。

他提到在常規民間故事裡劃分魔術或奇異故事、宗教故事、浪漫故事，以及講述愚蠢妖魔等四類，每一類再細分次一級的類別，然後又分小故事組別：

> 最大的一類故事組——常規民間故事又劃分爲魔術或奇異故事、宗教故事、浪漫故事，以及講述愚蠢妖魔的那些故事。魔術故事裡總是有些超自然的因素，宗教故事也普遍如此，而浪漫故事卻完全束縛在可能發生的事件中。至於愚蠢妖魔的故事，要在分類中找到恰當的位置是困難的。一方面它們確實是奇異故事，應該把它們同其他的奇異故事歸在一起；另一方面，就其特色和本性而言，它們與幽默故事相似，所以才將它們作爲常規民間故事的最末一組，編排在幽默趣事之後。魔術故事的次一級劃分，排列爲奇異因素和超自然因素持續存在的明顯的兩類。於是將其小故事組確定爲：超自然的敵手，在這一組裡有故事與關係密切的惡魔故事是相交叉的；超自然的丈夫或妻子；超自然任務；超自然的幫手；超自然的器物；

〔註20〕 此部分內容轉引自(1)金榮華：《中國民間故事與故事分類》（台北：中國口傳文學學會，2003 年 3 月），頁 71～72。(2)湯普森著；鄭海等譯：《世界民間故事分類學》（上海：上海文藝出版社，1991 年 2 月），頁 502～503。

超自然的知識或能力：還有最後一組講到其他的超自然事件。此外在可能的範圍內，這些故事組的內容也分別結合到新的次屬分類中去，正如宗教故事組和浪漫故事組那樣。

若有同一個故事可以分列在兩個不同組別中的情況，以故事情節至關重要的因素決定其類別，不過同時也給這個故事加上括弧，標明其第二種情況，並註明它在分類中的歸屬：

> 有時候偶然出現同一個故事可以分列在兩個不同組別中的情況。例如伴隨著一個超自然的敵手或幫手，故事還可能講到魔術器物。於是決定其位置依據的是對於故事情節至關重要的因素，不過同時也給這個故事加上括弧，標明其第二種情況，並註明它在分類中的歸屬。……

在笑話和趣事的「傻瓜故事」，根據故事主人公所從事的行業、女人或男人的次序排列故事。而聰明人故事、幸運故事、蠢人故事和牧師故事等也都依故事內容、角色加以歸類：

> 故事的第三大組——笑話和趣事（Schwänke——滑稽故事），無疑將比動物故事或常規民間故事更有機會獲得數量上的增加，因為這些幽默故事比其他種類的故事更容易產生在民眾中間。作為笑話和趣事的頭一個次屬種類，列出的是傻瓜故事。然後再根據故事主人公所幹的是農活還是放牧、捕魚、狩獵、建築、烹飪或其他，將故事排列起來。下一次屬種類涉及"已婚男女"，依據"女人""男人"的次序排列故事。後一類是數量最多的，包含了聰明人故事、幸運故事、蠢人故事和牧師故事。在牧師故事中，主角，尤其是教堂司事，往往被描述為愚蠢的，這都歸入牧師故事裡。笑話和趣事的最後一小組故事是"說謊故事"，它在狩獵故事中自有特色，誇張地說到巨獸或巨物等等。

AT 的故事分類，分大、中、小三級。每一大類之中分若干中類，有些中類之中又分若干小類，有些小類之下，還會列一些細目。歸納 AT 的故事分類法則有三點：

1. 依故事的敘述方式區分，把帶有程式框架的故事和一般敘述的故事分隔。
2. 依故事內容的性質分：如笑話和非笑話；幻想故事和生活故事等。

3. 依故事主角的屬性分：如神仙故事、動物故事、男人的笑話、女人的笑話等。

阿爾奈將所有的故事分為三類：（一）動物故事，（二）一般民間故事，（三）笑話。在這三大類中，再各依故事的主角和故事性質區分細類，總共列出了540 個類型；接著美國的湯普遜教授，他增設「程式故事」和「難以分類的故事」兩大類，還加入了許多新材料，然而書中對南歐、東南歐和亞洲的故事仍觸及不多。〔註21〕AT 書在每種故事類型下，作者先寫出類名、大意，舉出這故事在什麼國家有幾篇。讀者要查某一類型，可以翻到該類型下所列的國家，然後再查書前附有的書目，便可知道需要查什麼索引。AT 這本書可謂是「書目索引的索引」〔註22〕。索引的編寫內容，如下列：

238　The Keen Sight of the Dove and the Keen Hearing of the Frog
　　　They boast to each other. [K85, K86.]
　　　Finnish 9; Latvian 1; Lithuanian 2; French 7; Russian: Andrejev.

這是說：類型 238。類名「鴿子目明，青蛙耳聰。」大意是說蛙鴿互相吹牛。在芬蘭有九個這樣的故事，拉脫維亞一個，立陶宛兩個，法國七個，俄國一個。這樣就可以約略知道這類型故事在全世界傳佈的概況。〔註23〕

（二）AT 分類法編號方式與整體架構

湯普遜提到阿爾奈編排故事型號的態度是〔註24〕：

阿爾奈謹慎地對待分類工作的完整性。作為一種基礎，他使用了存在赫爾辛基的大量的故事手稿、存在哥本哈根的格朗德維格（Grundtvig）故事資料以及格林兄弟的《家庭故事》。即使對這些材料，在他感到其中一些並非真正的民間故事時，他也作了少量刪削，並增補了來自其他方面的一些故事。他認識到他的分類是試驗性質的，僅就北歐而言才有理由說是完整的。他確信自己的分類將在未來得到擴充，還特意為新的故事類型留下許多空著的編號。盡

〔註21〕金榮華：《中國民間故事與故事分類》（台北：中國口傳文學學會，2003 年 3 月），頁 9～10。
〔註22〕丁乃通：〈民間故事類型第二次修訂版的介紹及評價〉，《清華學報》新七卷第二期（1969 年 8 月），頁 234。
〔註23〕同註 22，頁 234。
〔註24〕同註 19，頁 501。

　　管他的類型索引只由五百四十條組成，編號系統卻長達 1940 號。

AT 書的編號方法，每個大類之間的號碼是互相接續的。全書分類編號最後增訂本是從 1 到 2499，然而並不是每個號碼都編配了類型，其中留有一些空號，以備新類型的增入。處理相近類型的編號時，是在已有的編號（或稱主號）後面加「*」號使用，如 300*、400*等。〔註25〕所以，在《民間故事類型》一書裡，AT 分類的數碼，有下列幾種排列方式〔註26〕：

1. 整數，如 300、400。

2. 整數後加英文大寫字母，如 300A、400B。

3. 整數後加「*」號，如 300*、400**。

4. 整數後加英文大寫字母再加「*」號，如 300A*、400B*。

5. 整數後加英文大寫字母再加較小之阿拉伯數字，如 300A$_1$、400A$_2$。

6. 整數後加英文大寫字母，再加阿拉伯數字和「*」號，如 300A$_1$*、400B$_2$*。

AT 分類法的分類架構及其各類之配號如下〔註27〕：

　　一、動物故事（1－299）

　　　　1. 野獸（1－99）

　　　　2. 野獸和家畜（100－149）

　　　　3. 人和野獸（150－199）

　　　　4. 家畜（200－219）

　　　　5. 鳥類（220－249）

　　　　6. 魚類（250－274）

　　　　7. 其他動物與物品（275－299）

　　二、一般民間故事（300－1199）

　　　　1. 神奇故事（300－749）

　　　　　　（1）神奇的對手（300－399）

　　　　　　（2）神奇的親屬（400－459）

　　　　　　　　a. 神奇的妻子（400－424）

〔註25〕同註 21，頁 77～78。

〔註26〕同註 21，頁 78～79。

〔註27〕此部分資料轉引自金榮華：《中國民間故事與故事分類》（台北：中國口傳文學學會，2003 年 3 月），頁 79～83。

　　　　b. 神奇的丈夫（425－449）

　　　　c. 神奇的兄弟姐妹（450－459）

　　（3）神奇的難題（460－499）

　　　　a. 疑難獲解（460－462）

　　　　b. 其他難題（463－499）

　　（4）神奇的幫助者（500－559）

　　　　a. 織女（500－501）

　　　　b.（其他）（502－503）

　　　　c. 感恩的亡靈（505－508）

　　　　d.（各種神奇的幫助者）（509－529）

　　　　e. 動物的幫助（530－559）

　　（5）神奇的寶物（560－649）

　　　　a. 寶物失而復得（560－568）

　　　　b.（各種寶物）（569－609）

　　　　c. 神奇的藥方（610－619）

　　　　d.（其他奇物）（620－649）

　　（6）超自然的能力或知識（650－699）

　　（7）其他神奇故事（700－749）

　　　　a. 被放逐的妻子或少女（705－712）*〔註28〕

2. 宗教故事（750－849）

　　（1）神的賞罰（750－779）

　　（2）真相大白（780－789）

　　（3）天堂之人（800－809）

　　（4）和魔鬼打交道的人（810－814）

　　（5）（其他宗教故事）（815－849）

3. 傳奇故事（生活故事）（850－999）

　　（1）公主出嫁（850－869）

　　（2）王子娶親（870－879）

　　（3）忠貞與清白（880－899）

　　（4）改造潑婦（900－904）

〔註28〕金氏書未標示此類名，今依 AT 原書補列，以下凡標示「*」之類名皆同此。

(5) 好的箴言（910－915）

(6) 聰明的言行（920－929）

(7) 命運的故事（930－949）

(8) 強盜和兇手（950－969）

(9) 其他傳奇故事（970－999）

4. 笨魔的故事（1000－1199）

(1) 勞動契約（1000－1029）

(2) 與人合夥的故事（1030－1059）

(3) 與人比賽的故事（1060－1114）

(4) 企圖謀殺的故事（1115－1129）

(5) 讓惡霸蠢魔上當的故事（1130－1144）

(6) 笨魔受驚（1145－1154）

(7) （惡魔被騙被嚇）（1155－1169）

(8) 把靈魂賣給惡魔的故事（1170－1199）

三、笑話（1200－1999）

1. 傻瓜的故事（1200－1349）

2. 夫妻間的故事（1350－1439）

(1) （夫妻間的趣事）（1350－1379）

(2) 笨妻子和她的丈夫（1380－1404）

(3) 笨丈夫和他的妻子（1405－1429）

(4) 笨丈夫和笨妻子（1430－1439）

3. 女人的故事（1440－1524）

(1) （女人的趣事）（1440－1449）

(2) 男人求妻的故事（1450－1474）

(3) 老小姐的笑話（1475－1499）

(4) 其他的婦女趣事（1500－1524）

4. 男人的故事（1525－1874）

(1) 聰明人（1525－1639）

(2) 幸運的意外（1640－1674）

(3) 笨人（1675－1724）

(4) 教區牧師被背叛（1725－1774）＊

　　　　(5) 牧師和教堂司事（1775－1799）*

　　　　(6) 其他教士或宗教團體的笑話（1800－1849）

　　　　(8) 各行各業的趣事（1850－1874）

　　　5. 說大話的故事（1875－1999）

　　　　(1) 打獵的吹牛故事（1890－1909）

　四、程式故事（2000－2399）

　　1. 連環故事（2000－2199）

　　2. 圈套故事（2200－2299）

　　3. 其他程式故事（2300－2399）

　五、難以分類的故事（2400－2499）

（三）AT 分類法的應用與貢獻

　　阿爾奈於 AT 索引前言中建議為廣泛利用資料進行故事的比較研究，民間文學研究者能將每個民族的故事資料都按這個分類架構編目。〔註29〕所以 AT 既有分類項目，又有編號系統。湯普遜也提到：「在此之前，有一些收集的民間故事因為語言的不同，使得研究學者去得知這些故事內容分析是有所困難的。」〔註30〕湯普遜更說明索引的效益是在：「乃在將不同國家的民間故事導向單一分類後，能帶來民間故事更大、更清楚及改善後更可用的價值質量。」〔註31〕自湯普遜增訂索引出版以後，在半個世紀的時間裡，出現了為數眾多的民間故事情節類型索引，這些索引大都以 AT 索引的體例、分類、編號作為依據。如：尼·安德列耶夫《俄羅斯民間故事情節索引》、池田弘子《日本民間文學類型和母題索引》、關敬吾在《日本昔話集成》、《日本昔話大成》中編纂了日本故事情節類型索引等。〔註32〕

　　阿爾奈 1910 年的索引主要依據芬蘭和北歐國家的民間資料，湯普遜則擴大增加了俄國、立陶宛、愛沙尼亞等國的資料。〔註33〕雖然如此，湯普遜也明確意識到「資料不全問題集中地反映了對民間故事流傳十分廣泛的亞洲、

〔註29〕同註 14，頁 360。

〔註30〕同註 17，序言，頁 6。

〔註31〕同註 17，序言，頁 5。

〔註32〕其他國家的故事類型索引，參見(1)*The Types of the Folktale*（Helsinki, 1981），序言，頁 6。(2)劉魁立：〈世界各國民間故事情節類型索引述評〉，《劉魁立民俗學論集》（上海：上海文藝出版社，1998 年 10 月），頁 369～370。

〔註33〕同註 14，頁 366。

非洲、拉丁美洲大洋洲的許多國家缺乏深入研究的客觀事實」〔註34〕，他說：「現今的索引是僅僅將確定區域內的故事實際列出，所以可以做為收集者及學者的共同文獻參考基礎。」〔註35〕，又說：「那麼，嚴格地說，這部著作可以稱為"歐洲、西亞和有這些民族定居的地方的民間故事類型"。」〔註36〕可見若只是將 AT 索引硬套作某族群的故事類型分析是有待商榷的，如湯普遜所言：「這樣的觀念去延展到像中非、北美印第安、大洋洲這樣區域的故事上是錯誤的，這些區域每個應該完全依照它們自身的傳統來做它們的索引基礎。」〔註37〕這說明編寫類型索引宜考量各國與各族的傳統文化，根據具體情況進行增刪或修訂。

　　丁乃通的《中國民間故事類型索引》是考量中國民間故事的實際情況加以編寫，不僅將中國民間故事分析歸類納入國際的編碼，也提供中外民間故事比較研究的媒介，其目的在透過國際共同的故事類型分類法，使西方的民間故事研究者能真正瞭解和研究中國民間故事。〔註38〕丁著正是呼應和實踐湯氏以自身故事傳統做為索引基礎理念的具體著作。

第二節　丁乃通《中國民間故事類型索引》的取材與編排

　　丁乃通的《中國民間故事類型索引》〔註39〕，全書除「凡例」、「正文」外，書前有「導言」，書末附錄有「中日故事類型對照表」、「參考書目」、「專題分類索引」等資料。〔註40〕

〔註34〕同註 14，頁 366。

〔註35〕同註 17，序言，頁 8。

〔註36〕同註 17，序言，頁 7。

〔註37〕同註 17，序言，頁 8。

〔註38〕同註 21，頁 86。

〔註39〕同註 3。

〔註40〕此指與池田弘子所編日本民間文學作品類型索引（FFC209）的編碼對照表，另外原來在索引英文版中還附錄（一）《丁乃通與愛伯華類型編碼對照表（FFC120）》與《補遺》，丁乃通在中譯本序言提到：「中譯本刪去了"附錄（一）"和"補遺"。補遺內所列的新類型和各個故事都已分別加入到正文內。」，頁 5。

一、《中國民間故事類型索引》的取材

丁乃通蒐集 625 多種古今民間故事書籍及相關文獻，應用的資料大多是 1970 年以前收集、出版的。對於古代文獻資料的部分，他的看法是：「因為有些古老的故事，許多世紀以來，一直保存在一些著述中，後來在中國成了格言和諺語，十分通用，收集者視為當然，差不多沒有把它們當作故事記錄下來。它們無疑是中國口頭文學遺產裡的一部份，所以也包括在本書內。」〔註41〕

（一）取材的範圍

丁氏書採用的參考書目，大致區分下列幾類：

1. 中國現代的出版品：一般刊載口述故事的中國現代書籍、期刊，報紙等。

　　例如：

　　（1）採錄資料：《阿詩瑪》、《白族文學史》、《創世紀》、《那西族文字史》、《人民口頭創作實習資料匯編》、《西康彝族調查報告》等。

　　（2）期刊：《北京大學研究所國學門周刊》、《北京大學研究所國學門月刊》、《德國東方學會雜誌》、《民眾教育季刊》、《民間月刊》、《少年雜誌》、《天山》、《ZMG（德國東方學會雜誌）》等。

　　（3）報紙：《晨報副鐫》等。

　　還有一些著名的收集者如林蘭、婁子匡、董均倫和江源、蕭甘牛等人的民間故事集也蒐羅採用。

2. 中國古典文學部分：概括中國古典文學中載有民間故事的主要作品。

　　如：筆記小說、中國散文小說、戲劇和話本、方志、文集、文人名著（對民間有影響，為民間熟知的）。

　　例如：

　　（1）戲曲：《華東地方戲曲叢刊》、《少數民族戲劇選》、《戲考大全》、《中國地方戲曲集成》、《明人雜曲選》、《元曲選》等。

　　（2）唱本：《潮州歌冊》、《清初鼓詞俚曲選》、《湖南唱本提要》等。

　　還有《艾子雜說》、《諧鐸》、《聊齋誌異》、《三國演義》等書，此外還

〔註41〕同註3，導言，頁 12。以下所列書目名稱，見丁氏書「參考書目」，頁 524～556。

有成語故事集與多數程式故事的童謠〔註42〕，如：

(1) 歌謠：《安徽民間歌謠》、《中國民歌千首》、《北京兒歌》、《中國二十省兒歌集》、《定縣秧歌選》、《廣州兒歌甲集》、《紹興歌謠》、《民間歌謠集》、《山東歌謠》、《四川兒歌》、《淮安歌謠集》、《中國歌謠》、《新疆民歌譚集》、《吳歌乙集》、《古謠諺》等。

(2) 成語故事集：《中國成語新辭典》、《成語故事一百篇》、《古代成語故事集》、《成語故事》等。

對於丁氏「參考書目」所引用傳說諸書，這似乎與他所說編寫索引的原則有所抵觸：「只有通過一個在神奇故事中僅包括童話，而不包括其他種類（神話、傳說等）的索引，人們才能按照國際的傳統來真正了解和研究中國民間故事。」〔註43〕然而丁氏這裡所說的「傳說」並非是「民間故事」範疇定義裡的傳說〔註44〕，他在〈答愛本哈德教授〉一文裡，對傳說的概念作了說明：「我採用了一般的概念，即與民眾迷信有關的故事叫傳說，因為這個概念排斥英國童話以及《類型》中其他超自然物的故事，而在克里斯特森的《移動的傳說》中卻包括了大量此類故事。」〔註45〕所以他採用的參考書目有：《中國傳說和寓言》、《白族民間故事傳說集》、《山東民間傳說》、《蒙古民間傳說旁注》、《泉州民間傳說》、《粵南神話傳說及其研究》、《揚州的傳說》、《中國傳說和故事》、《中國民間傳說集》、《楚辭中的神話與傳說》等書，所取材的內容仍是符合 AT 的取材原則。丁氏依此原則在書中導言也說明摒除不做類型分類的，有下列幾類〔註46〕：

1. 由迷信產生的故事：例如狐仙、鬼、龍、風水、占卜等。

2. 根據宗教，或用來解說宗教教義的故事：例如輪迴、報應、教規和違背教規、神仙考驗人是否誠心或不誠心等故事。

〔註42〕同註3，導言，頁14。

〔註43〕同註3，導言，頁7。

〔註44〕「民間故事」裡所謂的「傳說」，是指所說事情的主體，無論是人、是地、是物，或是風俗，都是真實存在的，或是曾經真實存在過的。但所說關於這個主體的種種，則完全是想像的，或者是添加了高度想像的。參見金榮華：《中國民間故事與故事分類》（台北：中國口傳文學學會，2003 年 3 月），頁68。

〔註45〕丁乃通著；李揚譯：〈答愛本哈德教授〉，《故事研究資料選》（湖北：中國民間文藝家協會湖北分會編印，1989 年 9 月），頁289。

〔註46〕同註3，導言，頁8。

3. 說明事物起源的故事，如主要是為了解釋本地風景或部落的起源或歷史的故事。〔註47〕

4. 主要解釋鳥獸歌聲的意義、某些行業（木匠、石匠等等）的興趣和問題、枯燥的軼事、只有一個情節單元（motif）的神異故事。

5. 利用中國語言，特別是古典詩詞的巧妙處引人的故事，例如趣聯的故事。

6. 根據或模仿民間故事創作的現代文學作品。

還有丁氏為了節省篇幅，他將無數古典文學重印本，著名中國舊故事用白話文重述或翻譯的書，都剔除未用。〔註48〕

丁氏編著這本索引時，面對取材資料有個難題，就是版本問題。〔註49〕他說：「在舊中國有人常常翻印故事而不註明來源出處。在香港及台灣，剽竊盛行，而且使盡花招去掩飾。來自這些地方的出版物，作者的名字可以去掉，書名更換，有時文字上會有輕微的改動。中國 1937 年以前的一些出版品，有時也採用這樣的手法。」丁氏為了不想讓讀者對某一類型下，確實有多少不同的說法，得到不正確的資料，他花費了許多時間查對，將相同的故事記錄文本用等號標出，如：

1164E 〔惡魔和流氓〕〔註50〕

　　　　林蘭（21），I，47－50 頁＝朱雨尊，第 108－112 頁。

836 〔驕傲受到懲罰〕〔註51〕

　　　　初牧，19－23 頁（b）＝正文（4），91－94 頁。

1702* 〔結巴一再重複一個字〕〔註52〕

　　　　馮夢龍《古今譚概》，23：9a-b（b）＝中國笑話書七十一種，34＝婁子匡《笑話群》，I，119－120 頁。

〔註47〕例如「少數民族的洪水故事都別除未收，因為他們講得一本正經，成了那個民族歷史的一部份，而漢族的洪水故事（825A*）卻包括在本書內，因為這些故事往往是以滿不在乎，不當作真的口吻講的。」見《中國民間故事類型索引》，導言，頁 8 註 18。

〔註48〕同註3，導言，頁 17。

〔註49〕此部分資料轉引節錄自丁氏書導言，頁 15～17。

〔註50〕同註3，頁 331。

〔註51〕同註3，頁 249。

〔註52〕同註3，頁 435。

儘管如此，丁氏也說明不得不採用這些圖書的理由：「在美國（和其他）圖書館內容易找到不負責任的重印本，而難以找到可靠的原作。許多 1937 年以前在中國出版的中國民俗學的集子和期刊，是在台灣翻印的，但是許多其他書刊在國外無法找到。」為了獲得較完整的瞭解，對這一時期的書，即使它們顯然是從別的作品中選出轉載的，也只好採用。1949 年後的出版物，他只得研究分析許多從香港和新加坡來的、不負責任的翻印或轉載集子，因為許多國外的圖書館裡只有這些書。如宋哲編的民間故事集。為了便利讀者，這種傳抄的作品他也研究，並且盡可能追溯那些故事的根源，查出原書。其他如〔註53〕：

正　文：《大冬瓜》（都來自趙景深《龍燈》）

王忱石：《民間故事》（明顯都來自《民間月刊》）

《扁擔開花》（從《北京文藝》中所選的漢族故事集）

丁氏不單只是引用書目，還將資料進行核對，加以註記出處，由此可見他編寫索引態度的嚴謹。

二、《中國民間故事類型索引》的編排

丁氏書的分類和編輯原則以 AT 索引為基礎，採用國際通用的編碼。本書原是用英文寫的，因為是芬蘭科學院出版的《國際民俗學人交流叢書》之一，所以按照那叢書中絕大多數其他國家類型索引的格式。這種格式主要是適應西方專家的。〔註 54〕目的是在使西方民間故事研究者瞭解和研究中國的民間故事。

丁氏提到，把 AT 類型應用在從未應用這方法分類的一國或一民族的民間故事上，大概會發生幾種情形，而他編寫本書的因應方式與書寫體例如下〔註55〕：

1. 有些類型和 AT 類型完全符合的，那祇需引用其編號，不用另寫內容。

案：如 2〔用尾巴釣魚〕〔註56〕、57〔銜著乳酪的渡鴉〕〔註57〕、510

〔註53〕同註3，頁 528、546、554。

〔註54〕同註3，序言，頁2。

〔註55〕見(1)丁乃通：〈中國民間故事的分類〉（台北：中央日報，1988 年 11 月 17 日，長河版）。(2)丁乃通著；鄭建威等譯：《中國民間故事類型索引》（北京：中國民間文藝出版社，1986 年 7 月），序言，頁 3～5。

〔註56〕同註3，頁2。

〔註57〕同註3，頁 10。

〔灰姑娘和粗草帽〕〔註58〕等。

2. 有些類型，和 AT 類型大體上或大意上相同，而細節有些差別的，便在號碼之後，簡述那些差別。如 "5〔咬腳〕海龜抓住了狐狸的腿。狐狸說：'海龜在抓著棍子'，於是海龜就鬆開了爪子。"這表示這一類型的中國故事與 AT《民間故事類型》中所列的故事雖大致相同，但小有差異。情節比較複雜的，更加了一些細節。

案：如 AT 1341C〔讓人憐憫的小偷〕〔註59〕，其故事概要如下：

一個生性詼諧的人對潛入他家中的小偷說：「黑夜裡你在此地是找不到任何東西的，因為我在大白天都找不到什麼哩！」

在丁氏書所記錄的中國故事情節較繁複，故事概要如下〔註60〕：

一個賊夜間到人家去偷東西，但是找不到值得偷的東西，這家主人醒了躺在床上（有時他的妻子也醒了），在小偷離開前，他說：(a)"請你帶上門再走。"賊說："幹什麼？"(b)"對不起使你空手而去。請你不要告訴別人，我是這樣窮。"(c)"我白天也找不到值錢的東西，你現在能找到嗎？"其他的結尾是：(d)賊說："他們真鬼呀，把什麼都藏起來了。"他回答："你也不怎麼好，你都沒把給門關上。"(e)他念告別的詞句。(f)他向賊扔一點塊磚，說"這是我的枕頭。"(g)他和他的妻子只有很少一點米在家裡，假裝沒有注意賊進了家，他們在床上說想把米運出去最好是把米灌進褲腳管裡去（或是賊自己想出了這個辦法），當賊脫下他的褲子或解下他的圍裙要去盛米時，他們偷了他的褲子。這個賊找不到他的褲子，就喊："現在我真的遇到賊了。"(h)賊在離開之前說："你這個懶漢！你就沒幹活！"他說："我為什麼要幹活好讓你來偷？"

3. 和 AT 類型相似之處很少，或者有些地方像這個類型，有些地方像那個類型的故事，便自己判斷，給它一個和它看來似乎是最相像的類型號碼，而把自己故事類型詳細寫出來，以便別的專家，將來可以決定，

〔註58〕 同註3，頁 166。

〔註59〕 參見(1)Stith Thompson, *The Types of the Folktale* (Helsinki, 1981) p.398。(2)金榮華：《中國民間故事與故事分類》（台北：中國口傳文學學會，2003 年 3 月），頁 69～70。

〔註60〕 同註3，頁 354。

這個類型究竟是變異呢？還是另一個完全不同的類型？

案：如丁氏書新增類型 101*〔狗要模仿狼〕（狐假虎威），故事提要如
　　下：

Ⅰ.(a)狐狸(b)蛇(c)貓兒(d)另外的小動物（或人）(e)在野外同老
　　虎一起漫遊。別的動物看見他們就逃跑了，或者(f)它偶然嚇跑
　　了一個比較大的動物。

Ⅱ.(a)狐狸（蛇及其他動物）使老虎確信是它把那些動物嚇跑的。
　　(b)它打擾老虎而被老虎殺死。(c)狐狸想向自己真是凶猛可怕，
　　跑出去威嚇一個較大的動物，結果送了命。

之後金榮華在他的《民間故事類型索引》中則依故事情節調整其類
別，分別設立 47D〔不自量力狐學虎〕、47D.1〔狐假虎威〕兩個故事
類型。〔註61〕

4. 在類型號碼與名稱後，將情節綱要全部分析出來的，例如：333C〔老
虎外婆〕表示這是中國特有的類型。在 AT《民間故事類型》中沒有。
這一類的類型常常是次類型，有的在類型號碼後還加了「*」的記號，
以資區別，例如：176A*〔人以智勝猴〕。

案：丁氏書中將故事情節全部分析寫出的，就是新增的故事類型，如
　　825A*〔懷疑的人促使預言中的洪水到來〕〔註62〕

Ⅰ.〔警告〕(a)一個老太婆（一個老頭子）(b)一個有名的孝子(c)
　　一個小孩子(d)一個女傭(e)一個漁人(e^1)一個屠夫(f)一個男孩
　　和一個女孩(f^1)村民們從(g)一個神祇或者預知將來的人(h)兒歌
　　(i)石獅子(j)一條龍(j^1)石龜那裡得到警告。他（她）得到通知
　　說，因為(k)吃了一隻巨大的神魚(k^1)別的罪行，一場大洪水（很
　　少是別種災難）在下列的東西變成紅色的時候就會來臨：(m)一
　　隻石龜(m^1)石獅子(m^2)人塑的龍(n)城門等等的眼睛或它們其他
　　部位。有時候只要廚房的石臼裡(o)有水（潮濕）或(o^1)有青蛙
　　的時候。

Ⅱ.〔洪水的來因〕這人注意著這個警告並且每天都去看有何變化。
　　下列的人物因開玩笑或惡作劇，將這項東西塗上紅色：(a)一個

〔註61〕參見第伍章第三節「金榮華新增的民間故事類型」。
〔註62〕同註3，頁243～244。

頑童(b)一個守城衛士(b^1)一個更夫(c)一個屠夫(d)多疑的青年人(d^1)一個婦人。或者，(e)沒有什麼理由能說明紅色或洪水的出現。無論如何，一場大洪水眞的來到了。

Ⅲ.〔結果〕(a)得到警告者一發現這個凶兆馬上就離開，往往是上山或乘船，(b)由神指引守護著(c)和他全家(c^1)母親(c^2)她的主人的全家(c^3)他的妹妹(c^4)她的孩子和鄰人們在一起。這城市不久就被水淹沒，而且所有別的人全都喪生。或者，(d)難民們都躲在石獅子裡面，有時因而得到以逃到海邊等等。那時全世界都已經淹沒在洪水中。或者，在有的說法中，結果是：(e)爲了使地球上重新住人，倖存者雖爲兄妹，也得結婚。

（一）編排體例

　　丁氏此書目的是在使西方民間故事學者瞭解和研究中國的民間故事，所以他是從西方人使用角度理解中國資料書寫《中國民間故事類型索引》。書是按照那絕大多數其他國家類型索引的格式，這種格式主要是適應西方專家的，〔註63〕全書是用英文撰寫。他在凡例裡做了說明〔註64〕：

　　　　一、本書按國際上通用的 AT 分類法編號、分類，故事號碼及內容標題與 AT《民間故事類型》相同。

　　　　（中間從略）

　　　　四、中國特有的故事情節在書中有詳細的摘要，而與 A. T.相同的情節則較簡。讀者預知其詳可查閱 A. T.《民間故事類型》，或直接閱讀故事原文。

丁氏書的故事類型，每個都有類型編號、類型名稱、故事摘要與出處篇目資料；中國特有的故事情節有詳細的摘要，而與 AT 相同的情節則較簡。類型下故事的各種不同說法（有時是變體），除列明書籍簡稱、頁碼，並且在頁碼後括號注明此資料有該類型中的哪幾個部分。若包括好幾個類型的，就依次用加號（＋）列出複合類型的號碼，有的說法下更加了小注。〔註65〕《中國民間故事類型索引》內容如下：

〔註63〕同註3，序言，頁3。
〔註64〕同註3，凡例，頁1。
〔註65〕同註3，序言，頁4。

示例一

560〔寶貝戒指〕〔註66〕

通常沒有公主。一個壞人，而不是奸詐的妻子，偷了這法寶。在 IV 內老鼠搔小偷的鼻孔而把法寶收回，這個題旨（Motif）除了在特別指出的説法中外，並不存在。

Ⅰ. 這件法寶並不老是戒指。(b)也可以從其他動物（通常是蛇）那裡得來。

Ⅲ. (b)小偷往往是僅想得到這件法寶而已。

Ⅳ. (d)動物們誰都不肯相讓，以致法寶最後又丟失了（其他的細節，參看池田，第 149 頁，IV 下）。

Ⅴ. 續編。(a)主角殺貓（狗），法寶失蹤(b)主角錯殺了貓（狗）。

陳石峻，179－185 頁（I-b，IIa，IIIb，IVa）；前哨，1957 年 2 月，33 頁（IIIb－仙食被竊，IVa，+200A₁）……（以下從略）

示例二

555*〔感恩的龍公子（公主）〕〔註67〕

通常同 408 和 465A 類型結合，或作為 301A 型的一部份。

Ⅰ.〔賜恩魚類〕主角救了(a)一條大鯉魚、海龜或一條被漁夫抓到的小蛇，把牠放回水裡，(b)一條魚（或一條蛇）被捉住，釘在一個妖怪洞裡的牆上。或者(c)好幾年他把祭品扔到湖裡，湖神深感他的厚意。或(d)他救了一隻金鶯，實際上牠是一位龍王公主。

Ⅱ.〔善報〕這條魚實際上是龍王之子（太子或公主）。(a)救主角免於淹死。(b)變為龍形，把主角帶出洞。(c)邀請主角到他的宮殿，有時在那裡渡過非常快活的日子。

Ⅲ.〔以法寶為酬〕主角即將告別回家，龍王公主（太子）告訴主角，不要接受龍王別的禮物，而只有一個看上去像是不值錢的箱子等等。因為它實際上(a)會滿足主人所有的願望(b)裡面有一件小東西，(b¹)一支雉、一支白母雞，等等，那是龍王公主的化身，主

〔註66〕同註3，頁 195～197。
〔註67〕同註3，頁 191～195。

－85－

角依計而行，回到家打開箱子，得到仙妻。

IV. 〔遺失法寶〕主角把法寶借給一位朋友或兄弟，法寶很快就回歸海裡，或是不靈了。（參見 511C*，1555A*，676，729，750D₁ 類型）。

陳石峻，28－40 頁（Ia，IIc，IIIa，b¹，+408+465A）；賈炳智，14－19 頁（Ia，IIa，b－兩面鏡子，IV）＝肖中游(2)，14－19 頁；……（以下從略）

　　艾伯華曾對丁氏書為什麼忽視了地區分布，以及在注釋獨特類型和說法時行文如此簡略提出質疑，丁氏則說明因經費的因素，他只好在內容編排上有所調整：

> 首先全部刪去故事分布國家和地點的敘述，以及各種細項的注釋。本書初稿裡故事細節注得相當詳細，像"被咬的是人"這一類的小注很多。但是出版時因為節省篇幅，抽出了許多小注，流傳地點和民族也全部刪去。對研究學者而言，流傳地域很重要，不過許多可以由故事集的書名看出，例如《紹興故事》，《藏族民間故事》。好在如果對某些故事特別有興趣，或要作研究的學者，總是要去察看原文的，所以這點瑕疵對研究方面的妨害還不算太大。〔註68〕

他在「參考書目」的前言也說：「有些書名和期刊名稱顯示不出故事的流傳地區。倘若我知道流傳地區的那就在書名或期刊名稱後面的括弧裡註明。」〔註69〕 如：

大極：《熊家婆》（中國西南方）〔註70〕

丁歌：《金琵琶》（浙江）

春汀（譯者）：《漁夫的兒子》（維吾爾族）

公劉：《望夫雲》（白族，大理，雲南）

蕭丁三：《笛歌泉》（壯族和台灣高山族）

然因丁氏參考書目中的圖書如今大都搜尋不易，對於有些故事類型沒有書寫

〔註68〕 參見(1)丁乃通著；李揚譯：〈答愛本哈德教授〉，《故事研究資料選》（湖北：中國民間文藝家協會湖北分會編印，1989 年 9 月），頁 287。(2)丁乃通著；鄭建威等譯：《中國民間故事類型索引》（北京：中國民間文藝出版社，1986年 7 月），序言，頁 5。

〔註69〕 同註3，頁 525。

〔註70〕 同註3，頁 528、529、531、550。

故事提要與注釋，對絕大多數的研究者而言在檢索資料上實屬不便。

（二）編排難題與處理方式

有些中國文化背景下產生的故事不容易在 AT 分類中找到歸屬，如佃農（長工）和財主（惡霸）的鬥爭與複合型故事的編排。對於這種情形，丁氏有以下的處理方式：

1.佃農（長工）和財主（惡霸）的鬥爭

丁氏在《中國民間故事類型索引》書裡，把常見於中國農村社會的長工與財主鬥智故事，分別歸入於下列三個類目中：

（1）「笨魔的故事」中的「與雇工的故事」

　　1000　　說好不許動怒

（2）「笑話」中的「男人的故事」

　　1535　　富農和貧農

　　1539　　巧騙和傻瓜

　　1561　　懶孩子三餐一起吃

　　1567B*　吃不飽的僕人以牙還牙

　　1568　　地主的無理條件，和僕人（長工）的對策

　　1568A　佣人表面上的優厚條件

（3）程式故事

　　2301　　一次只帶走一粒穀

2.複合型故事的編排

民間故事在口耳相傳講述過程中，常會產生變異性，中國民間故事的講述尤其喜歡在故事的開頭或結尾銜接其他類型的故事。中國民間故事與歐洲相比較，在形式上較流動，在結構上較複雜。一個中國故事能用幾個 AT 類型，或這些類型中的某一部份組成。有時一個 AT 類型幾乎總是跟隨著另一個（如 126 和 78 類型）。因此有時同一故事會放在四個或五個類型之下，同一條款因此也重複多次。〔註71〕如 518〔群魔爭法寶〕〔註72〕引用的故事出處註明：

　　陳石峻，46－57 頁（300+567+507A）；蕭崇素（4），58－70 頁

〔註71〕此部分資料引自丁氏書導言，頁 14。
〔註72〕同註3，頁 176～177。

（300+567+）：……薛爾頓，阿伯特，94－102 頁（567++567A）：
田海燕(1)，157－167 頁；天山，1958 年 9 月，29－32 頁（567A+）：
王堯(1)，20－26 頁（567++567A）。

這可見中國民間故事類型的複合情形。當艾伯華就這問題質疑丁氏可能歪曲
資料以適應 AT 體系時，丁氏答辯說〔註73〕：

> 即在處理複雜的中國故事時我有時把它們分列於"四個或五個類型
> 之下"──這種懷疑是毫無根據的。我不僅僅是"有時"如此而
> 已。有些故事通常使人自然聯想到特殊的中國類型，我就把它們作
> 爲中國類型列出（諸如拙作中 433D 和 400C），而不能同樣如此的
> 故事可能仍處於轉變爲地區類型的過程之中。……

如丁氏言，書中這種例子並不少，如 875B$_5$〔聰明的姑娘給對方出別的難題〕
〔註74〕的故事提要與故事出處：

> 在下列大多數說法中，一個姑娘反過來要求（或者教一個男孩子這
> 樣要求）說，如果她必須製作出像山一般大，像天空一般高，像海
> 一般深的東西的話，她首先需要一個精確的尺度。偶而她也會要求
> 有一種不可能有的工具來做一件不可能做到的任務。
>
> ……趙景深(3)，178－189 頁（875F+159C+970A）：……民間文學，
> 1958 年 2 月，41－44 頁（1174+875B$_1$+1920A++927A**）：……四
> 川文學，1963 年 4 月，38－41 頁（400+875D$_1$+875+1174++875B$_1$+
> 875D$_2$）……

由引用篇目看來，有的故事甚至歸屬於五至七個類型之下，由此可見中國民
間故事複合性的繁複。

　　丁氏是從西方學者使用的角度考量書寫類型索引，他提到使用此書的注
意事項說：「本書是根據 AT《民間故事類型》第二版中的類型名稱和號碼。不
熟習那本書的讀者，在用本書時，一定要參看那本書，才能有最好的成果。」
〔註75〕，如其言，像類型 333A，丁氏沒有標示類型名稱及故事提要，只有列
出引文出處，對於不熟習 AT 原書的人來說，實在難以知道故事的概要。有時
丁氏雖書寫某些故事內容，卻難明其意。如：825〔諾亞方舟中的魔鬼〕的內

〔註73〕同註45，頁286。
〔註74〕同註3，頁257～259。
〔註75〕同註3，序言，頁3。

－88－

容：「II.(a)動物聚集在一起（有時成對地）但無需用信號。(b)蛇卻被禁止或
者幾乎被禁止上船。」AT 同型故事概要是：「魔鬼想要知道諾亞如何造方舟，
就誘騙諾亞的妻子，而對諾亞造的方舟進行破壞的計謀。」在檢索時只有兩
書參看才能拼湊出故事的面貌。雖然他說「預知其詳可查閱 A.T.」，或「直接
閱讀故事原文」，然因 AT 書籍取得不易，ATT 參考書目絕大部分的圖書，又
因年代久遠難以搜尋，這對於中國民間文學工作者而言，在使用上是較為不
便的。

　　其次是類型名稱屬西方文學典故，或習慣用語，造成閱讀上的不便。丁
氏因依循 AT 的「內容標題」書寫，所以標題若是屬於西方文學典故或習慣
用語，是很難從字面上瞭解故事概要。如型號 851A〔都浪多〕（Turandot）
〔註76〕。「都浪多」是西方故事中一個公主的名字。AT 原書的故事大要是：
一位公主要求婚者猜三則謎語，猜出了就嫁他，猜不出則將他處死。因 AT 有
故事大要，丁氏書也就從略，這故事因曾被改編為歌劇，為西方人士所熟
知。然而對中國的民間文學工作者而言，就很難知其所指為何了。還有以下
諸例皆是：

　　　327A〔亨舍爾和格萊特〕

　　　613〔二人行〕

　　　700〔拇指湯姆〕

　　　707〔三個金兒子〕

　　　775〔米達斯短視的願望〕

　　　782〔米達斯王和驢耳朵〕

　　　910K〔誠言和尤利亞式的信〕

　　　926〔所羅門式的判決〕

　　　1360C〔老海德布朗特〕

　　　1415〔幸運的漢斯〕

　　再者是同一屬性故事歸於不同類目的問題。陳建憲曾說丁乃通的索引：
「由於必須參照 AT 分類法，《索引》中有時將具有中國民族特色的故事分拆
幾處（例如將梁祝故事分拆為 885B "忠貞的戀人自殺"和 970 "連理枝"兩
個類型），這就給人以削足適履之感，使查閱者感到不便。」〔註77〕因丁乃通

〔註76〕此 851A 故事類型的相關解說，轉引自金榮華：《中國民間故事與故事分類》
　　　　（台北：中國口傳文學學會，2003 年 3 月），頁 89～90。
〔註77〕陳建憲：〈一座溝通中西文化的橋樑——《中國民間故事類型索引》評介〉，

大多將中國故事類型列爲次類型，像佃農故事分列在「笨魔的故事」、「笑話」、「程式故事」等類目下，中國民間文學工作者在查閱相關資料實不易周全，這是有待斟酌的地方。〔註78〕

儘管中國民間文學工作者在使用丁氏書有上述的不便，然而丁乃通以 AT 分類法對中國 1970 年以前出版的民間故事資料作一全面的類型分析，對資料版本難以判定來源與出處，或故事流動的形式、複雜的結構，判斷類型歸屬等問題，都提出因應的方法處理。在資料的編排上，對中國特有的故事類型部分，於故事提要中詳述，引用篇目的出處、頁碼、複合型故事編碼、差異處的小注等也詳加記錄。中國龐雜多樣的民間故事藉著丁氏索引有了歸類標準與具體架構，檢索者閱讀時，對中國民間故事的內容、概況也有了較明確的認知，這對從事民間故事的相關研究都有莫大的幫助。

第三節　丁乃通新增的民間故事類型

丁乃通對於中國特有的故事類型，在 AT《民間故事類型》沒有號碼的，則另編新碼，這一類的類型常常是次類型，有的在類型號碼後加了「*」記號，以資區別。丁氏書中列入 843 個類型和次類型〔註79〕，其中 268 個是中國特有的，〔註80〕新增類型有 335 個，新增設的數字型號爲「1703」。

一、新增的數字型號

對於未見於 AT 書的中國民間故事類型，丁氏在「男人的笑話和趣事」類裡增用了一個「1703」的新號碼，以之登錄近視眼的趣事。〔註81〕丁氏對新

《民間文學論壇》1988 年第五、六合期，頁 188。金榮華已對此問題提出解決方法，他將兩個故事類型型號合併，改爲 749A 型號，型名〔生雖不能聚　死後不分離〕，列在「其他神奇故事」類目，以符合故事屬性。參見第伍章第三節「金榮華新增的民間故事類型與調整的型號」。

〔註78〕金榮華已對此提出解決方法，參見第伍章第三節「金榮華新增的民間故事類型與調整的型號」。

〔註79〕所謂「次類型」，丁氏說若中國的故事與 AT 類型間的變異較大時：「我便冒昧在那類型號碼之後加上《民間故事類型》第二版上沒有使用過的字母，表示這是個新的次類型。」有的在類型號碼後加了「*」記號作區別。見丁氏書序言，頁 4；導言，頁 14。

〔註80〕同註3，導言，頁 19。

〔註81〕丁氏「1703」故事類型編碼的設定或許與猶太故事類型有某些關聯。見丁氏書導言，頁 24。

增的數字型號，他說：「就我所知，我僅使用了一個阿爾尼及湯普遜（AT）或上述權威們沒用過的新數字（1703）。」〔註82〕在這個新號碼下，他以號碼後面加英文字母的方式列出八個類型：

<u>1703 近視眼的趣事</u>

1703A 蜻蜓與釘子

1703B 描述大區

1703C 黑狗和飯鍋

1703D 鎖住自己

1703E 誤認糞便爲食品

1703F 帽子和烏鴉

1703G 油漆未乾

1703H 不識熟人

除了關於近視眼的故事外，其他的故事類型都作爲已有類型的次類型處理。

　　丁氏書裡還有個 1520〔放響屁〕〔註83〕故事類型，其編碼是 AT 沒有的，丁氏之所以不將此碼視爲新增設的數字型號，是因爲日本池田弘子所編的《日本民間文學類型和情節單元索引》已有這個號碼。〔註84〕這個情形，丁氏在「導言」裡曾說：「如果中國的類型是與印度、猶太和日本的類型一致或相類似，我就用了湯普遜和羅伯斯、海達・傑遜和池田弘子（Ikeda）使用的數字。」〔註85〕以下對照兩者故事提要的內容：

1520〔放響屁〕（丁乃通）	1520〔放響屁〕（池田弘子）
I.【開始】(a)新娘聽了她母親的話在結婚後忍住不放響屁。不久，她的身體開始忍不住，她丈夫（或婆婆）告訴她自行方便。另一種開頭：(b)她在結婚前以爲她的屁是香的，因此她在婚後不久便開始放屁。	I.【新娘的不舒服】剛新婚的新娘勤於工作，家人對她十分的滿意。數日後，新娘失去了動力，臉色變成蒼白及痛苦的樣子，婆婆問她怎麼了？新娘臉紅的坦白承認她一直壓抑她想放屁的渴望。婆婆告知她，管它的，想放就放也放的盡興。
II.【傷人鬧事】(a)婆婆給了她一間空房，裡面只放了一隻竹斗，讓她在裡面盡量放屁，她把竹斗彈得滿屋飛，她的公公、婆婆在門	II.【屁吹離開】新娘告訴婆婆要抓好一根柱子，她拉起衣著並放屁，婆婆被吹起到天

〔註82〕同註 3，導言，頁 14。

〔註83〕同註 3，頁 374～375。

〔註84〕Hiroko Ikeda, *A Type and Motif Index of Japanese Folk-Literature*（Helsinki, 1971）
pp.243～244.

〔註85〕同註 3，導言，頁 14。

縫裡偷看,兩人的眼全給彈瞎了。(b)她的屍使爐頭倒塌,砸死了婆婆。(c)她把她叔父的眼弄瞎後逃跑了。	花板並無法下來,新娘持續的放屁了一百次,婆婆從天花板尖叫的要新娘"不要再放了",或婆婆被吹到了原野田間並抓住了已收成被拔起的白蘿蔔。
III.【在衙門和回家的路上】夫家告她,她遭逮捕。(a)在法庭上卻把法官(b)彈到另一個房間或地上。(c)連續三次彈上天。(d)她在路上和人打賭贏了幾個,但最後沒有能彈走一個補鍋的人一只寶鍋,受了罰。	III.【放屁的價值優點】新娘被告知要她離開,她在丈夫的陪同下回到她原來的家,當他們穿過一群試著從樹上摘取桃子的駕駛牛車的小販,新娘大笑著說她可以用她的屁把桃子從樹枝上吹落,她接受能擁有牛群為利益賭注的挑戰,她放屁並且桃子如雨落下,看看她的屁是如何贏得利益的,她丈夫又把她帶回家。
IV.【別的表演】(a)離開衙門後,她將一個銅匠師傅崩上了天。(b)不信的鐵匠和她打賭,輸給她。或者(c)一男放屁手向一女放屁手挑戰,互相比賽。(d)他們將一老僧崩上了天。結果仍是女放屁手贏。(e)一個獵手把他們的屁全射了下來。	Type 948,III(2)同這樣的型態,在帶離婚的妻子回她家的路上,丈夫改變了心意。

這個故事類型是否如丁氏所說〔註86〕:

> 上表(註:指丁氏書附錄《中日故事類型對照表》)所提到的故事類型大多數似乎是從中國傳播到日本去的,雖然也有少數(例如1520型)可能是從日本傳到中國來的。……

這個故事類型丁氏引用的資料有:中國笑話書七十一種(1961年台北出版)、朱雨尊《民間趣事全集》(1933年上海出版)、謝雲聲《福建故事》(1973年台北出版)、谷萬川《大黑狼的故事》(1929年上海出版)、林蘭《三兒媳故事》(1933年上海出版)、《獨腳孩子》(1932年上海出版)。艾伯華《中國民間故事類型》書裡的笑話編號8〔屁〕的故事情節也與此相似。〔註87〕艾氏書是1937年出版,池田氏書是1971年出版,所以這個1520型號故事到底是從中國傳播到日本,或是日本影響了中國,都有待再作研究探討。

二、新增的故事類型

丁氏根據引用書目的資料,歸納擬定AT《民間故事類型》所沒有的故事類型,其中有的故事類型引文篇目只有一例者,這與類型的定義不相符,以下分述之。

〔註86〕同註3,導言,頁24。

〔註87〕艾伯華〔屁〕的故事提要如下:(1)一位年輕婦女誤解了她母親的建議,因此很長時間不敢放屁。(2)她因此生了病,有人向她講明瞭這個誤會。(3)人們請求她放一個屁。(4)由於放屁發生了不幸的事情。《中國民間故事類型》,頁348~349。

（一）丁氏新增類型中僅有一例引文的原因

金榮華說：「所謂類型，是就故事內容和結構作分析，把基本內容和主要結構相同細節卻或有異的故事歸集在一起。」〔註88〕丁乃通說：「像湯普遜和羅伯斯一樣，我覺得只有一二個變體的故事不能稱作一個類型，因此必須至少要有三個不同的故事異文，才能構成一個中國特有的類型。」〔註89〕在丁氏書卻有一些新增的故事類型是只有一則故事篇目的，這顯然與上述故事類型的定義不符。關於這個部分，丁氏也作了說明〔註90〕：

> 僅有的例外就是我認為那類型的情節單元（Motif）是其他國家文學中也有的，以及多數在童謠裡找到的程式故事；和還有一些類型是我確知中國一定另有其他變體，但尚未有人紀錄下來的。此外很多僅有一、二個故事的中國類型，在一些尚未有系統地作索引的國家裡，也可能有類似的故事還在流傳著。

依丁氏所言，書中新增故事類型僅列一、二則故事的例子如下〔註91〕：

1. 220B〔烏鴉和老鷹的戰爭〕

   天山，第82頁。

2. 297C〔昆蟲類的戰爭：蚊子、蜘蛛、蜜蜂、蜥蜴等〕

   中央研究院歷史語言研究所，膠片第19盒、第22盒。

3. 881B〔王子化裝姑娘〕

   苗族民間故事選，50－54頁。

4. 923C〔輕信的父親和虛偽的女兒們〕

   凌濛初(2)，548－552頁。

5. 1246A*〔傻子建塔〕

   朱雨尊，第366－367頁＝謝雲聲，II，59－62；田海燕(1)，第168－169頁。

6. 1334A〔外地月亮更亮〕

   中國笑話書七十一種，第393頁＝婁子匡(3)，II，105頁＝明清笑話

〔註88〕金榮華：《中國民間故事與故事分類》（台北：中國口傳文學學會，2003年3月），頁9。

〔註89〕同註3，導言，頁14。

〔註90〕同註3，導言，頁14。

〔註91〕這些例子依序見丁氏書，頁42、55、271、294、336、349、460、483、489、510。

四種，第 162 頁；牧野(2)，第 102 頁；許多這樣的笑話沒有紀錄下來。

7. 1681B*〔過分謹慎的孩子〕

婁子匡(2)，IVA，25－26 頁。有許多尚未記錄下來的說法：兩個錢幣而不是四個，是祖母或妻子而不是媽媽，前兩個問題的順序不同，以及諸如此類但細節卻又不同的問題。

8. 1703G〔油漆未乾〕

民間月刊 1‧5：129 頁；伍鶴鳴，第 65 號。

9. 1960M*〔大蚊子吃人〕

中國笑話書七十一種，250 頁＝牧野(2)，55－56 頁；董均倫，50－52 頁。

由丁氏所列的引文資料可以看出，他對資料的查核是很嚴謹的，或許待他日檢索資料更擴增時，較能驗證其看法的確實性。

（二）丁氏新增的故事類型細目

丁氏根據中國民間故事的情節歸類，增設類型計有動物故事 35 個、一般的民間故事 118 個、笑話 175 個、程式故事 6 個、難以分類的故事 1 個，總共 335 個。新增的故事類型簡目如下：

一、動植物及物品故事

野獸

1A*	兔子、鷹和老人
8B	火燒老虎
43A	鵲巢鳩占
70A	兔子割自己的嘴唇
78B	猴子把自己用繩子捆在老虎身上

野獸和家畜

111B	老鼠造反
111C*	狡猾的老鼠
112A*	老鼠從罈子裡偷油
114A	驕傲的公雞
125E*	驢子用叫聲威嚇別的動物
125F*	喊叫有狼，或發假警號

人和野獸

155A	忘恩負義的狼吃掉救命恩人

156D* 老虎重義氣

157B 人會用火

159A₁ 老虎吞下燒紅的鐵

176A* 人以智勝猴

家畜

200* 貓的權利

200A₁ 狗上貓的當

201F* 義犬衛主，為主復仇

214B* 身披偽裝冒充為王的動物丟臉

鳥類

220B 烏鴉和老鷹的戰爭

222C 小人和鶴

234A 兩種植物調換住處

235A 動物向鳥（或別的動物）借角或別的東西

246A* 黃雀伺蟬

其他動物與物體

275D* 蝸牛（青蛙）和老虎在泥中賽跑

276A 螃蟹欺騙了母牛（或水牛）

277* 破了肚皮的青蛙

278B 坐井觀天

291A 猴子和蜻蜓打仗

293A 身體兩個部分不和

293B 茶和酒爭大

295* 甲蟲、稻草和羊毛

297C 昆蟲類的戰爭：蚊子、蜘蛛、蜜蜂、蜥蜴等

298C₁* 無用的植物能保身

二、一般的民間故事

甲、神奇故事

神奇的對手

301F 尋寶

301G 桃太郎

310A　　　雲南民族文學資料第二輯（註：ATT誤植名稱）

312A*　　母親（或兄弟）入猴穴救女

313A₁　　英雄和神女

325A　　　兩術士鬥法

326E*　　藐視鬼屋裡妖怪的勇士

333C　　　老虎外婆

神奇的親屬

400A　　　仙侶失踪

400B　　　畫中女

400C　　　田螺姑娘

400D　　　其他動物變的妻子

403C₁　　繼母偷天換日

403A**　　受苦女郎，神賜美貌

433D　　　蛇郎

440A　　　神蛙丈夫

449A　　　旅客變驢

神奇的難題

465A₁　　百鳥衣

471B　　　老父陰曹尋子

480D　　　仁慈少婦和魔鞭

480F　　　善與惡的弟兄（婦女）和感恩的鳥

神奇的幫助者

503E　　　狗耕田

503M　　　賣香屁

505A　　　死屍和棺材

505B*　　葬人者得好報

511B*　　異母兄弟和炒過的種子

511C*　　金銀樹

554D*　　蜈蚣救主

555A　　　太陽國

555B　　　含金石像

555C　　聚寶盆和源源不絕的父親

555*　　感恩的龍公子（公主）

<u>神奇的寶物</u>

576F*　　隱身帽

592*　　險避魔箭

592A*　　樂人和龍王

592A₁*　　煮海寶

613A　　不忠的兄弟（同伴）和百呼百應的寶貝

<u>神奇的法術</u>

654*　　自命不凡的兄弟

681A　　夢或眞

681B　　夫妻同夢

745A₁　　命中注定貧窮

745*　　負債人同病相憐，雙雙得救

乙、<u>宗教故事</u>

<u>神的賞罰</u>

750B₁　　用有神力的布報答好施者

750D₁　　用取不完的酒報答好施者

761A　　前世有罪孽投胎爲畜生

770A　　（觀音菩薩）保護無辜

775A　　點金指頭

<u>眞相大白</u>

780D*　　歌唱的心

<u>人進天堂</u>

809A*　　一件善事使人富貴

825A*　　懷疑的人促使預言中的洪水到來

841A*　　乞丐不知有黃金

丙、<u>傳奇故事（愛情故事）</u>

<u>公主出嫁</u>

851A*　　對向公主求婚者的考試

851B*　　決心去做似乎做不到的事或者冒生命危險作爲結

婚先決條件

851C*   賽詩求婚

<u>王子娶親</u>

875B$_5$ 聰明的姑娘給對方出別的難題

875D$_1$ 找一個聰明的姑娘做媳婦

875D$_2$ 巧婦解釋重要的來信

875F   避諱

876B*   聰明的姑娘在對歌中取勝

876C*   聰明的姑娘幫弟弟做功課

876D*   巧婦思春

<u>忠貞與清白</u>

881B   王子化裝姑娘

881A*   夫妻離散各執信物終得團圓

882C*   丈夫考驗貞潔

884A$_1$ 一個姑娘化裝成男人和公主結婚

885B   忠貞的戀人自殺

888C*   貞妻爲丈夫復仇

889A   忠心的妓女

893*   秘密的慈善行爲

<u>改造潑婦</u>

901D*   潑辣妻子被嚇壞而且改正過來了

<u>好的格言</u>

910*   飢餓是最好的調料

910A*   金錢並非萬能

910B*   誠心的勸告

911A*   老人和山

<u>聰明的言行</u>

920C$_1$ 用對屍體的感情來測驗愛情

922*   熟練的手藝人或學者防止了戰爭的危機

922A*   卑微的女婿解答謎語或問題

922B*   智者羞辱縣官

923C	輕信的父親和虛僞的女兒們
926*	爭執的物件平分爲兩半
926B₁*	誰的袋子？
926D*	誰偷去了賣油條小販的銅錢？
926D₁*	審判驢和石頭
926E*	鐘上（牆上）塗墨
926E₁*	抓住心虛盜賊的其他方法
926F*	洩露秘密的物件
926G*	誰偷了驢（馬）？
926G₁*	誰偷了雞或蛋？
926H*	失言
926L*	假證人
926M*	解釋怪遺囑
926N*	這些錢幣是什麼時候鑄造的？
926P*	這些不是我的財富
926Q*	他嘴裡沒灰
926Q*	蒼蠅揭露傷處
927A**	中毒者報仇

命運的故事

934A₂	命中注定要死的鸚鵡
934D₂	如何避免命中注定的死亡
935A	（無類型名稱）
935A*	浪子識世情惜已太晚
944A*	失馬焉知非福，得馬焉知非禍

強盜和兇手

950D₁	（無類型名稱）
958A₁*	寬大使賊改邪歸正
960B₁	兒子長大後才能報仇
967A*	烏龜和魚給英雄搭一座橋

其他愛情故事

970A	分不開的一對鳥、蝴蝶、花、魚、或其他動物

978*　　　謊言久傳即成眞

980E　　　誤殺親子

980F　　　兒子比財產可貴

980A*　　　智服伯母

丁、愚蠢妖魔的故事

1062A*　　擲柴比賽

1062B*　　負重賽跑

1092*　　　誰能殺螞蟻

1097A*　　建築比賽

1117A　　　吃人的妖魔滾落下來

1148*　　　吃人女妖怕雷死於沸水中

1153A*　　怕金子（食物）的人

1164E　　　惡魔和流氓

三、笑話

笨人的故事

1215*　　　傻子和他的兒子、他的父親

1241B　　　揠苗助長

1241C　　　傻瓜拔樹，妥藏室內

1242A₁　　背負驢子

1242C　　　豬重相等

1246A*　　傻子建塔

1248A　　　長竿進城

1266B*　　傻瓜買雁

1266C*　　呆子買油

1275A*　　路標失蹤，傻瓜迷途

1280*　　　守株待兔

1286A　　　獨褲管的褲子

1291D₁　　織機自行

1305D　　　垂死的守財奴在停屍床上

1305D₁　　垂死的守財奴及兒子

1305D₂　　守財奴命在垂危

1305E	守財奴買鞋
1305F	殺鵝取卵
1310D	給它喝水或讓它游泳
1313D	傻子怕夭折
1317A	盲人和太陽
1319N*	誤認塑像爲人
1319P*	認認道士是鵝
1319Q*	誤認屁股爲面孔
1331E*	買毛筆
1332D*	傻子買鞋忘記了帶鞋樣
1334A	外地月亮更亮
1336B	農民、親戚和鏡子（水缸）
1339F	煮竹席子
$1341B_1$	此地無銀三百兩
$1341C_1$	膽小的主人和賊
1349P*	又跌一跤
1349Q*	拔牙

夫妻間的故事

1353*	無賴作弄別人的妻子（新娘）
1362C	父母爲子女擇偶
$1365E_1$	（無類型名稱）
1375A*	"假如那是我的話"
1375B*	極端嫉妒的妻子
1375C*	想學怎樣不怕老婆的丈夫
1375D*	有權威的人也怕老婆
1375E*	妻妾鑷髮
1378A	在妻子房間裡留下有標記的鞋
1382A	節省日曆
1382B	愚婦學巧婦
1382C	認眞的廚師
1384*	妻子遇到和丈夫一樣笨的人

1387A*　懶得不肯動手的妻子

1405**　懶惰的女裁縫

1405A**　拙妻做被子

1408*　妻子揭破丈夫的虛榮心

1419B*　交換了鞋

1419F*　袋子裡的奸夫

1426A　關在盒子裡的妻子

女人（姑娘）的故事

1441C$_1$*　醉漢和小姨

1457A　畸形的夫婦和媒人

1457B　三個有殘疾的新郎

1459A**　炫示貴重的新衣

1516E*　慶祝妻死

1520　放響屁

男人（少年）的故事

1525S　小偷和縣官

1525T　大盜留名

1525U　小偷窺察貴重東西放在那裡

1525V　滑稽女婿偷岳父

1525W　教人怎樣避免被偷

1525S*　偷褲子

1525T*　鎖在櫃櫥裡的小偷

1526A$_1$　狡言騙白食

1526A$_2$　連神仙都要爲壞蛋付酒飯錢

1526A$_3$　像是髒了的食物

1526A$_4$　自稱死者的朋友

1528A　抓住尾巴

1528A*　惡作劇者假裝幫鄉下人運肥

1530A*　捧好一堆雞蛋

1530B*　小販受騙吃苦

1530B$_1$*　無禮的送信人受罰

1533B	把糕點分成或咬成不同的樣式
1534E*	給打傷自己的父親（母親）的忤逆兒子出主意
1534F*	死屍二次被吊
1534G*	金口玉言
1538A*	特大號紙紮像
1539A	上當人自信已學會了隱身術
1539B	漆作生髮油
1543E*	假毒藥及其解毒劑
1551A*	鞋值多少錢
1555A₁	用湯付麵錢
1559D*	哄人打賭：走上走下
1559E*	哄人打賭：喜笑和盛怒
1559F*	哄人打賭：要官學狗叫
1559G*	扁擔上睡覺
1562C	切遵教誡，一成不變
1563A	"讓他吧"
1563B	向陌生婦女動手動腳
1565A	是不是跳蚤
1567A*	吃不飽的塾師
1567B*	吃不飽的僕人以牙還牙
1568	地主的無理條件，和僕人（長工）的對策
1568A	佣人表面上的優厚條件
1568B	"服毒"的僕僮自盡
1568A**	頑童吃甜點心
1568B**	頑童和糞坑裡的老師
1572J*	騎禽而去
1577A	盲人落水
1577B	盲人挨打
1592C	神貓與神鏈
1620A	獻寶給明君或清官
1620B	不受奉承的人

1623A*	太太小姐丟臉
1623B*	惡作劇者捉弄父親
1624A$_1$	（無類型名稱）
1633A*	買一部分
1633B*	捉弄賣柴小販
1635A*	虛驚
1641C$_1$	不由自主成學士
1641C$_2$	農民塾師
1641C$_3$	偽裝飽學做新郎
1641D	不由自主成領航員
1642A$_1$	流氓在法庭上冒認財物
1645B$_1$	夢得寶藏，賺贏酒食
1645C	未完的夢
1681C	呆女婿向岳父拜壽
1681C$_1$	呆女婿送禮，沿途吃光
1681B*	過分謹慎的孩子
1681C*	笨拙的模仿者
1685B	不懂房事的傻新郎
1687*	忘掉的東西
1687A*	忘掉的房子、親戚等等
1689B$_1$	沒有材料，你哪能吃
1689B$_2$	鑰匙還在我處
1689A*	傻子自封為王
1691*	猛吃的新郎
1696A	總是晚一步
1696B	我應該怎麼做
1696C	呆人呆福
1696D	傻媳婦濫用客氣話
1696*	家裡出事別怪我
1697A	當然是我
1698D*	大爆炸

1698E*	聾子、瞎子和跛子
1699A$_1$	不懂方言引起誤解鬧笑話
1699C	錯讀沒有標點的文句
1702*	結巴一再重複一個字
1703	近視眼的趣聞
1703A	蜻蜓與釘子
1703B	描述大圖
1703C	黑狗和飯鍋
1703D	鎖住自己
1703E	誤認糞便為食品
1703F	帽子和烏鴉
1703G	油漆未乾
1703H	不識熟人
1704A	吝嗇老頭不吃好飯
1704B	勉強慷慨
1704C	虛擬的好菜
1704D	肉貴於命
1705A	酒鬼的笑話
1725A	箱中愚僧
1730*	僧與慧女
1807B*	裝和尚的流氓
1812A*	打賭：摸姑娘腳
1812B*	打賭：摸姑娘乳
1812C*	打賭：讓陌生女子繫腰帶
1812D*	打賭：讓女子從你口袋裡掏錢
1830*	各人祈求的天氣不同，女神盡皆賜與
1862D	醫駝背
1862E	最好的醫生
1862*	郎中、棺材店老闆和僧侶

說大話的故事

1886A	老不死的酒鬼

1920C₁ 吹牛比賽：如果你說 "這不可能" 那你就輸了

1920D₁ 牛吹的太大，無法自圓其說

1920I 巨人，更大的巨人，大嘴

1920J 誰最老？

1920K 家鄉至上

1920K₁ 我家最好

1960M* 大蚊子吃人

1962A₁ 巨中更有巨霸人

四、程式故事

連環故事

2029E* 愛嘮叨的妻子

2030B₁ 妖精必須要刀才能吃牧人

2031C* 變了又變

2032* 松鼠從樹上扔下堅果

圈套故事

2205* 不幸的豬

2301C 成千的軍隊走過一座小橋

五、難以分類的故事

2400A 用和尚袈裟的影子量地

（三）新增的故事類型無類型名稱、故事提要者

在丁書新增的故事類型中，有五個是沒有類型名稱、故事提要的。如下表所列：

附表一：丁乃通索引無類型名稱、故事提要編碼分列表

ATT 型號	類型名稱	故事提要	引用篇目數量	ATT（英文版）有無此碼	ATT 頁碼
310A	×	×	1	×	69
935A	×	×	1	×	310
950D₁	×	×	1	×	311
1365E₁	×	×	1	×	359
1624A₁	×	×	1	×	437

除此之外，丁書新增類型中還有下列的情況：

　　1. 有類型名稱、引文篇目，無故事提要者

　　　　如：297C〔昆蟲類的戰爭：蚊子、蜘蛛、蜜蜂、蜥蜴等〕（引文 2）

　　　　　　449A〔旅客變驢〕（引文 1）

　　　　　　980F〔兒子比財產可貴〕（引文 1）

　　　　　　1241B〔揠苗助長〕（引文 4）

　　　　　　1319Q*〔誤認屁股爲面孔〕（引文 2）

　　2. 將引文名稱（或內文）誤植爲類型名稱者

　　　　如：310A〔雲南民族文學資料第二輯〕。

　　3. 無故事提要而註明見池田弘子書者

　　　　如：301G〔桃太郎〕（見池田，71－72 頁的分析）

　　　　　　980F〔兒子比財產可貴〕（池田，264－265 頁，I 和 II）

這些故事類型的共同點都是引文不多，這是否是丁氏書寫上的疏漏或有其他原因，有待進一步探討。

三、新增故事類型的性質

　　丁氏在書中歸類了中國民間故事共有 843 個類型和次類型，他對中國民間故事的特色，提出這樣的看法：

> 同其他國家的同類故事相比較，中國的故事群顯示出兩個特徵：它對鳥及鳥故事的興趣和它包括據認爲是東歐的故事類型（例如 51***）。〔註92〕

> 其實一個熟悉中國民間故事的人可以發現中國社會和國民性中有許多方面是其他學科的專家不太看得到的。例如，一般人通常認爲中國舊社會傳統上是以男性爲中心，但若和其他國家比較，就可以知道中國稱讚女性聰明的故事特別多。丈夫很少能佔上風，而且在家裡經常受妻子的管束。……第二點，男女戀愛一度有人認爲與中國人國民性不合，但是中國民眾卻顯然歌頌並十分珍惜誠摯的愛情。……而且 970 型和 970A 型在中國也異乎尋常地發達。第三點，雖然中國深受儒家影響，十分尊師重道，但是，中國的塾師（像西

〔註92〕丁乃通著：陳建憲、黃永林、余惠先譯：〈近代中國民間故事〉，《中西敘事文學比較研究》（湖北：華中師範大學出版社，1994 年 10 月），頁 244。

方的牧師一樣）通常是別人取笑的對象。許多有學識的聰明人是騙子和流氓。〔註93〕

中國民間故事也顯示了許多西方人公認爲中國民族所特有的性格，例如豐富的幽默感，對於吃時時關心（中國英雄很少有戰鬥幾天幾夜不吃東西的），對農業生產特別注重（這也許就是爲什麼中國民間故事裡常提到糞便的原因），對殘廢的人似乎缺乏同情（或許也是中國民眾對自己生活艱苦的反應）等等。〔註94〕

歸納其說法，丁氏新增故事類型的性質，以下分述之。

（一）禽鳥故事

丁氏增設的禽鳥故事類型，有下列幾類：

220B〔烏鴉和老鷹的戰爭〕〔註95〕

烏鴉假裝投降但其實在做密探，而最後消滅了老鷹。

222C〔小人和鶴〕〔註96〕

七寸高的小人能活三百歲並且走路很快，但是害怕鶴必需和那些常常吞食他們的鶴鬥爭。他們被吞食後並不死在鳥的胃裡，吞食了他們的鳥反因此而能長壽。

235A〔動物向鳥（或別的動物）借角或別的東西〕〔註97〕

而拒絕歸還，於是二者之間有了敵意。

246A*〔黃雀伺蟬〕〔註98〕

在樹上，螳螂準備捕蟬，黃雀一心專注要捕螳螂，不知道獵人在樹下瞄準了要射它。

480F〔善與惡的弟兄（婦女）和感恩的鳥〕〔註99〕

Ⅰ.〔報恩〕(a)受虐待的弟弟(b)老人(c)其他人（常是男孩）在地上揀到一隻受傷的鳥（有時是鳳凰），把它餵養壯，等它會飛時

〔註93〕同註3，導言，頁25～26。
〔註94〕同註3，導言，頁27。
〔註95〕同註3，頁42。
〔註96〕同註3，頁43。
〔註97〕同註3，頁45。
〔註98〕同註3，頁49。
〔註99〕同註3，頁155～156。

把它放掉（有時只是對孔雀這樣仁慈）。或，(d)他是敬神的但能在節日略事供奉。神見到很憐憫他。(e)結果，感恩的鳥（或神）給他仙種，教他如何種植。一個大西瓜（葫蘆、南瓜）長出來。他把它切開或煮熟，發現裡面全是金銀。他變成富人。(e¹)鳥兒給他財富。其他的開頭：(f)種子是貓給的，而貓是一位老婦人給他的。(g)贈物人是一條仁慈的蛇，禮物是一個仙蛋或西瓜。或：(h)一個從葫蘆裡出來的少女。

II.〔壞人被懲〕(a)他哥哥（或嫂）(b)一個惡人(c)其他人(d)故意傷害一隻鳥並(e)把它餵養健康或(e¹)去拜神。他也收到了種子長出西瓜，但西瓜僅給他(f)一個來懲罰他的人(g)火(h)蛇(i)黃蜂。或，(j)當煮瓜時，金塊飛過臉皮，鳥將金塊啄了出來吞下去。(k)從西瓜裡出來一位老頭兒把壞人帶到月亮去，留在那裡。(m)植物不肯為他生金銀。（參考 834A 類型）。

555A〔太陽國〕〔註100〕

I.〔受惠的鷹〕一位天真年輕的弟弟在父母死後只得到一小塊土地。(a)他想在這塊地上播種芝麻，但她嫂子給他的卻是炒過了的種子。(b)從這些種子只長出一棵大植物。男孩日夜守護。一天，他看見一隻鷹飛來，奪走他唯一的植物，他追逐這隻鷹。(c)他想砍倒一棵大的老樹。鷹在上邊搭了窩，因此與男孩商議(d)一隻鷹可憐他。(e)神可憐他，指點他怎麼去，或把他帶到這地方。

II.〔太陽國〕(a)男孩跟從鷹或(b)他受鷹的指示，在夜晚騎在它背上到太陽（月、星）國。在那裡他發現金塊珍寶撒得遍地，或(c)一棵長滿了金葉、金果的樹。等等。他把找到的金玉財寶放在一個袋子裡，或是脫下大衣當袋子用。然後，鷹把他帶回來，他變成了財主。

III.〔不知足者受到懲罰〕當哥哥（嫂嫂或鄰居）問他，(a)男孩指這只鷹給他看(b)他（或她）仿照男孩的辦法，如法炮製，引起了鷹注意(c)但那鷹把他（她）扔進河裡要淹死他。(d)這鷹照樣

〔註100〕同註3，頁 185～186。

把他帶到太陽（月亮）國，而他想拿的金珠寶物太多不肯走，以至停留到日出。(e)鷹飛走，他死了。(f)鷹花費了太長的時間吃他的屍體或其他食物，因而他死了。或，(g)他想要這棵金銀樹（或大塊樹幹），要砍倒它，但就是砍不倒，因此他被捉住，或是在日出以後，他被單獨留在這個異地。或(h)他回來了，將他的錢揮霍淨盡而死。(i)弟弟本人又第二次到那裡去。

除動物故事外，在其他的故事裡，禽鳥總扮演獎善懲惡的角色。顯示人與禽鳥密切的關係。

（二）聰慧女孩的故事

中國有關聰慧女子的故事，大多表現在娶親和巧媳婦的情節中，是公公挑選媳婦時的問答或考驗那位媳婦可以當家的故事；或以笨媳婦、呆女婿的作為以突顯讚賞聰明女子。如下列：

875B$_5$〔**聰明的姑娘給對方出別的難題**〕〔註101〕

在下列大多數說法中，一個姑娘反過來要求（或者教一個男孩子這樣要求）說，如果她必須製作出像山一般大，像天空一般高，像海一般深的東西的話，她首先需要一個精確的尺度。偶而她也會要求有一種不可能有的工具來做一件不可能做到的任務。

875D$_1$〔**找一個聰明的姑娘做媳婦**〕〔註102〕

I.〔聰明的姑娘幫助別的婦女〕富有的公公要求回娘家的兒媳們一起回來。(a^1)當月亮正圓時(a^2)過三、五天後(a^3)半個月後(a^4)過七、八天後。他還要她們帶回(b)紙**裏**包風（或者會生出風來的紙）（扇子）(c)紙**裏**包雨（傘）(d)籃子**裏**盛水（放在籃子中的豆腐）(e)煮過的涼菜（蒸雞蛋）(f)紙**裏**包火（燈籠）(g^1)骨頭包肉（蛋）(g^2)肉包骨頭（棗子）(h)拉上拉下，拉下拉上（短襪或長襪）(i)火（燈籠）(j)不肥不瘦沒骨頭的肉（豬肚子）(k)黃心蘿蔔（或者白皮紅心蘿蔔）（蛋）(l)龍腳烏龜（糯米團子）(m)其他。正當這些媳婦們不知所措或者在路旁哭的時候，這個聰明的姑娘（很少和她們有親友關係的）遇見了她們，聽她們說

明了原因，便給她們解答了難題。當她們表現出料想不到的智慧時，她們的公公感到吃驚，經盤問後，她們承認是那位聰明姑娘幫助她們的，或者。故事的開頭不同：(n)她和（或不和）她的姐妹們一道受到她自己父親的詢問。

Ⅱ.〔老頭子考聰明姑娘〕這位老人想為他的最小兒子，一位單身漢娶這個聰明姑娘，就去訪問她一次。（這種考驗也可能是由別的老人為了別的目的提出的）。(a)他的話像謎語，例如他經常吃的藥是外白內紅，中間一條縫（大麥）(b)他在烹調上給她的難題(c)在縫紉上也提出類似的要求。（以上兩種考驗有時是在她嫁了他兒子之後提的）。(d)他要她解謎語（cf.922），或者(e)其他的考驗。或者，這個富人向她父親提出一些謎一般的要求。她的父親不懂得，但她都能解釋。她的父親可以是一個(f)桶匠(g)屠夫(h)裁縫。

Ⅲ.〔結婚〕這位聰明的姑娘嫁給了那位富人的兒子。

875D₂〔巧婦解釋重要的來信〕〔註103〕
這來信是(a)謎一般的話，或者便是用(b)圖畫。她正確地把它解釋出來，而且(c)如數地收到了她的丈夫託人帶來的錢，或者(d)得知她和她的朋友們要起來自衛，或者，(e)他何時回家。（偶爾也有由別人來代她解答的）

875F〔避諱〕〔註104〕
一個聰明的姑娘或者新娘不准說出(a)六(b)九(c)百等字，往往由於她的公公或丈夫的姓名裡有這樣的字。（在古代中國，為了表示尊敬，一個人不准使用皇帝或父親等人的名字中的字以避諱。為了考驗她，人們要她傳送無法迴避這些字的信息。但是，通過迂迴的說法和同義詞（同2加4代替6，1加8代替9等等），她巧妙地避免使用這些忌諱的字。

876B*〔聰明的姑娘在對歌中取勝〕〔註105〕
這個聰明的姑娘與一位學者（往往是一位秀才）和一位（有時為兩

〔註103〕同註3，頁263。
〔註104〕同註3，頁264。
〔註105〕同註3，頁267～268。

位）別的人一起參加對歌。另一位往往是個和尚。她總是比那兩（三）位高明，羞辱他們並且最後取勝。

876C*〔聰明的姑娘幫弟弟做功課〕〔註106〕

一個男孩不能完成家庭教師或學校教師指定的作業。他的未出嫁的姐姐聽說他有困難，幫他做了功課。那男孩第二天面對老師時，偶而仍會說錯，但他的卓越的對答常常使他的老師感到驚訝。當老師知道是誰做的功課時，老師就(a)在和這姑娘比賽吟詩，但被弄得無地自容(b)寫詩向她求愛，但被拒絕了。或者，(c)她的父親誤解以為她和老師調情並且打她。她自殺了。

還有藉著與傻媳婦、呆女婿行為的對比，如 1382A〔節省日曆〕、1382B〔愚婦學巧婦〕、1691*〔猛吃的新郎〕、1696B〔我應該怎麼做〕、1696D〔傻媳婦濫用客氣話〕〔註107〕等故事，展現女子在處理家務或對外事物的聰慧。

（三）妻子的故事

中國有句俗話說：「怕老婆大丈夫」，在中國民間故事裡就把這句話表現得趣味十足。如老婆的醋勁實不可小覷，有時她甚至不惜以性命相搏。如1375B*〔極端嫉妒的妻子〕〔註108〕：

她妒忌(a)任何一個無鬚鬢的男人與他丈夫親近。(b)他所喜歡的開花的樹。(c)他喜歡的鳥和母雞。(d)他喜愛的一首詩中所描述的仙女。(e)肖像中的另一位女人，或(f)皇帝賜給他的另一個女人。結果，她(g)搗毀所有她嫉妒的東西，或(h)自殺。

有的男子為了在眾人面前顯示威風，不斷吹噓自己在家多有權威，但突然聽到老婆的問話時，立即嚇得改口巴結起來，如1375A*〔"假如那是我的話"〕〔註109〕：

一個男人告訴另一個男人，說他不能讓太太逼他去做那些丟面子的家務雜事。或是不能任由妻子隨意指使。"如果那是我的話……"他還沒有吹完，他的妻子已經聽到，咆哮起來。他便馬上改口十分謙卑地說："我會甘心情願照辦的。"等等。

〔註106〕同註3，頁269。
〔註107〕同註3，頁363、467～468、469～470、479。
〔註108〕同註3，頁360。
〔註109〕同註3，頁360。

還有的丈夫決定要學習不怕老婆，但在面對妻子時，眾人卻潰不成軍，紛紛逃走。如1375C*〔想學怎樣不怕老婆的丈夫〕〔註110〕：

聽了朋友的意見或者本人自己決定後，一個（或好幾個）丈夫想，要強硬起來，對付潑婦。他先(a)不尊重她的肖像。(b)打算再喝醉酒時打妻子，(c)練習裝老虎或(d)自吹自擂的樣子，可是在面對妻子時，他又(e)道歉或(f)逃走，(g)只有一個挑戰的“英雄”，在母老虎來時，沒有避開，因爲他自己眞的嚇得一命鳴呼了。

不只是凡夫俗子怕老婆，連縣知事、神仙也是一樣的怕老婆，如1375D*〔有權威的人也怕老婆〕〔註111〕等故事。

（四）戀人的故事

中國人對眞摯的愛情極爲讚揚，在民間故事裡常有戀人堅貞殉情或連生死都不分離的情節。如：

881A*〔夫妻離散各執信物終得團圓〕〔註112〕

這一對夫妻在戰時離散。然而各自持著一個信物以便識別對方（往往是將一件信物分爲兩半，各持一半）。戰爭結束後，丈夫長期尋找失去的妻子，終於由信物而問到她的下落。她已被賣給（或住在）一個有權勢的富貴人家。當這家主人得知這悲慘故事時，就釋放那位妻子，使得夫妻重新團圓。

885B〔忠貞的戀人自殺〕〔註113〕

男女鍾情相愛，當他們看到（通常是由於父母的反對）他們不可能結婚時就雙雙自殺了。有時這姑娘已許給或者嫁給了有權勢的人家。他們設法私奔，但受到人們的追趕。由於絕望，他們(a)投河了(b)跳下懸崖，或者(c)其中之一跳進另一人的墳中（火葬的火堆中）（cf.970）。或者(d)以其他方式自殺了。

888C*〔貞妻爲丈夫復仇〕〔註114〕

Ⅰ.〔失去丈夫〕那位美麗的妻子的丈夫要麼(a)由於暴君妄圖霸佔

〔註110〕同註3，頁361。
〔註111〕同註3，頁361。
〔註112〕同註3，頁271。
〔註113〕同註3，頁274～275。
〔註114〕同註3，頁275～276。

她而遭殺害，要麼被(b)放逐到荒涼地區替暴君做苦役（築長城等等）。

Ⅱ.〔尋找丈夫的屍骨〕她(a)尋找他或(b)聽到關於他的死。(c)她的痛哭引起長城一部分倒塌，一些服役者向她提供有關她丈夫屍體的情況。當她到這據說是她丈夫死去的場地時，她無法辨識他的屍骨。但她終於認出來了，通過(d)發現她的血滴在他的骷髏上時，就停留在上面不再流走了(e)發現了半個硬幣等等，另一半保留在她身邊。她終於認出丈夫的屍體。

Ⅲ.〔復仇〕(a)她告訴暴君說要是他答應埋葬她丈夫的遺體，她就嫁給他。(b)當暴君正在挖墳地時，她將他殺了。(c)她要那暴君爲她丈夫舉行一個大規模的葬禮，跪拜他的屍體。(d)然後她自盡了。

970A〔分不開的一對鳥、蝴蝶、花、魚、或其他動物〕〔註115〕

它們在不幸的情侶墳上徘徊飛翔，或靠近情侶死的地方茁壯成長，有時連理枝的植物，也會在那裡生長出來。

雖不能同年同日生，也要同年同日死。中國人這種堅貞至死不渝的感情，在民間故事中表現得最爲強烈。

（五）塾師的故事

中國人注重讀聖賢書，講求尊師重道，但在民間故事裡仍見人們以笑謔塾師爲樂，這或許與看讀書人出糗，較具趣味有關。如下列：

1543E*〔假毒藥及其解毒劑〕〔註116〕

Ⅰ.〔仇恨原因〕一個惡作劇者(a)偷聽一個小販一位農民說他應該吃屎。(b)與朋友們開玩笑說他無力回請他們吃飯，只能請他們吃屎。(c)有人對他不敬。(d)他叫小販或小販們把東西送到他家去，當小販（們）到達時，他把小販（們）留在一間屋子裡，誘說他要去算一下總共欠他們多少錢，或是要去取錢。(e)邀請他的朋友或仇人去他家吃午飯或早飯，但這些人到他家時，他不在家，留話給家裡人說，他因爲臨時有急事要辦。很快就會辦妥回

〔註115〕同註3，頁315。
〔註116〕同註3，頁408～409。

來。好好招待他們在飯後裡暫候，或者，另一種開頭(f)一個頑皮的男孩對他舅爸懷恨在心，決心使後者丟臉。(g)一個男孩邀請他的塾師到他家來用飯，但他母親未準備好，並且動作非常慢。(h)女孩告訴惡作劇者的母親，說他得了性病，或是有神經病。(i)惡作劇者假扮一個醫生給一個曾經侮辱過他的人治病。

Ⅱ.〔假毒藥〕(a)小販或客人們等了他好幾個鐘頭，但他仍未露面，餓得難受，他們看到了櫃櫥裡有糕餅，自己動手拿來充飢。(b)惡作劇者假裝漫不經心地把一些好吃的東西遺落在容易看見的地方，小販（們）和仇人把它給起吃了。(c)男孩告訴他姐姐她丈夫吞下了生鴉片。(d)餓壞了的塾師沒有事先得到允許而吃了糕餅，(e)一次宴會上，他很快地吃了一條魚。

Ⅲ.〔假解毒劑〕(a)不久，惡作劇者又出現了，聽說客人（或商販）吃了他留下的食物，當即表示很害怕，說那些糕餅裡含著強烈的殺老鼠毒藥，他們馬上就會死的。大家問他如何解毒時，他說只有屎是唯一的解毒劑，結果他們不得不吃屎。(b)男孩告訴他姐姐只有屎（尿）是唯一的解毒劑，所似他強迫她丈夫吃屎。(c)最後，惡作劇者承認是他故意捉弄他們，得意洋洋地說，"現在我們可以看到誰吃了屎？"(d)男孩的母親告訴塾師說只有尿是唯一解毒劑。(e)主人說他們已經中了毒，逼他們吃屎。(f)他回家後母親強迫他吃屎。

1567A*〔吃不飽的塾師〕〔註117〕

一個書生在一個富人家裡作塾師，吃的飯菜很差，塾師於是(a)用詩來諷刺東家。(b)承認他所以只教學生關於蘿蔔的課，因為他所吃的全是蘿蔔。(c)請求付給工資，因為他還沒得到工資。(d)給東家看一個人像，因為人像是不吃東西的。(e)用別的方法表示出他所吃的飯菜太差。

1568A**〔頑童吃甜點心〕〔註118〕

Ⅰ.〔甜點心〕頑童把甜食做得像糞一樣，放在(a)教師的桌子或椅子上。(b)皇帝的御座或大臣們的椅子上。(c)宗祠的地上。(d)

〔註117〕同註3，頁421。
〔註118〕同註3，頁426～427。

縣知事的衙門裡。被審問時，他說糞是他自己的，他要把它吃下去，當他執行承諾時，他的同學們大笑，或(e)他對他的老師說，那並不是糞，而是甜食，並給老師一些吃，或(f)孩子回家對姊姊說，老師虐待了他，姊姊給了他一瓶看來像糞便的甜食，讓他在老師面前吃，當老師責備他時，他給了老師一些，老師非常喜歡吃。

Ⅱ.〔糞便〕幾天之後，孩子們把自己的糞便或動物的糞放在同一地方。當他被責問時，他說上次已經認了錯，並得到了懲罰，他不可能再犯同樣錯誤了。他說一定是上次看到他受罰的那些人陰謀陷害他，應該由那些人負責。(a)他的同學。(b)一個年輕親戚。(c)皇帝或地方官吏的侍者。於是被迫吃光那些真的糞便或受到懲罰。或(d)當老師在同一地方看到真正的動物糞便時，以為是甜食嚐了一點。(e)當老師要去旅行時，孩子給了他一個看來像是與上次一樣，而其實是裝滿糞便的瓶子，老師上了當。

1568B**〔頑童和糞坑裡的老師〕〔註119〕

Ⅰ.〔陷害老師的計畫〕一個狡猾的學生鋸斷了(a)老師椅子的一條腿。(b)一根椿子。(c)老師上茅廁用來扶手的繩子。在椅腿或椿子上寫上他的名字然後又放回去，或(d)他把椿子拔出來又輕輕地放回鬆動的泥土裡，或(e)在老師的椅子上放上糞便，寫了自己的名字。

Ⅱ.〔陷害同學〕(a)老師掉進了糞坑或跌倒地上。(b)頑童當時來到現場，答應去找同學們來救老師。然後又獨自回來，聲稱別的同學不肯來，他一個人幫了老師。(c)老師自己爬了起來，發現腿椅上或鋸斷的椿子上寫的名字，於是責問這孩子，孩子說他不會陷害自己的，一定是別的同學想開老師的玩笑。(d)結果，所有其他同學都受到了嚴厲的責罰。

（六）惡作劇者的故事

在中國民間故事的笑話裡，有很多講述人們受騙或遭受戲弄的故事，情節內容往往引人入勝，相當具有娛樂性。如下列：

〔註119〕同註3，頁428。

1633A*〔買一部分〕〔註120〕

Ⅰ.〔無禮的小販〕惡作劇者遇到(a)缸(b)柴(c)紅薯(d)母牛(d¹)西瓜的小販。他問好(e)一斤(f)一兩的價錢。小販要價過高。或另一種開頭：惡作劇者到缸店(g)店裡人對他不客氣(h)他看中了壺或瓶，還了價錢，店裡人說那個價錢只夠買壺柄、西瓜皮。或另一種開頭：(i)小販告訴他買壺柄的價錢和買整個瓶子或壺是一樣的價錢。

Ⅱ.〔折磨小販〕他同意價錢照付，但是(a)要把商品送到他家，他家很遠。(a¹)他說走累了自己也要坐缸裡去，或把買的東西放到缸裡讓小販抬。(b)到了他的住宅他拿了槌子和鐵尺或刀子，宣稱他只要買幾兩或幾斤。(b¹)他的朋友來了責備這個小販。或者：(c)他堅持按照小販的價錢購買壺柄，迫使賣主打壞了許多瓶、壺或西瓜。

Ⅲ.〔小販的損失〕小販或送貨人(a)只好把商品搬回。(b)只好打破壺（有時是惡作劇者自己打破的）。或因為他只賣幾根柴，而要打開一大捆。(c)找他要錢但再也找不到了。(d)把整個的壺給他。

1633B*〔捉弄賣柴小販〕〔註121〕

好惡作劇者告訴賣柴的人說他要買柴。把賣柴人領到一所有高圍牆的屋前，說要去取錢，叫賣柴人把柴一根根地由牆外扔進院子去。賣柴人想省力氣，很高興照他的吩咐辦。但是房子並不屬於好惡作劇者，牆內是一個精緻的庭院。賣柴人把花和假山石打壞了，園丁大怒，走出來打了他一頓。

1635A*〔虛驚〕〔註122〕

Ⅰ.〔哄人〕小丑(a¹)告訴一位母親(a²)他的伯母(a³)他的雇主(a⁴)他的岳父(a⁵)他朋友的妻子(a⁶)他的妻，說(b¹)他的兒子或丈夫落到河裡淹死了，或(b²)墜下山崖或受傷死了。(c)他母親或父親死了或得了急病。(d)他的兒子或丈夫在捉魚時受了重傷。被捉弄者悲懼交集，一路哭哭啼啼到了出事地點。

〔註120〕同註3，頁438～439。
〔註121〕同註3，頁440。
〔註122〕同註3，頁440～441。

Ⅱ.〔哄騙另外的人〕然後惡作劇者又去找到(a¹)他的兒子(a²)他的伯父(a³)他雇主的妻子(a⁴)他的岳父（母）(a⁵)他的朋友那裡，並且說(b)他的母親從樓梯上摔下來摔死了。(c)他的或她的房子著火了。(d)他的妻子生了神經病，第二個被捉弄者也哭哭啼啼回家或到出事地點。

Ⅲ.〔虛驚〕(a)被捉弄者雙方在路上碰到，方知受了騙。(b)一方看見對方以為是鬼來了，而另一方看見他妻子等戴了孝，以為他妻子當真得了神經病。

（七）成語故事

在中國民間有許多的成語故事廣為流傳，講述這些故事時往往有濃厚的訓勉意味。例如：

246A*〔黃雀伺蟬〕〔註123〕

在樹上，螳螂準備捕蟬，黃雀一心專注要捕螳螂，不知道獵人在樹下瞄準了要射它。（《莊子・山木》“游雕陵”）

911A*〔老人和山〕〔註124〕

一個老人住在一座高山腳下，埋怨不方便。他帶著全家人開始挖山下的土，想要移山。(a)人們笑話並稱他為老愚公。(b)當一個朋友試圖勸他時，這老人說：如果我不能挖掉大山的話，我的兒子們將繼續這一工作。我的兒子們的兒子也這樣繼續下去，直到這個任務被完成為止。(c)最後，上帝為他移走了這座山。（《列子・湯問》“愚公移山”）

1241B〔揠苗助長〕〔註125〕

一人擔心禾苗長得不快，便將其拔高。他兒子到田中一看，禾苗全枯萎了。（《孟子・公孫丑》上“揠苗助長”）

944A*〔失馬焉知非福，得馬焉知非禍〕〔註126〕

一個住在邊境的老人有一匹馬跑到國外去了，鄰居告訴他他的馬丟

〔註123〕同註3，頁49。末列古籍資料，以下皆同。
〔註124〕同註3，頁284。
〔註125〕同註3，頁335。此類型丁氏書沒有書寫故事摘要，此轉引自祁連休：《中國古代民間故事類型研究》（河北：河北教育出版社，2007年5月），頁105。
〔註126〕同註3，頁311。

了。他説：“焉知非福。”數月後，他的馬帶著一匹駿馬從國外回來了，人們來慶賀他。老人聲稱“焉知非禍”，不久，他的兒子從馬背上摔下來折斷了臀部。對於所有來慰問的人，他卻回答説，“焉知非福。”不久中國和外國發生戰爭，他的兒子因爲受傷免除兵役。（《淮南子・人間訓》“塞翁失馬”）

1280*〔守株待兔〕〔註127〕

一隻兔子在樹幹上碰死，傻瓜得到了很高興，就天天在樹下等著兔子再來碰死。（《韓非子・五蠹》“守株待兔”）

1332D*〔傻子買鞋忘記了帶鞋樣〕〔註128〕

他回家去拿鞋樣，當他再回到市場時，商店已經關門了，但是他並不後悔他信任鞋樣勝過相信自己的腳。（《韓非子・外儲説左》上“鄭人買履”）

（八）家庭制度的故事

在丁氏書中有個 980A*〔智服伯母〕類型故事，故事提要如下〔註129〕：

一位年齡很大的男人因沒有兒子想要納妾，但是他的妻子嫉妒心重不肯答應，他和侄子（聰明人）商量，侄子答應幫助。有一天他的妻子看見侄子不斷尺量他們的地和房子，問是何緣故。侄子答道：你們沒有小孩，這房子當然有一天是我的。我希望知道將來怎麼用這房子和地。伯母因此改變了主張。

除丁氏書中所引用的篇目外，目前所知傳述地區是廣東潮州等地，主角的名字因區域不同而時有不同。〔註130〕

　　這個故事很明顯反映了中國傳統社會裡傳宗接代觀念，所謂：「不孝有三，無後爲大。」（《孟子・離婁篇上》）中國宗法家長制確立之後，家庭產業都由父子相繼，世代相承，所以每個家庭都非常重視生養兒子。在中國傳統

〔註127〕同註3，頁339。

〔註128〕同註3，頁349。

〔註129〕同註3，頁321。

〔註130〕參見(1)《中原文化叢書》第一集，〈李文固軼事（五）——獻計叔父討妾〉，頁66～67。(2)廣東揭陽《潮州七賢故事》中陳洸故事〈替叔父設法娶妻〉，頁242～245。(3)《客家講古三百首・李文古助叔討細婆》，頁364。(4)《六堆客家鄉土誌》，〈原鄉幽默故事諧謔大師——李文固〉，頁53～55。(5)《台灣民間文學集》邱妄舍爲叔父納妾的故事，頁159～160。

社會，以家族爲核心，家族制度建構在生子觀念上，生子的觀念一爲傳宗接代，以求家族的綿延不絕。另外是基於現實的考量，爲了提高從事農作的生產力，生子防窮、養兒防老。家庭財產繼承的基本單位是「房」，所以男女婚嫁是以廣家族、繁子孫爲主要目的，中國人的這個觀念在故事裡是很明顯呈現的。

丁氏新增民間故事類型中，以新增的「1703」數字型號，歸類八個「近視眼趣聞」的故事類型。在其他新增故事類型裡，不論是禽鳥故事、聰慧女孩的故事、戀人的故事、怕妻子的故事、塾師的故事、惡作劇者的故事、成語故事與家庭制度故事等都充分呈現中國的文化特質與民族性，展現了中國民間故事的特色。

第四節　丁乃通《中國民間故事類型索引》對其他著作的增修

丁乃通的類型索引所採用的 625 多種參考書刊，不乏前人索引也引用的書目，而由他歸納的故事類型適可呈現對他書的增修，以下分述之。

一、修正湯普遜《民間故事類型》型號

丁氏對於 AT 書所引用的中國民間故事書籍，有以下兩點評論〔註131〕：

1. 關於中國民間故事，AT 本書所根據的索引，主要的是艾伯華教授《中國民間故事類型》，和他的華東民間故事（Volksmärchen aus Sü-Dost-China），加上美國傳教士格蘭（David C. Graham）所著的川苗歌謠及故事（Song and Stories of the Ch'uan Miao）。這三本書中搜集的，當然祇佔中國民間故事的一部分，並不完全。

2. 有國際性的中國民間故事類型，據筆者所知，爲數很是不少，但本書中指出的，祇有七十幾個。這兩個缺點是湯姆遜先生編撰本書時無法避免的。

丁氏書引用士格蘭〔註132〕資料的故事類型有 76 個，除去 AT 已有的 7 個與丁

〔註131〕丁乃通：〈民間故事類型第二次修訂版的介紹及評價〉，《清華學報》新七卷第二期（1969 年 8 月），頁 235。

〔註132〕士格蘭即格雷海姆（David Crockett Graham）‧代維‧克羅克特：《川苗的歌和故事》（songs and Stories of Ch'uan Miao）華盛頓，1954 年。見丁氏書，頁

氏新增的類型 25 個，尚增列 45 個故事類型。〔註133〕AT 引用的中國民間故事
書籍除了以上的三本書外，實際上還包括引用法國愛德華・沙畹《中國故事
及佛經寓言五百則》〔註134〕書的 4 個故事類型。在 AT 書標明有中國說法的
只有 72 種類型，〔註135〕丁氏書則列有 575 個國際類型，這對各國學者瞭解中
國民間故事與民間故事研究提供了相當助益。

　　丁氏在書中也修正 AT 對中國故事歸類的謬誤。AT 與 ATT 兩書都採用
1941 年於赫爾辛基出版的曹松葉和艾伯華《華東華南民間傳說故事》的資
料，丁氏對於 AT 採用此書所做的故事分類，於其中兩個故事類型編碼，他有
不同意見：

> 湯姆遜先生僅根據了艾先生的綱要，沒有看到故事原文。簡略的綱
> 要僅可略述大意，許多貌似無關而實緊要的細節，常被忽略。因此
> 本書在把中國民間故事重新分類時，不免小有謬誤，而且許多類
> 型，也就沒有能夠指得出來。例如「雲中落繡鞋」故事，應該屬於
> 301A，可是在本書內卻列入 301B。「西天問活佛」型的故事，似乎
> 多半屬於 461A，本書卻列入為 460A。〔註136〕

所以丁氏在《中國民間故事類型索引》中譯本序言裡說：「有兩個中國特有的
類型，改訂了號碼。」〔註137〕這就是他將 AT 列在 301B 類型下的該筆資料，
調整列在 301A〔尋找失蹤的公主〕；而列在 460A 類型下的資料，丁氏實際上
是調整列在 461〔三根魔鬚〕。〔註138〕而他調整型號的理由，由下列的故事提
要對照可見一斑：

530。

〔註133〕除丁氏新增故事型號外，格書被 AT、ATT 引用的情況還有下列三種：1. AT、
　　　　ATT 都引用格書篇目。2. ATT 引用，而 AT 沒有引用格書篇目。3. ATT 引
　　　　用，而 AT 引用的是艾氏篇目。參見附錄五「丁乃通引用格雷海姆故事型號
　　　　表」。

〔註134〕Edouard Chavannes, *Cinq cent contes et apoloques extraits du Tripitaka chinois* 4
　　　　vols. Paris, 1910～1934.見 Stith Thompson, *The Types of the Folktale*（Helsinki,
　　　　1981）p.13.

〔註135〕參見附錄二「阿爾奈與湯普遜引用中國民間故事型號表」。

〔註136〕同註 131，頁 235。

〔註137〕同註 3，序言，頁 6。

〔註138〕參見(1)Stith Thompson, *The Types of the Folktale*（Helsinki, 1981）p.93、
　　　　p.156。(2)丁乃通著：鄭建威等譯：《中國民間故事類型索引》（北京：中國
　　　　民間文藝出版社，1986 年 7 月），頁 64、136。

（一）AT 301B

類　型　名　稱	故　事　提　要
AT 301B〔大漢、伙伴與尋找失蹤的公主〕	相同的，在「強壯男人和他的同伴」（松樹旋轉者、懸崖破壞者）之前。（頁93）
艾伯華 122.〔雲中落綉鞋〕	(1) 砍柴人在林中用斧子砍傷了一個妖怪，這個妖怪掠走了公主。 (2) 他跟他的兄弟一起去尋找公主；公主得救，他兄弟把他扔進妖洞裏。 (3) 砍柴人依靠其他動物的幫助走出洞穴。 (4) 經過多次努力，他娶了公主為妻。（頁203）
丁乃通 301A〔尋找失蹤的公主〕	僅一位公主被劫去，經常包括IIIa，VIb，b，還常有IIg、h或i、IIIc和後面的部分。（頁60）

案：AT 301A〔尋找消失的公主〕型故事內容大意是：歸還烹煮的晚餐，是關於侏儒的一個事件，在地底世界的洞，公主的營救（從龍或近似怪物的手中），夥伴的背叛。〔註139〕就綜合 AT、ATT 301A 的故事概要看來，丁氏將艾伯華 122.〔雲中落綉鞋〕歸屬於這個類型是適當的。

（二）AT 460A

類　型　名　稱	故　事　提　要
AT 460A〔為了獲得上帝獎賞的旅行〕	一個年青人聽說上帝給了一個貧窮人很多東西讓他變成富有。他開始尋找上帝之旅，並且獲得他該得到的獎賞，這些獎賞都是隨著他在旅行中回答問題的答案而來的。（頁156）
艾伯華 125.〔問佛〕	(1) 有人想解決一個棘手問題，到西天去問活佛。 (2) 路上他遇見了人和動物，他們託他問自己的問題。 (3) 他遇見了活佛，活佛解決了其他人的問題。 (4) 他自己的問題也迎刃而解。（頁208）
丁乃通 461〔三根魔鬚〕	I.（開頭）主角向富女求婚，富女告訴他必須給她世界上最難找到的珍寶。 II.（尋找魔髮）他出發尋找，有時去佛地，找到下列珍寶：(a^1)一根非常長的鬚髮，輕得幾乎沒有重量。(c)一對白金羽毛的鳥。(d)一粒極大的夜明珠（玉）。(e)皮（毛）等等。(f^1)獨腳金雞(f2)三腿蟾蜍(g)仙龜甲(h)金毛獅(h^1)犀牛(i)遍地金銀(i^1)金線(i^2)其他金的物品(j)其他珍寶。 III.（問題）(a^1)為什麼瓜不長大。(d^1)為什麼海浪那樣大，使船夫不便。(c^1)怎樣才能使啞女說話。(d)為什麼這裡不下雨。(f^1)曾經滿倉的穀物哪裡去了。(i)為什麼這裡飯館或商店沒有顧客。(j)為什麼一個苦修的人（或龍等）不能成神仙（或成精）。(k)為什

〔註139〕Stith Thompson, *The Types of the Folktale*（Helsinki, 1981）pp.92～93.

麼沒有人來這個廟裡燒香。(l)爲什麼我不能爬出洞穴變成一條龍——蛇這樣問。(l^1)爲什麼我的蛋不能孵化——鳥兒問。(m)爲什麼我的蠶不吐絲。(n)爲什麼我的田收成這樣壞。(o)爲什麼我的公雞不叫,或只在白天叫。(p)怎樣才能除掉吃五穀的金鳥。(p^1)爲什麼一只青蛙不能蹦。(q)爲什麼一只龜發出難聽的聲音。(r)爲什麼一所房子造不起來。(s)爲什麼天旱。(t)爲什麼羊有那多長毛。

IV. (探問成功)(a)主角受到(a^1)女神(a^2)如來佛(a^3)一個神或聖人(a^4)一位皇帝的幫助。(d)得到上述各位的幫助,他知道了問題的答案:(d^5)老修行者必須剪去他的鬚髮並放棄他珍貴的明珠,等等。(如果該修行者是一條蛇或龍)(d^6)當啞女看見她未來的丈夫(或剪去她的長髮)就將會說話。(d^7)蠶必須彼此分開。(d^8)尋找水源的方法。(d^9)廟必須除去金椅。(d^{10})其他答案。

V. (酬報)(a)在回歸的途中他回答了問題並得到他需要的寶物作爲酬謝。(b)他和理想的女子或現在會說話了的女孩結婚。(頁133～134)

案:AT 的 461、461A 型號故事是有區別的,前者動機在聘妻,後者是問窮。艾伯華 125.〔問佛〕型故事的對應母題則兩者都有〔註140〕,然就 AT 460A 引用的艾伯華《華東華南民間傳說故事》資料而言,丁乃通將其歸屬在 461 型故事。〔註141〕

二、增補艾伯華中國民間故事集故事類型

丁氏引用艾伯華的書共有四本:《中國神仙故事和民間故事》(1937)、《華東華南民間傳說故事》(1941)(與曹松葉合著)、《華東華南短篇故事集》(1966)、《台灣人的民間故事研究》(1970)。〔註142〕除了書後附錄(一)與「艾伯華《中國民間故事類型》故事類型對照表」的型號外〔註143〕,另外被

〔註140〕對應母題:(1)男人想問,爲什麼他這麼窮;(2)窮人想娶富人家的姑娘,因此必須完成三個困難的條件,他想問活佛有關這方面的問題。見〔德〕艾伯華著:王燕生、周祖生譯:《中國民間故事類型》(北京:商務印書館,1999 年 2 月),頁 209。

〔註141〕參見(1)Stith Thompson, *The Types of the Folktale* (Helsinki, 1981) p.156。(2)〔德〕艾伯華著:王燕生、周祖生譯:《中國民間故事類型》(北京:商務印書館,1999 年 2 月),頁 209。(3)丁乃通著:鄭建威等譯:《中國民間故事類型索引》(北京:中國民間文藝出版社,1986 年 7 月),頁 136。

〔註142〕同註3,「參考書目」,頁 525、528。

〔註143〕(1)Nai-Tung Ting, *A Type Index of Chinese Folktales* (Helsinki, 1978) appendix I。(2)丁乃通《中國民間故事類型索引》(北京:中國民間文藝出版社,1986 年 7 月)中譯本已刪去此附錄。

丁乃通納入故事類型的有十九個，在新增故事類型有九個，在其他故事類型有十個。型號簡目如下：

　　1. 丁氏新增故事類型者

　　　301G〔桃太郎〕

　　　750B₁〔用有神力的布報答好施者〕

　　　910A*〔金錢並非萬能〕

　　　926L*〔假證人〕

　　　1305F〔殺鵝取卵〕

　　　1362C〔父母爲子女擇偶〕

　　　1375C*〔想學怎樣不怕老婆的丈夫〕

　　　1685B〔不懂房事的傻新郎〕

　　　1703A〔蜻蜓與釘子〕

　　2. 其他故事類型者

　　　750B〔好施者得到報答〕

　　　751A〔農婦變成了啄木鳥〕

　　　1141〔喝下女孩在水中的倒影〕

　　　1174〔做一條沙的繩子〕

　　　1288〔笨人尋腿〕

　　　1290〔麻田游泳〕

　　　1293〔笨人溺斃〕

　　　1640〔勇敢的裁縫〕

　　　1655〔有利的交易〕

　　　1689B〔食譜還在我處〕

艾伯華索引引用的故事大多採錄自大陸東南沿海地區，或許受搜集資料的侷限，他當時並沒有將這些故事擬定爲類型，丁氏書正可以呈現當時艾氏索引欠缺全面審視的部分。

三、歸類丹尼斯《中國民間文學》故事類型

　　丹尼斯曾將中國的民間故事擬定爲 8 類 15 式。而在丹氏書中還有其他的中國民間故事，丁氏就丹尼斯全書的故事加以歸類，共有 6 類 18 個故事類型，如下列：

類目名稱	AT 型號	類型名稱	ATT 新增類型	ATT 頁碼	丹書頁碼
一、動植物及物品故事					
野獸和家畜	113B	貓裝聖者		19	147
	125E*	驢子用叫聲威嚇別的動物	◎	24	149
	126	羊趕走狼		25	148～149
人和野獸	160A*	鷸蚌相爭		34	147
	176A*	人以智勝猴	◎	34	113
家畜	214B	身披獅皮的驢子一聲大叫，現出原形		41	148
禽鳥	225A	烏龜讓老鷹帶著自己飛		44	149
二、一般民間故事（幻想故事）					
神奇的親屬・神奇的妻子	400A	仙侶失踪	◎	104	140～141
奇異的難題	471A	和尚與鳥		152	98～99
神奇的幫助者	519	大力新娘		177	151
奇異的能力和知識	676	開洞口訣		225	134～135
三、宗教神仙故事					
真相大白	780D*	歌唱的心		241	136
其他宗教神仙故事	825A*	懷疑的人促使預言中的洪水到來	◎	245	126
四、生活故事					
戀人之忠貞和友人之真誠的故事	882C*	丈夫考驗貞潔	◎	272	141～142
聰明的言行	926	所羅門式的判決		296	139
命運的故事	934D$_2$	如何避免命中注定的死亡	◎	310	14
五、笑話、趣事					
夫妻間的笑話和趣事・夫妻間的趣事	1350	多情的妻子		356	101
六、難以分類的故事					
	2400	用牛皮量地		521	145

艾伯華也引用丹尼斯篇目有六個故事類型（126、125E*、400A、780D*、780D*、676、116〔包青天〕），艾伯華對丹尼斯篇目分類的故事類型除〔包青天〕外，其餘皆與丁氏相同。艾氏〔包青天〕的引文出處只有二則：a.三將軍，第65～67頁。b.戴尼斯，民俗學，第139頁。此外還沒有看到其他的異文。若以「類型」的定義來看，此〔包青天〕類型的擬定或許還有待商榷。

丹尼斯雖以專章書寫方式在《中國民間文學》第十二章擬定了中國民間故事的類型，然經由丁氏對全書的檢索，仍能析分出若干故事類型，這或許表示丹尼斯在當時沒有考量或是受限於資料緣故，而沒有將這些故事擬定為類型，如今藉由丁氏索引，我們才得於不疏漏此部分可貴的資料。

第五節　丁乃通《中國民間故事類型索引》與其他類型索引的型號對照

丁乃通的《中國民間故事類型索引》，全書除了「凡例」、「正文」、「導言」外，書末還附錄「與艾伯華型號對照表」、「中日故事類型對照表」、「參考書目」、「專題分類索引」等資料。尤其是與艾伯華、池田弘子故事類型索引的對照，對研究故事比較者來說，是極為重要的參考資料。

一、丁乃通與艾伯華《中國民間故事類型》型號對照

丁氏書英文版附錄（一）是與艾伯華《中國民間故事類型》的型號對照表〔註144〕。丁氏將其與艾伯華故事類型編碼的對照做得極為詳盡，然而某些編碼仍有所商榷。以下分述之。

1. 326E*藐視鬼屋裡妖怪的勇士→124.妖窟（part）〔註145〕
案：此碼應是對應艾氏124的整個故事。

〔註144〕Nai-Tung Ting, *A Type Index of Chinese Folktales*（Helsinki, 1978）appendix I.在丁乃通《中國民間故事類型索引》（北京：中國民間文藝出版社，1986年7月）中譯本已刪去此附錄。

〔註145〕對照編碼書寫方式：前者為丁乃通編碼，後者為艾伯華編碼（S是艾伯華滑稽故事的編碼）。故事提要後面皆註明中譯本的頁碼，以下皆同。

丁乃通 326E*藐視鬼屋裡妖怪的勇士	一個窮困的男人正在旅行（有時帶著妻子）。他找不到也方睡覺，不得不在(a)荒蕪有鬼的房子或(b)破廟裡過夜。另一種開頭：(c)他買或租了一間有鬼房子在那裡過夜。深夜他看見以下的情怪在屋內走，互相談話：(d)一個舊或朽木精。(e)黃臉（或穿黃袍的）精怪，(f)綠臉（或穿綠袍的）精怪，(f¹)黑的精怪(f²)紅的精怪(g)白臉（或穿白袍的）精怪。精怪在地上消失了，他便在那地方做一個記號，第二天早上挖下去、找到埋藏的金子、銅布或銀子。(h)他焚燒了木頭。另外的結果：(i)他用灰抹在臉上，也扮成一個精怪。這樣，他便找到他的巢穴，拿到藏寶箱的鑰匙。得到財產。(j)他消毀了一個精怪，並找到一個法寶能夠奏樂，並供給各種財產。(k)他裝做神，叫精怪來服侍他。（頁84）
艾伯華 124.妖窟	(1)一對好夫妻被公婆趕出家門，在一個妖窟裏過夜。 (2)平時總是糾纏所有客人的妖怪出現了，把他看守的珍寶交給了他們，因爲他們是珍寶的合法主人。 (3)他們變的富有而又幸福。 (4)他們接待變窮了的公婆。（頁206）

2.511B*異母兄弟和炒過的種子→83.鳥的來歷

案：應是對應艾氏83〔鳥的來歷〕I之「死亡的種類」中流傳於廣東、福建、浙江等地的故事情節。〔註146〕

丁乃通 511B*異母兄弟和炒過的種子	盡管繼母憎惡她的繼子，但她親生的兒子卻對繼子很友好。甚至常爲他做一些難做的活兒。一天，繼母把種子給兩個兒子，叫他們去離家很遠的農田去播種。並命令他們等種子發芽後才能回家，她給她自己兒子好的種子，但給她繼子炒過的種子。在他們去農田的路上，兩個孩子無意中交換了他們的種子。所以繼子的種子開始生長，但他的異母兄弟種下的沒有生長，不敢回家，通常是他們倆全都餓死，變成了鳥。（頁169～170）
艾伯華 83.鳥的來歷	I.(1)被屈殺的人變成了鳥。(2)他們最後的思想、或者說的話，現在還作爲他們的歌而出現。（頁137） II.(1)因自己的過錯而被殺死的人變成了鳥。(2)他們最後的思想或者說的話現在還作爲他們的歌出現，鳥的顏色也常常令人聯想起他們的服裝。（頁141）
備　註	應是對應艾氏83〔鳥的來歷〕I之「死亡的種類」中的故事情節： 一個繼母想殺死繼子。她派她自己的兒子和繼子帶著種子到田裡去，直到種子長出來才允許他們回家。繼子得到的是煮過的種子。兄弟二人換了：弟弟死了，變成了鳥，繼子去找他，也變成了鳥。（頁140）

3.513超凡的好漢弟兄→208.十個兄弟

案：丁氏513的故事強調英雄獲得奇能異士的幫忙才完成任務，艾氏208

〔註146〕〔德〕艾伯華著（Wolfram Eberhard）；王燕生、周祖生譯：《中國民間故事類型》（北京：商務印書館，1999年2月），頁140。

型的故事是說兄弟們同心協力完成某項任務，所以對應碼應為 ATT 653〔才藝高強的四兄弟〕。

丁乃通 513 超凡的好漢弟兄	I.(e)好漢出行要去懲處一個殺人犯或拯救一個好人。(f)好漢們要向皇帝挑戰。(g)好漢們是親生兄弟們，往往是由於他們的母親吞服了仙丹才生出他們的。(h)好漢另有使命。 II.(d¹)千里眼(g)會喝光(g¹)不怕水(h)大肚子(h¹)不怕餓(i)不怕火(j)不怕熱(j¹)經得起重壓(k)長腿(k¹)粗壯的腿(k²)長臂(m)鐵身(m¹)彈性身體(n)會造大水(o)會殺光(p)會呼風喚雨(q)會造兵造將(r)會放大炮(s)大腳(s¹)大手掌(t)多層皮，(u)大頭(u¹)有殺不盡的頭(u²)會入地(u³)硬頭(v)大眼(w)大鼻子(x)噘嘴唇(y)深眼睛(z)有其他超人的技能。 III.(j¹)別的試驗(m)別的功勳（常常在抵抗國王的迫害中），每一個英雄用他特殊的才能(n)他們倖免於洪水，但後來當他們不能一起合作就死了。(n¹)他們關去洪水要來的謠言(o)他們（他們中的一個）引來洪水(p)他們殺死暴君(q)他們捉到一條大鯨魚煮熟，但是全被大肚子吃掉。大眼哭了，他的淚水淹沒了大地。（頁171～172）
艾伯華 208.十個兄弟	(1) 有一對夫婦成婚多年以後才突然生了十個孩子。 (2) 這十個孩子全都有一些奇異的特點。 (3) 當老大犯了罪以後，其他依次來代替他，結果都沒死，各種懲罰都損害不了他們。 (4) 後來有一次，因為肉或者其他的什麼東西分配不公，所有的十個孩子全都淹死在最小的那個孩子的眼淚裡了（"洪水"）。（頁299）
備　註	ATT 653〔才藝高強的四兄弟〕 兄弟的數不總是四個。 I.(b)每人都有獨持的才能。 II.(b)每人都用獨特的方法去營救她。 III.(d)他們受到酬謝，但是報酬不是半個王國。（頁222）

4. 535 虎的養子→17.老虎報恩（part）

案：兩故事的情節不同。

丁乃通 535 虎的養子	I.(b¹)男孩的父親已成了一只老虎精。(e)其他魔物。 II.老虎做媒把女孩帶給主角，(g)當有人控告男主角誘拐她時，老虎來到法庭作證，人得以釋放。（頁178）
艾伯華 17.老虎報恩	(1)某男人或女人幫助雄虎或雌虎擺脫險境。 (2) 老虎報恩。（頁30）

5. 592A₁*煮海寶→169.回回採寶（part）

案：兩故事的情節不同。

丁乃通 592A₁*煮海寶	I.〔寶貝〕它是一個魔力的(a)銅匠(b)長不大的小豬(c)一塊岩石(d)卵石(e)葫蘆(f)盒子(f¹)樹枝(f²)鞭子(f³)一卷紙(g)物主不知道它是寶貝，直等到商人要出高價買它，或者一位老人告訴了他。或(h)沒有涉及寶貝。主角只是威脅要舀乾全部海水。 II.〔威脅龍王〕主角帶了寶貝到海邊(a)把寶貝安放在海灘，再三向他打躬作輯(b¹)把寶貝放入海內，或(b²)在小船內施用，使海水煮沸。(c)在海邊他把小豬放在鍋裡煮。結果，海水退去並且漸漸乾涸。受威脅的龍王請主角到龍宮，讓他挑選他喜歡的東西。(d)主要只向龍王要了一件禮物，得到允諾。（頁209）
艾伯華 169.回回採寶	(1)一個回回看見一個不起眼的東西，認出這是寶貝，想出高價買下。 (2)這個東西的所有者尋問其意義。 (3)回回講了，但是沒講全。 (4)所有者設法用寶，用的時候把它丟了，或者破壞了寶貝的效力。（頁251）

6.750D₁用取不完的酒報答好施者→108.仙人回報

案：ATT的故事應只是艾氏108型故事的部分情節「仙人把水變成酒」。

丁乃通 750D₁用取不完的酒報答好施者	一位神仙化妝為乞丐常到一家酒館或飯店去行乞。在那**裏**經常得到酒喝（有時吃東西），為了報答這種捨施，他把酒館的井水變為美酒（有時是店主人要求的）。酒館主人或飯店主人很快就變富了。幾年以後，這神仙重返這酒館，主人表現出同樣的殷勤，但是表示這神仙所給的禮物還不滿足，往往是說沒有可以餵豬的酒糟了。這位被激怒的神便收回了他的神奇禮物，井裡的酒又變成了水。（頁236～237）
艾伯華 108.仙人回報	(1)某人遇一仙人，他隱姓埋名地善待他。 (2)仙人給他神奇的物件或者指示作為回報，這個指示最初看上去毫無意義，日後卻非常有用。 指示是：仙人把水變成酒：f，g，z（頁186）

7.841A*乞丐不知有黃金→177.銀器搬家

案：兩故事的情節不同。

丁乃通 841A*乞丐不知有黃金	下列大多數說法中，乞丐是一個曾經過好日子的人。他遇見了他離棄了的妻子，現在已重新結婚並且富裕了起來，他認不出她了。她出自憐憫，在給他食物時暗地裡裝進了金子或銀子。他把她送的禮物拿去換了其他的食物，或者以廉價出售。當他瞭解真實情況後，他往往是自殺。在有些說法中，他在死後成了灶王爺。（頁249）
艾伯華 177.銀器搬家	(1)一個人把他的全部銀子鑄成鞋或者人的形狀。 (2)由於受到了侮辱銀鞋或者銀人想搬家。 (3)再想得到它們，結果失敗了。（頁263～264）

8. 922A*卑微的女婿解答謎語或問題→S.6.傻女婿 IV：和解信

案：兩故事的情節不同。

丁乃通 922A*卑微的女婿解答謎語或問題	爲了考一考三個（有時是兩個）女婿，岳父對他們提出難題或與他們討論非常微妙的論點。由農民或者窮人家出身的女婿勝過別的自命不凡的女婿。問題包括：(a)鴨子爲什麼能在水裡游泳？(b)石頭上爲什麼有一個大裂縫？(c)竹竿爲什麼會彎下來？(d)鵝爲什麼有這麼大的嗓音？(a¹)鶴爲什麼能唱歌？(e)這株野草（或植物）爲什麼那麼綠？(f)母雞下蛋後，爲什麼臉那麼紅？(g)魚爲什麼會游泳？(h)松樹爲什麼是常青的？(i)桃子的尖兒爲什麼首先轉爲紅色？(j)這匹馬是從那裡來的？它值多少錢？(k)在這上面的草爲什麼和下面的草顏色不同？(n)這棵樹爲什麼比另一棵長得好？(n¹)這棵樹樹幹上爲什麼有一個瘤子？(n)人們怎樣能夠將一隻公牛誘入自己的家裡？(o)如何使參加葬禮的人笑起來？(p)其他。（頁 288～289）
艾伯華 S.6.傻女婿 IV：和解信	(1) 一個人有三個女婿。 (2) 第一個和第二個女婿聰明博學，最小的女婿沒有學問且又愚笨。 (3) 岳父讓他們作詩並回答問題。 (4) 小女婿回答得很愚蠢。 (5) 但是他的妻子認爲他回答得很聰明。（頁 339）

9. 980A*智服伯母→ S.13.III.2 徐文長（打賭）

案：依艾氏故事而言，對應碼應爲 ATT 1812C*〔打賭：讓陌生女子繫腰帶〕。

丁乃通 980A*智服伯母	一位年齡很大的男人因沒有兒子想要納妾，但是他的妻子嫉妒心重不肯答應，他和侄子（聰明人）商量，侄子答應幫助。有一天他的妻子看見侄子不斷尺量他們的地和房子，問是何緣故。侄子答道：你們沒有小孩，這房子當然有一天是我的。我希望知道將來怎麼用這房子和地。伯母因此改變了主張。（頁 321）
艾伯華 S.13.III.2 徐文長（打賭）	徐打賭，一個姑娘給他穿褲子，他贏了（姑娘常常因此變得更規矩了）。（頁 396）
備　註	ATT 1812C*〔打賭：讓陌生女子繫腰帶〕 耍鬼花招的人用草做褲帶。當他站在一個婦女或女孩面前時深深吸一大口氣，這樣一鼓肚子，崩斷了草繩，讓了滑了下便。(a)女孩被這情景嚇壞，再也不敢在屋前閒逛。耍花招的人得到了她父的報酬，因爲她父親曾求他使他女兒改去這種閒逛的習慣，或者(b)他正好兩手都拿著東西。硬說他不能自己提起褲了，就請一個女人幫他提。這個女子往往是一個小販或店員，正在賣食品給他，只好照做。(c)她害羞跑掉了，(d)他賭贏了。（頁 496～497）

10. 980B₁→201.榜樣

案：AT、ATT 皆無 980B₁ 類型編碼，依艾氏 201 故事而言，對應碼應爲 ATT 980A〔半條地毯禦寒〕(C)。

丁乃通 980B₁	×
艾伯華 201.榜樣	(1) 一個男人（或一個女人）虐待他的父親（或母親）。並盼他早死。 (2) 男人（或女人）的孩子表示日後也會同樣對待他自己的父親（或母親）。（頁 295）
備　註	ATT 980A〔半條地毯禦寒〕 一位中年婦女給她老婆婆一個又髒又破的碗吃飯。她自己的年輕媳婦抗議無效。(a)於是這位青年媳婦請她好好保管這個碗。"這樣將來我可以用它給你盛飯呀。"(b)年輕媳婦叫老婦人打破這個碗，然後表示大怒，因爲她將來不能拿它給自己的婆波用了。這位中年婦女明白了這個暗示，就對老婦人好些了。或(c)父親帶著爸爸乘馬至野外，把他拋棄在那裡，兒子請求父親保管好馬車，以便他有朝一日也這樣做。（頁 319）

11. 1137 吃人妖魔（獨眼巨人）失明→S.11.I.35 徐文長（陰險狡黠）

案：兩故事的情節不同。

丁乃通 1137 吃人妖魔 （獨眼巨人）失明	用一個滑稽的假名脫逃，並使別的妖魔不會追趕。（頁 328～329）
艾伯華 S.11.I.35 徐文長 （陰險狡黠）	徐唆使兩派人打架並替兩派從中調解，從雙方得錢。（頁 370）

12. 1375A* "假如那是我的話"→S.31 怕老婆的人

案：依艾氏故事而言，對應碼應爲 ATT 1375C*〔想學怎樣不怕老婆的丈夫〕。

丁乃通 1375A* "假如那是我的話"	一個男人告訴另一個男人，說他不能讓太太逼他去做那些丟面子的家務雜事。或是不能任由妻子隨意指使。"如果那是我的話⋯⋯"他還沒有吹完，他的妻子已經聽到，咆哮起來。他便馬上改口十分謙卑地說："我會甘心情願照辦的。"等等。（頁 360）
艾伯華 S.31 怕老婆的人	(1) 一群怕老婆的人聯合一起，爲了有力地反抗他們的老婆。 (2) 他們的老婆突然襲擊了他們的會議。 (3) 除了一個嚇死的人，其餘全都逃跑了。（頁 428）
備　註	ATT 1375C*〔想學怎樣不怕老婆的丈夫〕 聽了朋友的意見或者本人自己決定後，一個（或好幾個）丈夫想，要強硬起來，對付潑婦。他先(a)不尊重她的肖像。(b)打算再喝醉酒時打妻

	子，(c)練習裝老虎或(d)自吹自擂的樣子，可是在面對妻子時，他又(e)道歉或(f)逃走，(g)只有一個挑戰的"英雄"，再母老虎來時，沒有避開，因爲他自己眞的嚇得一命嗚呼了。（頁361）

13. 1430 夫妻建築空中樓閣→S.4 傻子空歡喜(e)

案：依艾氏故事而言，對應碼應爲 ATT 1681*〔傻子建造空中樓閣〕。

丁乃通 1430 夫妻建築空中樓閣	他們所得的物件往往終於打碎了，因爲妻子認爲丈夫發了財後娶姨太太。不然便是兩個男子在沒有捕捉到鳥獸前便已爭吵了起來。（頁370）
艾伯華 S.4 傻子空歡喜(e)	(1) 傻子得到了一個蛋或一隻雞。 (2) 他算計著怎樣才能因此獲得一大筆財產。 (3) 他在高興之中由於不小心雞飛蛋打。（頁322～323）
備　註	ATT 1681*〔傻子建造空中樓閣〕 Ⅰ.〔夢想〕一個傻子開始白日作夢，因爲他(a)撿到幾個硬幣、(b)得到一個罐子，(c)一個盆(d)母雞(e)雞蛋，或者(f)他在茅坑白日作夢(g)他找到一袋大麥，預備去賣。 Ⅱ.〔失望〕傻子正在籌畫著發財、享福，和美品佳味時，(a)打破了別人的鍋，不得不用自己的錢來賠，(b)他打破了自己的缸，(c¹)他打破了他想賣的盆，(c²)他把母雞殺了，或者是(d)他掉進了糞坑。(e)他被掉下來的袋子壓死。（頁458～459）

14. 1568 地主的無理條件，和僕人（長工）的對策→S.15.男人和他狡猾的兄弟

案：依艾氏此故事情節，應也包含 ATT 1641C.2〔農民塾師〕的故事情節。

丁乃通 1568 地主的無理條件，和僕人（長工）的對策	主人宣稱要扣佣人的工資，除非佣人完成非常艱難的工作，(移動大而重的東西，如石滾或小山，吸乾溪內的水，等等) 或不可能的工作 (把井移到屋裡，在房頂或牆上種莊稼，等等)，這艱苦的生活 (在日出之前的開始工作，吃孩子的剩飯，等等) 或時刻尊敬主人，(走路時從不走在前面，隨叫隨到，等等) 佣人假說可以做到，不過提出了同樣難的條件。(把大山搬起來給拿給我，等等)，破壞主要的財產 (毀城牆或房頂等等)，幹出很次的活兒 (把染草和稻苗一起拔出來，等等) 或使主人難堪 (走訪主人的朋友時，不肯先走一步替主人投名帖等等)，主人不得不取消一切無理的條件。（頁422）
艾伯華 S.15.男人和他狡猾的兄弟	(1) 一個男人聘請了一個印象很好的先生或者僕人。 (2) 他向這位先生提出一些愚蠢的問題，向僕人提出一些非常荒唐的條件。 (3) 先生解答不了這些問題，僕人也實現不了那些條件。 (4) 先生或者僕人被解僱了（未付工錢）。 (5) 男人聘請了他那狡猾的兄弟。

	(6) 這位兄弟問題回答得非常愚蠢，或者非常荒唐地滿足了這些條件。 (7) 他得到了以議定的酬金還要多得多的錢，比外僕人還給主人帶來了很大的損失。（頁 407）
備　註	ATT 1641C$_2$〔農民塾師〕 一個有錢的人家想給孩子們找個塾師，可是這家的主人卻是個無知的人。他堅持要先考一考要請的人，看看他的(a)學問(b)修養能力如何。這個農民的大哥是個真正的學者。他考了一下可是失敗了，或是在聘期未滿成功地通過了試探，因為他是愚蠢的答案贏得了同樣愚蠢的人的歡心，或是難住了他。（頁 448）

15. 1633*→S.11.I.28 徐文長（陰險狡點）

　　案：AT、ATT 皆無 1633*類型編碼，依艾氏故事內容，對應碼為丁氏新
　　　　增類型 1633A*〔買一部份〕。

丁乃通 1633*	×
艾伯華 S.11.I.28 徐文長 （陰險狡點）	徐遇見賣缸的，說要按斤論價買他的缸。當小販跟著他到了家以後，他只要幾斤，或者只要缸或瓦罐的一部分，結果小販白跑了一趟。（頁 367）
備　註	ATT 1633A*〔買一部分〕 Ⅰ.〔無禮的小販〕惡作劇者遇到(a)缸(b)柴(c)紅薯(d)母牛(d1)西瓜的小販。他問好(e)一斤(f)一兩的價錢。小販要價過高。或另一種開頭：惡作劇者到缸店(g)店裡人對他不客氣(h)他看中了壺或瓶，還了價錢，店裡人說那個價錢只夠買壺柄、西瓜皮。或另一種開頭：(i)小販告訴他買壺柄的價錢和買整個瓶子或壺是一樣的價錢。 Ⅱ.〔折磨小販〕他同意價錢照付，但是(a)要把商品送到他家，他家很遠。(a1)他說走累了自己也要坐缸裡去，或把的買東西放到缸裡讓小販抬。(b)到了他的住宅他拿了槌子和鐵尺或刀子，宣稱他只要買幾兩或幾斤。(b1)他的朋友來了準備這個小販。或者：(c)他堅持按照小販的價錢購買壺柄，追使賣主打壞了許多瓶、壺或西瓜。 Ⅲ.〔小販的損失〕小販或送貨人(a)只好把商品搬回。(b)只好打破壺（有時是惡作劇者自己打破的。）或因為他只賣幾根柴，而要打開一大捆。(c)找他要錢但再也找不到了。(d)把整個的壺送給他。（頁 438～439）

二、丁乃通與池田弘子《日本民間文學類型和情節單元索引》型號對照

　　丁氏在書中附錄了與池田弘子《日本民間文學類型和情節單元索》
（FFC209）的對照表〔註147〕，這個對照表對民間文學工作者進行中日民間故

〔註147〕丁乃通著：鄭建威等譯：《中國民間故事類型索引》（北京：中國民間文藝出
　　　　版社，1986 年 7 月），附錄，頁 522～523。

事的比較研究幫助很大，然而其中有兩個對應碼卻值得商榷。以下分述之。

1. 丁乃通「613A*」→池田弘子「179B*」

案：丁氏索引並沒有 613A*類型編碼，而 AT 613A*的故事與池田弘子
179B*故事不同，池田的故事只有與 ATT 613A III（C），IV 的故事情
節相似。若要加以對照，則 ATT 的編碼應改為「613A」較妥。如下
列：

AT 613A* 女巫的秘密	男孩無意中聽到有關於神奇寶物的女巫對話，他將寶物佔有，寶物幫助 他贏得公主的允婚。（頁 223）
丁乃通 613A 不忠的兄弟 （同伴）和百呼百 應的寶貝	I.〔蠶王〕一位不可靠的兄弟，（乙）佔有家裡全部財產，而另一位誠 實的兄弟，（甲）只有一小塊土地耕種。甲向乙要些蠶種，但只得到 了一些蒸過的蠶種。從這些蠶種裡生長出一個像母牛一般大小的蠶 來。乙殺死了這個神蠶，所以鄰近的蠶都飛到甲的房裡悼念他們國王 之死。 II.〔獨穗〕（參照 555A 型）乙給甲一些炒過的種子。從這些種子裡僅長 出一個（有時更多些）巨大的(a)穀穗(b)瓜(c)棉花(c¹)其他植物。 甲緊緊看守他唯一的產物。但它被鳥（或一群猴子）銜走。甲跟蹤 這鳥到一個(d)荒野多石的地方(e)荒廟(f)岩洞，鳥不見了。或者(g) 精靈（神仙）指引他到深山等地方，或(h)他躺在一個麻袋裡等賊來， 但是睡著了（或像是睡著了的樣子）。賊來把他搬到它們的巢穴。因 為它們誤以為他是一隻大瓜。或(h¹)因為他被泥覆蓋著，等等。 III.〔有求必應的寶貝〕夜裡，甲見到一群(a)孩子(b¹)神怪(b²)惡鬼(c) 猴子(c¹)其他野獸在玩耍。它們用一件寶貝為自己弄來食物，等等， 甲把這個寶貝偷了回來，或因為他們把它忘了在那裡，他帶了回去。 這件寶貝是一個(d)金錐子(d)磨臼(d²)石鍋(e)鼓(e¹)扇子(f)杯子 （容器）(f¹)葫蘆(g)棍棒(g¹)銅鑼(g²)秤。(h)他在洞裡發現了許多 金銀，搬了回去。 IV.〔惡人遭難〕當乙知道甲突然致富的原因時，他也如法炮製，在同一 地方等待著。(a)神（鬼）捉住他，指責他是小偷。他們懲罰他，拉 他的鼻子（很少是拉他的身體），把他的鼻子拉的很長，或者(a¹)給 他膀子上放了一個腫炮(b)甲用寶貝縮短了他的鼻子(b¹)乙要甲縮短 得過多，因此鼻樑凹了下去，很不好看。(b²)鬼怪把乙的鼻子和耳朵 都弄掉了。或其他結局：(c)以借了法寶，但法寶不靈。(d)動物把乙 扔到山谷、河裡，等等地方。(d¹)他大笑起來，神怪等這才發現他原 來是一個人，就把他殺了。(e)他要的金子太多，因此被埋在金子堆 下。(f)他被神怪殺害了。（頁 216～217）
池田弘子 179B*〔猴子的禮 物〕	I.山中的田野。(1)一位老人坐在農作物的中間，為了嚇跑來偷吃農作 物的猴子，用麵粉將自己全身塗白。(2)午餐後他打瞌睡或只是小休 息一下。(3)當老人除野草時，猴子偷吃了他的午餐，但老人安靜的 看著猴子們的動作。 II.保持鎮靜。然後猴子注意到老人，認定老人為佛像，把老人扛在肩上 帶走，老人自滿的讓猴子繼續牠們的動作，他們穿越了一條河流，唱 著：「猴子可能會濕透，但我們的神不會」（通常近似這樣的話語），

	老人克制不笑出來。 III.供品。猴子把「佛像」安座在河流的另一邊，準備了金錢和水果作爲 供品。(1)老人等猴子們都走了，就把全部的供品蒐集帶起來帶回家。 (2)等一會兒猴子們睡著時，老人拿鐵鎚敲碎猴子的頭，並賣掉這些 猴子獲利或帶回家吃掉。 IV.笨拙的鄰居。鄰居完全如法泡製被猴子當作英雄，但他在被猴子帶穿 越河流時笑了出來。(1)他掉入河中並浸濕了。(2)他被憤怒的猴子們 抓傷後哭著回家。 V.血染的衣服在遠處。鄰居貪婪的妻子看到遠處的丈夫，以爲他哼著歌 穿著紅色的長袍回來了，她就把老舊的衣服燒掉並等待著丈夫的歸 來。（頁47～48）

2. 丁乃通「825A」→池田弘子「912」

案：AT、ATT 皆無 825A 類型編碼，而池田弘子的故事則與 ATT 825A*
　　的故事情節相似，故對照表 ATT 的編碼應改爲「825A*」。如下列：

ATT 825A* 懷疑的人促使預 言中的洪水到來	I.〔警告〕(a)一個老太婆（一個老頭子）(b)一個有名的孝子(c)一個 小孩子(d)一個女傭(e)一個漁人(e¹)一個屠夫(f)一個男孩和一個女 孩(f¹)村民們從(g)一個神祇或者預知將來的人(h)兒歌(i)石獅子(j) 一條龍(j¹)石龜那裡得到警告。他（她）得到通知說，因爲(k)吃了一 隻巨大的神魚(k¹)別的罪行，一場大洪水（很少是別種災難）在下列 的東西變成紅色的時候就會來臨：(m)一隻石龜(m¹)石獅子(m²)人塑 的龍(n)城門等等的眼睛或它們其他部位。有時候只要廚房的石臼裡 (o)有水（潮濕）或(o¹)有青蛙的時候。 II.〔洪水的來因〕這人注意著這個警告並且每天都去看有何變化。下列 的人物因開玩笑或惡作劇，將這項東西塗上紅色：(a)一個頑童(b)一 個守城衛士(b¹)一個更夫(c)一個屠夫(d)多疑的青年人(d¹)一個婦 人。或者，(e)沒有什麼理由能說明紅色或洪水的出現。無論如何， 一場大洪水眞的來到了。 III.〔結果〕(a)得到警告者一發現這個凶兆馬上就離開，往往是上山或 乘船，(b)由神指引守護著(c)和他全家(c¹)母親(c²)她的主人的全家 (c³)他的妹妹(c⁴)她的孩子和鄰人們在一起。這城市不久就被水淹 沒，而且所有別的人全都喪生。或者，(d)難民們都躲在石獅子裡面， 有時因而得到以逃到海邊等等。那時全世界都已經淹沒在洪水中。或 者，在有的說法中，結果是：(e)爲了使地球上重新住人，倖存者雖 爲兄妹，也得結婚。（頁243～244）
池田弘子 912 祖先所教	I.神喻的影像。一個老女人，被祖先所教，每天攀登山丘去看是否有神 喻的影像在山頂上如血塗染一般，此爲會有暴雨的信號。 II.玩笑。一天村莊的年輕人玩笑的將血塗染在山頂，並大笑老女人的反 應。 III.無可挽回的玩笑。老女人爬下山丘到村子告訴村人必須立即撤離，但 並沒有人在意他的警語，洪水來了，只有他的家人逃離了這場災難。 （頁202～203）

索引編碼對照表是提供研究者檢視不同資料的途徑，若有謬誤，不僅失去其檢索功能，更容易誤導資料的研讀與引用。所以釐清丁乃通與艾伯華、池田弘子索引對照表的誤差，使民間文學研究者能明辨兩者故事類型的差異，才能真正達到民間故事比較研究的目的。

第六節　丁乃通《中國民間故事類型索引》的貢獻與侷限

丁乃通的《中國民間故事類型索引》大致上是網羅蒐集 1970 年之前的中國民間故事，以 AT 分類法加以歸類，使中國民間故事類型有相對應的國際分類碼，不論對於中國民間故事的整理或故事比較研究，都奠定了良好基礎。以下分就丁氏書的貢獻加以述說。

一、丁乃通《中國民間故事類型索引》的貢獻

（一）將中國民間故事作類型的歸納整理

丁乃通曾說：「對於研究民間故事的人來說，中國顯然是極重要的，中國不但是全世界人口最多的國家，而且也是農民（一向是民間故事的保存者和傳播者）最多的國家，因為全國人口至少有百分之八十居住在農村。」〔註148〕他蒐集引用的書籍多達 625 種，容括故事約 7500 個，歸納整理出 843 個類型與次類型。這對豐富性、多樣性極高的中國民間故事而言，有駕簡馭繁的作用，對那時期的中國民間故事概況也有較完整的呈現。《中國民間故事類型索引》成為檢索中國民間故事極為重要的一本工具書。

通過對中國民間故事類型的整理歸納，丁氏察覺中國故事類型的某些現象〔註149〕：

　　1. 中國的類型泰半是屬於前述第二類的，〔註150〕和相當的印歐類型
　　　　在動作或主要情節上極為相像，可是在細節和角色的性質上，不

〔註148〕同註3，導言，頁1。

〔註149〕丁乃通：〈中國民間故事的分類〉（台北：中央日報，1988 年 11 月 17 日，長河版）。

〔註150〕此「第二類」是指：「有些類型，和 AT 類型大體上或大意上相同，而細節有些差別的，便在號碼之後，簡述那些差別。」見丁乃通：〈中國民間故事的分類〉（台北：中央日報，1988 年 11 月 17 日，長河版）。

同的很多。

2. 中國民間故事古代的紀錄特別多，所以往往可以看出一個類型是如何從傳說變成故事。

3. 此外，還有一個特殊現象，很可能和盛行的說唱文學有關。民間故事的人物應該是不固定的，地點也是模糊的，可是，在傳說**裏**地名和人名都是固定的，中國有許多無疑是國際性的類型，但都是有人名的，所以我便把各類型中至少有兩個不同主角的說法才算作民間故事，不然算爲傳說，便不列入。書中徐文長類的笑話，便屬於這種情形。

4. 中國的民間故事也反映出中國社會某些有趣的現象，從前許多漢學家相信，中國社會是男子中心的，民間故事裡顯露出的中國恰巧相反。中國的怕老婆故事比那一個國家都多。

中國故事現象的第一、四點，於前面章節已有例說〔註151〕。第三點「中國民間故事從傳說變成故事」現象，因中國的文字資料保存較完整，將同一故事的歷代記錄資料對照比較，往往能探討故事歷時性的演變，加上：「民間講述裡，變體不是例外而是經常的現象，……何況中國的傳說在數量上，遠遠超過民間故事，許多中國民間故事又是從傳說，尤其是地方傳說，演變出來的。有些故事類型在古書裡已有記載，特別是那些說書人愛講的故事。」〔註152〕從其引用的故事篇目中，或可探討故事的演變過程。如下列〔註153〕：

(1) 503〔小仙的禮物〕

　　明清笑話四種、祝琴琴（1955）、康定藏族民間故事集（1959）、李奕定（1966）、薛爾頓、阿伯特（1925）、曾七如（1935）

(2) 960〔陽光下眞相大白〕

　　明人百家小說（明）、陶宗權（元）、臧晉叔（元）

(3) 1278〔刻舟求劍〕

　　李奕定（1966）、馮夢龍（明）、徐芝濤（1956）、太平御覽（宋）、呂不韋（戰國）、田海燕（1961）

(4) 1280*〔守株待兔〕

〔註151〕參見第肆章第二、三節。

〔註152〕同註3，導言，頁7。

〔註153〕同註3，頁157、313、339。

　　　韓非子集解（戰國）、太平御覽（宋）、趙洪（1963）、徐芝濤
　　　（1956）、伍鶴鳴（1949）

第三點的故事現象，在機智人物故事裡表現較爲明顯，如980A*〔智服伯母〕
故事裡的人物，有的名字叫李文古、丘罔舍等〔註154〕；1004〔殺牛宰鴨欺財
主〕〔註155〕，說的是朱元璋故事，也是其他機智人物的故事；920A〔男童巧
喻熟蛋孵雞〕〔註156〕說的是各族的智童故事。

　　丁氏《中國民間故事類型索引》對中國民間故事的歸納之功，由《中國
民間故事集成》各省卷附錄「常見民間故事類型索引」的普遍引用即可見一
斑。〔註157〕《中國民間故事集成》各省卷本的編排，除正文、相關圖文資料
外，有些省市卷本書後附有「常見民間故事類型索引」，提供故事類型檢索。
如〈雲南省常見民間故事類型索引〉的編輯說明，就提到此索引是按 AT 分類
的方法進行標號編輯，還參考丁乃通的編輯方法，結合雲南各民族民間故事
的實際，進行立條分類和情節與細節的依序排列。〔註158〕

　　對研究區域性類型的學者而言，中國稱得上是個豐富的寶藏。不管這些
中國故事與國際的標準形式有多少差別，對於想探討民間故事如何影響民風
民俗、如何傳布和發展的學者，這些故事提供了有價值的材料。〔註159〕丁乃
通的《中國民間故事類型索引》爲中外民間文學研究者進行跨國故事比較提
供了極大的便利。

（二）將中國民間故事納入國際編碼

　　「以 AT 體系對中國民間故事進行類型分類，可以爲我們提供一種"搜
集、存檔和比較分析的基本工具"，有助於將中國民間故事納入國際研究的
軌道，有助於各國學者包括我國學者比較便利地開展故事的比較研究，有助
於我們研究確定故事原型、產生地點及形成的年代、異文產生的路線及型態

〔註154〕參見陳麗娜：〈屏東後堆民間故事二則試論〉第三屆客家學術研討會論文，美
　　　　和技術學院通識教育中心（2004 年 10 月）。
〔註155〕金榮華：《民間故事類型索引》（台北：中國口傳文學學會，2007 年 2 月），
　　　　頁 453～455。
〔註156〕同註 155，頁 356～358。
〔註157〕參見遼寧、陝西、浙江等二十四省卷本。
〔註158〕中國民間故事集成全國編輯委員會：《中國民間故事集成・雲南卷》（北京：
　　　　ISBN 中心出版，2003 年 5 月），頁 1578。
〔註159〕同註 3，導言，頁 19。

等，也有助於故事資料的檢索存檔。」〔註160〕李揚的這段話，說明了 AT 分類法對比較故事學的幫助，也突顯中國民間故事國際編碼的重要性。

外國學者之前對中國民間故事沒有太多認知，對中國抱持東方故事特殊論的觀念，認為中國故事與外國大不相同，在進行國際間故事比較時，常將中國故事排除在外。丁乃通說：「西方民俗學家所以會一度有過那樣錯誤的印象，大都是因為有人將中國神話、傳說、異聞等都當成童話整理（中國的動物故事和笑話便沒有像童話那樣地被人誤解）」〔註161〕他才興起：「要使中國故事與國際傳統一致，當然需要使用 AT 數碼編號。」〔註162〕的念頭，編寫這部《中國民間故事類型索引》，把中國故事引進了世界故事圈，成為國際學術界瞭解中國民間故事的重要工具書。

鍾敬文說：「有些研究中國民間故事的學者，曾經認為中國民間故事是自成系統的東西，它跟國際的民間故事類型很少相同。這種論調，在沒有得到有力的事實反駁之前，是頗容易被人相信的。」〔註163〕賈芝說：「國外學者對中國民間故事寶藏之豐富瞭解甚少，甚至還存在著與實際相差極遠的錯誤觀念，比如有人說中國沒有動物故事。事實上，中國各少數民族都有許多妙趣橫生的動物故事，就是在漢族中也有很生動的動物故事流傳。」〔註164〕而蕭崇素對中國民間故事的基本特點的描述，可以看出中國故事同其他各國的民間故事有許多共同的特點：

> 一般民間故事，大體都是"非韻文"的。它的結構、語言、形象，常有一些傳統的表現方式，如：一定的組織法（窮人誠實得福，富人貪心倒楣之類）；共通反覆使用之物（奇遇、寶物、助人的仙獸等等）；行動展開的"階段性"（三個問題、三個困難、三次遭遇等等）；以及故事傳統的習慣語法（"從前"、"很久很久以前"、"九山九嶺，九溝九灣"等等）〔註165〕

因為中國故事與外國故事大多具有相似的敘事模式，丁氏才說：

〔註160〕李揚：〈簡論中國民間故事的分類體系〉，《中芬民間文學搜集保管學術研討會文集》（北京：中國民間文藝出版社，1987 年 12 月），頁 200。
〔註161〕同註 3，導言，頁 7。
〔註162〕同註 3，導言，頁 13。
〔註163〕同註 3，序言，頁 3。
〔註164〕同註 3，序言，頁 3。
〔註165〕轉引自丁乃通著：鄭建威等譯：《中國民間故事類型索引》（北京：中國民間文藝出版社，1986 年 7 月），導言，頁 6。

百分之幾的中國故事類型可以認為是國際性的故事呢？本書列入了
843 個類型和次類型，僅有 268 個是中國特有的。就連這些也有少
數和西方同類型的故事差距並不很大，也有的類型在中國鄰近地
方，例如越南曾發現過的。〔註166〕

然而丁氏並沒有漠視中國民間故事的特色，他認為中國故事類型與國際標準
有差距的，可以分為三組〔註167〕：

1. 表現出更大膽的幻想和更喜歡怪異事物的。我以為 513 和 465 是
   兩個例子。二者的人物和他們的本領，比國際標準中離奇得多，
   因此情節也更加複雜。

   案：如 325A〔兩術士鬥法〕、330A〔鐵匠和死神〕、681A〔夢或
   　　真〕等故事類型。

2. 由於非常不同的文化背景而起的。屬於這一組的中國類型，大多
   數保留了相同的基本情節和概念，但在一些細節上和西方的變體
   有明顯的差距。如主角的不同，狐變成兔子；獅子改成了老虎；
   牧師被和尚取代；聖母瑪麗亞成了觀音菩薩。兄弟間的爭執佔有
   更明顯的地位，幫助人的神常是龍王等。

   案：如 70A〔兔子割自己的嘴唇〕、156D*〔老虎重義氣〕、159A$_1$
   　　〔老虎吞下燒紅的鐵〕、555*〔感恩的龍公子〕、592A*〔樂
   　　人和龍王〕、503E〔狗耕田〕、480F〔善與惡的弟兄（婦女）
   　　和感恩的鳥〕、613A〔不忠的兄弟（同伴）和百呼百應的寶
   　　貝〕、1678〔沒見過女人的男孩〕等故事類型。

3. 反映了某些國際類型在歷史發展中某階段裡發生的變化，或是它
   們亞洲變體的特性的。說法極多的 313A 和 400A 兩類型即是例
   證。

   案：如 333C〔老虎外婆〕、433D〔蛇郎〕、560〔寶貝戒指〕等故
   　　事類型。

丁氏書既予與中國民間故事國際編碼，又能呈現中國文化特色。陳建憲說：
「對一般讀者來說，它使我們在漫遊民間故事的迷宮時，能提綱挈領地宏觀
把握全中國乃至全世界民間故事的大略狀貌。對研究者來說，它為某些專門

〔註166〕同註3，序言，頁19。
〔註167〕同註3，導言，頁18。

問題的深入研究提供了豐富的資料指南。它將中國豐富的民間故事寶藏介紹給國際學界，同時把許多外國學者的目光引向了中國。」、「這就打破了那種排除中國民間的故事於世界民間傳統體系之外的謬見，爲中國與世界的民間故事比較研究，架起了一座相互溝通的橋樑。」〔註168〕丁氏書對中國民間故事的卓越貢獻，誠如此言。

二、丁乃通《中國民間故事類型索引》的侷限

丁氏《中國民間故事類型索引》的侷限主要在參考書目方面。因丁氏人在海外，當時又正處中國"文革"時期，這個時空因素使他蒐集圖書極爲不易，只能採取機遇性蒐書，而中國、香港、台灣的書籍，又因翻印普遍也容易有版本問題。有時他蒐集到的是地方上出版的圖書，發行量不廣，圖書館大多沒有收藏，這些因素都讓使用者在閱讀丁氏書時受到某些侷限。如：山東大學的《人民口頭創作實習資料匯編》（1956年，油印本）〔註169〕、莊學本的康定《西康彝族調查報告》（1941年）〔註170〕、《斷弓王》（重慶出版）〔註171〕、丹陵《金鴨兒》〔註172〕等書。目前因丁氏書引用的故事圖書不易搜尋，民間文學工作者常無法進一步詳閱故事文本再作研究探討。而書後的「專題分類索引」提到其目的是〔註173〕：

> 列入每一故事類型中主要的情節成分（通常是列入兩個，很少是列入一個或三個以上）。爲了節省篇幅，相似的名詞往往歸納在一個名目之下，例如：流氓、無賴、惡作劇者、滑頭、狡人、機智的人及其他類似的人，都列在"聰明"之下；……在一個類型中，哪一個成分（或細節）最有代表性，讀者們和作者的看法，不一定總是一樣，因此讀者用這個分類索引，恐怕有時要多花點時間，略用點腦筋，靈活運用才行。

從這段話語可知「專題分類索引」在檢索上也不是那麼方便，這些都是此書較爲美中不足的地方。

〔註168〕陳建憲：〈一座溝通中西文化的橋樑——《中國民間故事類型索引》評介〉，《民間文學論壇》1988年第五、六期合刊，頁188。

〔註169〕同註3，頁544。

〔註170〕同註3，頁554。

〔註171〕同註3，頁529。

〔註172〕同註3，頁529。

〔註173〕同註3，頁557。

　　有些人認爲「AT 分類是以歐洲故事爲基礎創立的，不適合中國民間故事的情況。這是不符合實際的。眾所周知，在不同國家和民族中流傳的故事大約有三分之一左右具有國際性，我國也不例外。」〔註 174〕丁氏認爲「中國民間故事與流傳在印度和愛爾蘭之間的故事相差並不太遠，而且是可以相互比較的。我們偉大的前輩之一，瓦爾特・安德森實際上已認定了許多中國民間故事的類型與 AT 類型一致的。」〔註 175〕經由丁乃通的努力，證實中國的民間故事是可以與國際相對應的，這個成果是對「中國民間故事不同於西方國家」說法最好的駁斥。民間文學研究者要進行民間故事的相關研究，需要對故事類型有所瞭解，而嫻熟類型索引更是必要的功課，丁乃通的《中國民間故事類型索引》不啻是入門民間故事類型研究的重要基石。

〔註 174〕同註 160，頁 198。
〔註 175〕同註 3，導言，頁 7。

第伍章　金榮華的《民間故事類型索引》

前　言

　　金榮華教授，1936 年生於上海，祖籍江蘇無錫。台灣師範大學國文研究所及美國威斯康辛大學圖書館學研究所畢業、法國巴黎大學比較文學研究所研究。曾在墨西哥、韓國兩地任教，於英國、印度、柬埔寨等地進行相關研究，多次帶領團隊於海峽兩岸進行民間文學探錄。金先生見識恢弘，論述高妙，屢發創見，以敦煌學、民間文學、比較文學與中外交通史顯名於國內外，為國際知名學者，著有《民間故事類型索引》、《民間故事論集》、《禪宗六祖求法事蹟考》、《敦煌吐魯番論集》、《敦煌文物外流關鍵人物探微》、《比較文學》、《王績詩文校注》、《中暹交通史事論叢》、《中韓交通史事論叢》、《眞臘風土記校注》等書。〔註1〕

　　1970 年金先生於美國認識丁乃通，兩人對民間文學時有討論。1973 年丁乃通致函先生，冀其亦致力於民俗與民間文學研究，這是先生著力研究民間文學的開始。〔註2〕

〔註 1〕　相關介紹另參見(1)王甲輝、過偉主編：《台灣民間文學》（上海：上海文藝出版社，2005 年 5 月），頁 263～280。(2)施愛東：〈故事學三十年點將錄〉，《民俗研究》2008 年三期，頁 32。

〔註 2〕　金榮華：〈治學因緣——民間文學篇〉，《廣西師範學院學報》第二十四卷四期（2003 年 10 月），頁 79～80。

一、民間故事的採錄與整理

1986 年金先生到台東，無意間得知德國天主教神父施路德於 1960 年到 1969 年期間，四度到台東以答錄機採錄了數位卑南族老年人所說的故事帶回德國。此事激發了他想要將台東卑南族口頭故事作一全面採集整理的工作。〔註 3〕此計畫得到行政院國家科學委員會及文化建設委員會的支持，歷時兩年，1989 年完成《台東卑南族口傳文學選》成果報告，這也是他後續展開民間故事採錄的開端。

金先生重視民間故事的採錄與整理，他主張「尊重講述者的敘述風格和敘述內容，因此以不干涉講述者的活動為原則，並以嚴格的態度將錄音所得轉為文字。」〔註4〕將採錄的民間故事，寫錄為文字的整理原則，他的看法是：

> 口頭傳述的故事，若是照話直錄，必然有一些蕪詞冗句要梳理，但這種梳理工作以不影響原有的語言風格為基本原則。其次，故事幾經傳述，或許有漏脫疏略之處，如語句意義不完整、情節單元殘缺、關鍵性之說明遺漏等等，這些情形有時模糊了故事的意義，有時損害了故事的完美。……在有所依據的狀況下應當酌予補足，祇要不涉及情節變動而喪失忠實記錄的原則。

> 採集和保存民間故事的目的，不外乎欣賞、教育和研究。對故事祇是梳理冗杳的詞句及作填縫式的補述，並不改動任何原有的情節單元，這是「整理」，而且也是整理民間故事的基本原則。如果增添故事裡的情節單元，或對已有的情節單元有所改動，則都是「改寫」。〔註5〕

所以適度對採錄的民間故事進行梳理填補，實有其必要。金氏在採整的每一則故事之後皆附有講述者資料、講述時間地點、故事來源等相關紀錄，並有情節單元、故事類型索引，有的還附錄民俗調查實錄。這些資料是民間文學相關研究的重要依據，研究者可藉此探討講述者的教育程度、講述心態、口傳文學傳播現象，及分析故事類型具有國際性或地方性特色等，其編輯方式

〔註 3〕劉秀美：〈民間文學家──金榮華教授及其學術研究〉，《全國新書資訊月刊》2001 年 2 月號，頁 34。

〔註 4〕轉引同註 3，頁 34。

〔註 5〕金榮華：〈論民間故事之整理與整理原則〉，《民間故事論集》（台北：三民書局，1997 年 6 月），頁 291、296。

也是海峽兩岸民間文學相關書籍中絕無僅有的。誠如過偉綜論金氏採整的故事集有五項特色：1.保持採錄整理的科學性，做到辭意通暢。2.每篇故事註明講述者、口譯者、採錄時間、地點、採錄者、初稿整理者，故事類型和情節單元。3.全書有民族概況和分布圖、地理概況和地理位置圖。4.書後附錄民俗和信仰。5.四部集子附錄探討某些故事的論文。〔註6〕

　　從 1987 年至今，金氏帶領團隊遍至國內、離島等地進行民間故事採錄，訪談對象有閩南、客家、旅台外省人、原住民等族群。採錄成果計有《台東卑南族口傳文學選》（1989）、《台東大南村魯凱族口傳文學》（1995）、《金門民間故事集》（1997）、《台北縣烏來鄉泰雅族民間故事》（1998）、《台灣高屏地區魯凱族民間故事》（1999）、《澎湖縣民間故事》（2000）、《台灣桃竹苗地區民間故事》（2000）、《台灣花蓮阿美族民間故事》（2001）、《台灣賽夏族民間故事》（2004）、《台灣漢族民間故事》（2011）等書。其中對台灣原住民族民間故事的普及訪查，更見先生之用心，而經由他的團隊訓練，更培養許多在大專院校從事民間文學教學與研究的尖兵。

二、民間文學研究論文

　　金氏研究民間文學幾十年，1997 年出版的《民間故事論集》〔註7〕為其力作，從比較文學的方向思考民間文學為其論文最大特色。〔註8〕過偉說其「能以其傳統之中國古代文史哲學養基礎，結合國際之學術資訊，進行比較研究，多所闡發。」〔註9〕他將民間故事的文本回歸口傳文學的屬性，考慮其呈現的意涵，而不硬套理論思維，故撰寫論文時，極注重推論的合理性。於 2004 年主編《民間故事論文選（第一輯）》〔註10〕，書中收錄十一篇論文，以推展民間故事的研究風氣。在 2005 年出版另一著作《禪宗公案與民間故事——民間文學論集》〔註11〕，論述中對於禪宗公案、禪門偈語與民間文學的

〔註 6〕 王甲輝、過偉主編：《台灣民間文學》（上海：上海文藝出版社，2005 年 5 月），頁 266。

〔註 7〕 金榮華：《民間故事論集》（台北：三民書局，1997 年 6 月）。

〔註 8〕 應裕康：〈金榮華：臺灣民間文學的耕耘者〉，《廣西民族學院學報》第二十二卷五期（2000 年 9 月），頁 62。

〔註 9〕 同註 6，頁 263。

〔註10〕 金榮華：《民間故事論文選（第一輯）》（台北：中國口傳文學學會，2004 年 9 月）。

〔註11〕 金榮華：《禪宗公案與民間故事——民間文學論集》（台北：中國口傳文學學

關係、故事類型的歸屬與設定等問題皆有深入的探討。

　　金氏的論文以比較研究法爲主，以情節分析和故事類型爲基礎，論述資料包括古今中外民間故事集、敦煌寫卷、佛經、歷代筆記小說、魏晉志怪小說、通俗文學等書。論述時，掌握各故事的類型，再從各面向探討故事源頭及產生時間；或就情節單元論述其假借捏合的情形，追溯其形成軌跡和源頭。民間故事最難探究的是它的源起時間，而金氏每能於嚴謹推論之後得故事產生的上下限時間。其文章論述的面向又極爲廣泛，顯見其閱讀豐厚、見識廣博與論述之深入，如：

　　（一）從語音聲調論：〈不怕老虎祇怕漏〉故事試探。
　　（二）從情節單元論：〈前漢劉家太子傳〉情節試探、馮夢龍〈莊子休鼓
　　　　　盆成大道〉故事試探。
　　（三）從貨幣材質論：〈拾金者的故事〉試探。
　　（四）從社會階級制度論：〈定婚店故事試探〉。
　　（五）跨國跨民族的比較：〈春香傳〉（韓國－韓國）、〈灰姑娘〉（中國－
　　　　　韓國）、〈蛇郎君〉（漢族－原住民）等。

三、民間故事情節單元與類型

　　金榮華說：「民間故事的主體是情節，是情節決定一則故事會不會使人感到有趣或有意義而一再轉述。故事經由人們的口頭轉述，沒有所謂的定本可言。在不同時期、不同區域，經由不同背景的敘述人講述，會產生不少基本結構相同而風貌各別的『異說』。基於這種情形，民間故事的分類便從兩方面著手：一種是把個別情節從故事中分析出來，做情節單元的分類；另一種是就整個故事的性質和結構歸納出各種類型，做故事類型的分類。」〔註12〕他對這兩方面皆有闡述與成果，以下分述之。

　　（一）情節單元

　　金氏運用「情節單元」分析方法，於 1984 年撰成《六朝志怪小說情節單元索引（甲編）》一書，提供民間故事比較研究的材料，他在序言提及這書的分類原本打算採用國際上習慣使用的湯普遜《民間文學情節單元索引》

會，2005 年 6 月）。
〔註12〕金榮華：《中國民間故事與故事分類》（台北：中國口傳文學學會，2003 年 3
　　　　月），頁 2～4。

（*Motif-Index of Folk-Literature*）分類與編號，但是一般的讀者對這套分類和編號並不熟悉，而六朝志怪小說中的許多情節單元，在這套分類裡還沒有編號，必須另編新號後插入。〔註13〕所以此書《甲編》是以我國傳統之類書分類編排。之後依湯普遜之分類編號另撰《乙編》，俾與國際之材料接軌，此書已於2008年3月出版。〔註14〕他並撰文對湯氏《索引》中歸類排列提出幾點商榷，如歸類不妥者、排列不妥者、失諸瑣碎而無實際意義者、中國故事需增補新碼等。〔註15〕

　　金氏說「情節單元」是英文或法文中「motif」一字在民間文學裡的對應詞，指的是故事中一個小到不能再分而又敘事完整的單元。〔註16〕他主張以「情節單元」為英文「motif」一字的對應詞，這是因為將「motif」譯作「母題」，中文讀者有著文字本質上「望文生義」的習慣，一般人聯想到的就是「主題」。〔註17〕陳勁榛論述此說：「西文motif一詞，國人多譯為"母題"，由是滯礙四起，曲解橫生。先生鑄"情節單元"為motif之對應詞，以論民間敘事作品與講述活動，則義理暢達，能為民間故事之有效說明，因此漸被兩岸學者所接受。」〔註18〕

（二）故事類型

　　民間故事的分類，不僅是類型的分析和相關資料的彙集，也有著索引的作用。在目前各種的故事類型分類中，最具國際性的是由阿爾奈初創，湯普遜擴充增訂的索引《民間故事類型》（*The Types of the Folktale*），簡稱「AT分類法」。

　　丁乃通基於西方研究民間故事的學者對中國民間故事的認識嚴重不足，

〔註13〕金榮華：《六朝志怪小說情節單元索引（甲編）》（台北：中國文化大學中國文學研究所，1984年3月），序言，頁4。

〔註14〕金榮華：《六朝志怪小說情節單元索引（乙編）》（台北：中國口傳文學學會，2008年3月）。

〔註15〕金榮華：〈對湯普遜《民間文學情節單元索引》中歸類排列的幾點商榷〉，《民間故事論集》（台北：三民書局，1997年6月），頁281～290。

〔註16〕金榮華：〈「情節單元」釋義——兼論俄國李福清教授之「母題」說〉，《禪宗公案與民間故事——民間文學論集》（台北：中國口傳文學學會，2005年6月），頁308。

〔註17〕同註16，頁309。

〔註18〕陳勁榛：〈民俗學家金榮華教授〉，《廣西民族學院學報》第二十二卷五期（2000年9月），頁1。

於是搜集中國民間故事，用 AT 分類法撰寫《中國民間故事類型索引》。金氏認爲此書對中國使用者而言仍不盡完善，原因有二：其一，丁氏原稿的體例本來是完全依照 AT 原書，在每個故事類型名稱之下，都寫了故事大要或情節分析。後來因補助圖書印刷的經費不夠，於是便將也見於 AT 原書之故事大要或分析完全刪除，只保留具有中國特色之部分。其二，丁書中的類型名稱若是 AT 原書已有的，便沿承不變，所以對於類型名稱是西方文學裡的典故，或是西方社會的習慣用語，中國民間文學工作者在參閱上還是有所隔閡。〔註19〕金氏於 2003 年著作《中國民間故事與故事分類》〔註20〕一書，介紹與檢討國際 AT 分類法的得失，予以修正，並依中國所見材料加以增補。2010 年金氏所編著的《丁乃通《中國民間故事類型索引》情節檢索》，則是對丁氏書中譯本〈專題分類索引〉的使用不便，而以中國民間文學工作者爲對象另編的索引。〔註21〕

　　金氏在 2007 年出版的《民間故事類型索引》〔註22〕，是依照 AT 分類法編寫的類型索引，對 AT、ATT 書中不盡完善的部分加以調整修訂，這是第一部爲中國民間文學的工作者所編寫的索引工具書，這本書的編寫與《中國民間故事集成》是有密切關係的。

第一節　中國民間故事普查與《中國民間故事集成》

一、1984 年之前民間故事的搜集與調查

　　據鍾敬文在〈三十年來我國民間文學調查采錄工作——它的歷程、方式、方法及成果〉〔註23〕文中提到，大陸民間文學調查採錄可分四個時期：

　　第一個時期：1949 年～1957 年。從整個民間文學工作或僅從調查採錄看，都是一種新的開始。這個時期工作的進展，不是很急速或大規模的，它

〔註19〕金榮華：〈中國民間故事和 AT 分類〉，《禪宗公案與民間故事——民間文學論集》（台北：中國口傳文學學會，2005 年 6 月），頁 332～333。

〔註20〕同註12。

〔註21〕金榮華：《丁乃通《中國民間故事類型索引》情節檢索》（台北：中國口傳文學學會，2010 年 3 月）。

〔註22〕金榮華：《民間故事類型索引》（三冊）（台北：中國口傳文學學會，2007 年 2 月）。

〔註23〕鍾敬文：《鍾敬文文集·民間文藝學卷》（安徽：教育出版社，2002 年 12 月），頁 833～836。

是漸進的時期。

　　以科學方法搜集民間文學作品是從"五四"前後開始的。1918 年 2 月北京大學設立一個歌謠徵集處，發起在全國範圍內徵集歌謠。1922 年 12 月北京大學歌謠研究會出版了《歌謠》週刊，但它不只搜集、研究歌謠，還登載民間文學的研究文章。從該刊第 69 號起連續刊出討論《孟姜女故事》的九個專號，對民間故事的採錄與研究起了一定的推動作用。北新書局在二〇年代中期到三〇年代中期就接連出版林蘭編的故事集三十七本。當時較有影響的故事集有《徐文長故事》、《呆女婿故事》，還有《大黑狼的故事》（谷萬川編），《巧女和呆娘的故事》（婁子匡編），《祝英台故事集》（錢南揚編），《廣州民間故事》（劉萬章編），《娃娃石》（孫佳訊編），《泉州民間傳說》（吳藻汀編）等。〔註 24〕

　　1942 年 5 月毛澤東在延安召開的文藝座談會上，發表了關於文藝問題的重要講話，對於中國民間文學事業具有劃時代的意義。他是從文藝工作的角度講作家們輕視民間文學的傾向的。1949 年之後，中國民間文藝研究會和各地相應的機構推動下，廣泛開展了各種民間文學作品的搜集、整理與研究的工作。而這時發表的作品大多具有新的時代特色。有些少數民族的故事也得到發掘，出版了包括幾十個民族作品的《中國民間故事選》、《白族民間故事傳說集》、《大涼山彝族民間故事選》、藏族民間故事集《奴隸和龍女》、《澤瑪姬》等，各省、市、自治區也大多出版了本地區的民間故事選集，如北京出版了金受申編寫的《北京的傳說》，上海出版了趙景深主編的《龍燈》等，可以說在五〇年代到六〇年代中期，我國民間故事的採錄形成了一個高潮。〔註 25〕

　　1964 年《民間文學》發表的一篇題爲〈絢麗多彩的百花園〉的文章介紹了 1949 年後十五年民間文學工作概況，據當時的不完全統計，省、市以上的出版社出版的各民族的民歌集有 1700 多種，民間故事集 500 多種。比較出色的專集有《蒙古族民間故事集》、《四川彝族民間故事選》、《黎族民間故事選》、《白族民間故事傳說集》、《苗族民間故事選》等。十五年中記錄、翻譯、出版的史詩、民間敘事詩和抒情長詩僅在刊物上發表的就有一百多部，包括二十多個民族的作品。〔註 26〕

〔註 24〕《中國民間故事集成》總序，頁 6。

〔註 25〕《中國民間故事集成》總序，頁 7。

〔註 26〕賈芝主編：《中國新文藝大系（1949～1966）──民間文學集》（北京：中國

　　第二個時期：1958 年～1966 年。這是整個民間文學（包括調查、採錄）工作有較大發展的時期。很多省市建立了採集民間文學的專門機構，成立了民研會或民研小組。中國民研會提出了民間文學工作的十六字方針，"全面收集，重點整理，大力推廣，加強研究。" 全國出現了大規模的群眾性收集民歌運動，這個時期的收集工作，十分重視採集解放後新產生的作品，對新民主主義革命時期的傳說、故事、歌謠以及反映歷代農民起義的作品，也相當重視。1959 年，全國各省市自治區出版了大量歌謠集和民間故事集。〔註27〕

　　第三個時期：1966 年下半年～1976 年。是大浩劫時期。從調查收集整理方面來說，這個時期，可以說基本沒有調查，也很少出版民間文學的書。〔註28〕

　　第四個時期：1977 年～1980 年。自 1976 年末 "四人幫" 被打倒，民間文學工作很快恢復了生機，且很快獲得了較大的發展。〔註29〕

　　經過 1966 年至 1976 年 "文革" 動亂之後進一步擴大民間故事搜集範圍，如關於清官和歷代文學藝術家的故事，各地山川風物、土特產和風俗的故事，關於仙佛等帶宗教色彩的故事等，一時如雨後春筍般地發表出來。並出版了如《歷代農民起義傳說故事選》、《老一輩革命家的傳說故事選》等。也出版了個人作品的選集，如董均倫、江源出版《聊齋漢子》，孫劍冰出版《天牛郎配夫妻》等。民間故事家的發掘是這時期故事採錄的一項突破，故事家專集的出版，如《金德順故事集》、《滿族三老人故事集》。還有上海文藝出版社《中國少數民族民間文學叢書‧故事大系》，僅第一、二輯就出版了十六個民族的民間故事選，其他出版的還有《少數民族機智人物故事選》、《中國少數民族神話》、《中國少數民族民間故事選》等分類綜合性選集問世。〔註30〕

　　賈芝曾對 1982 年後民間文學的採錄做統計資料的說明〔註31〕：如 1982

　　　文聯出版公司，1991 年 10 月），頁 19。
〔註27〕鍾敬文：〈三十年來我國民間文學調查采錄工作〉，《鍾敬文文集‧民間文藝學卷》（安徽：教育出版社，2002 年 12 月），頁 833～836。
〔註28〕同註27，頁 833～836。
〔註29〕同註27，頁 833～836。
〔註30〕《中國民間故事集成》總序，頁 8。
〔註31〕賈芝：〈關於中國民間文學的搜集整理——爲中、蘇聯合調查而作〉，《中芬民間文學搜集保管學術研討會文集》（北京：中國民間文藝出版社，1987 年 12 月），頁 4～5。

年在全國性刊物上發表民間文學作品 3111 篇（其中故事 1474 篇，傳說 1061
篇），論文 1140 篇（包括民俗 316 篇），出版書籍 159 種（其中作品集 143 種）。
從這裡可以看到民間文學的搜集、發掘在中國還處於一個風華正茂的興旺時
期。

　　劉守華也說從 1981 年到 1985 年，全國報刊共發表故事 7400 篇，平均每
年將近 1500 篇。中國民間文藝出版出版社 1980 年以來出版的國內故事集就
有三十餘種。〔註 32〕據中國民間文學集成總編輯部 1997 年底提供的數據，
1984～1990 年間，全國約有 200 萬人次參加了民間文學普查採錄工作，各地
共搜集民間故事 184 萬篇、歌謠 302 萬首、諺語 748 萬餘條，總字數超過四
十億字。各地編選縣、地、市卷本約 3000 餘種。〔註 33〕

二、1984 年中國民間故事普查與《中國民間故事集成》

　　民間文學資料的消失（如：文化大革命、現代社會的急遽變遷），透過普
查，將瀕臨消失的民間故事及時記錄保存下來。〔註 34〕經過前一階段的努力，
接著在 1984 年，當時中華人民共和國文化部、國家民族事業委員會、中國民
間文藝研究會（今中國民間文藝家協會）為適應文化建設的需要，1984 年 5
月 28 日聯合簽發了《關於編輯出版〈中國民間故事集成〉〈中國歌謠集成〉〈中
國諺語集成〉的通知》。在全國範圍內組織了大量人力進行全面普查，科學採
錄，以縣為單位編印民間文學的資料本。各省、自治區、直轄市編輯委員會
匯集縣、地、市普查出版的成果，根據全國編委會確定的要求和規格，精心
編纂故事、歌謠、諺語的省（自治區、直轄市）卷本，經全國編委會審定後，
公開出版。〔註 35〕

　　段寶林在〈趙景深先生與民間文學〉〔註 36〕文中提到有關民間文學集成
普查構想的源由：

　　　　我（指段氏）在 79～88 年間曾參加了《中國民間歌曲集成》的編審

〔註 32〕劉守華：〈故事學的春天〉，《民間文學論壇》1986 年第五期，頁 10。
〔註 33〕張炯主編：《新中國文學五十年》（濟南：山東教育出版社，1999 年 12 月），
　　　　頁 568。
〔註 34〕陳慶浩：〈近十年來的中國大陸民間文學〉（漢學研究中心，1989 年 9 月），頁
　　　　1 註 1。
〔註 35〕《中國民間故事集成》總序，頁 1。
〔註 36〕段寶林：〈趙景深先生與民間文學〉，《新文學史料》2002 年一期，頁 50；也
　　　　見於段氏《中國民間文學概要》（增訂本），頁 304。

工作，對河北卷、山西卷、湖南卷、江蘇卷、內蒙卷、福建卷等作
了一些審讀研討工作，感到民間文學也應該搞"集成"，進行民間
文學普查，當時就把這個想法向主持中國民間文藝研究會工作的賈
芝同志說了，他很贊同，於是和中宣部、文化部、國家民委聯繫，
於1984年正式發文組織全國文學工作者調查編選《中國民間故事集
成》、《中國歌謠集成》、《中國民間諺語集成》等"三套集成"。

　　這次全國性的普查、採錄，投入了大量的人力和物力，普查的地域、民
族和採錄的對象十分廣泛；採錄作品數量十分巨大（1984年至1990年全國採
錄民間故事184萬多篇）；在普查中發現大批各種類型的民間故事講述家（全
國能講五十則故事以上的 9900 多人）；部分地區還對故事講述者比較集中、
故事蘊藏量較大的"故事村"進行了重點採錄，如河北省藁城縣耿村、湖北
省丹江口市伍家溝村等。〔註37〕

　　（一）普查原因

　　我國是一個歷史悠久的多民族的文化古國，各族人民世世代代創造了極
其豐富而優美的民間口頭文學，然在"文化大革命"中，許多藝人收到迫
害，大量資料喪失。目前各民族的優秀文化遺產，大多保存在少數老的民間
歌手和故事家的記憶中，這些歌手和故事家大都年事已高，人數越來越少，
所以，搶救各民族優秀的口頭文學遺產，是一項刻不容緩的迫切任務。因此
也必須通過一個廣泛地有計畫地蒐集活動和編纂工作，使這份文化財富得以
保存，使民族文化傳統得以繼承和發揚。〔註38〕

　　（二）普查目的

　　為了匯集和編纂全國各地區、各民族民間文學搜集整理的成果，保存各
民族人民的口頭文學財富，繼承和發揚我國優秀的民族文化傳統。決定編輯
和出版《中國民間故事集成》、《中國歌謠集成》和《中國諺語集成》。〔註39〕
同時也為民間文藝學和社會科學領域中有關學科的研究，以及文學藝術創作
的借鑑提供較完整的資料。〔註40〕

〔註37〕 《中國民間故事集成》總序，頁8。
〔註38〕 中國民間文學集成總編委會辦公室編：《中國民間文學集成工作手冊》（北京，
　　　　 1987年5月），頁2、9。
〔註39〕 同註38，頁1。
〔註40〕 同註38，頁3。

（三）普查要求

三套集成的要求是：用科學記錄的方法，在廣泛收集的基礎上編選出各地區，各民族各種形式的優秀的口頭文學作品。三套集成各卷本要嚴格注意科學性、全面性和代表性，選入的作品，一定要符合「忠實紀錄，愼重整理」的原則，避免失眞。〔註41〕

集成卷本爲了貫徹「科學性、全面性和代表性」的原則，在編輯體例上突破了過去一般故事集的格局，兼收部份優秀作品的異文，以編者「附記」的形式介紹故事的歷史、民俗背景、流傳地區及有關講述情況，還採取了其他保存有關科學資料的方式（如講述者基本情況簡介、作品注釋、圖表、索引等）。〔註42〕

（四）編選範圍

《中國民間故事集成》所使用的「民間故事」這個名詞，是一個廣義的概念，它包括中國各族人民群眾口頭散文敘事文學的各種體裁和形式，其中有神話、傳說，還有其他各種樣式的故事，如動物故事、幻想故事、生活故事、笑話、寓言，以及某些民族或地區特有的口頭散文敘事文學題裁等。〔註43〕編選範圍是三套集成收編全中國各個地區、各個民族的民間文學作品：

1. 在全國範圍內進行普查，廣泛搜集各地區、各民族口頭流傳的民間文學作品。
2. 「五四」以來搜集、抄錄和發表在出版物上的民間文學作品。
3. 少數民族典籍，經卷中的部份民間文學作品。
4. 流傳在民間的民間文學抄本、坊間印本中的作品。
5. 漢文古代典籍中的民間文學作品，不再收錄。〔註44〕

全國民間文學普查初步於 1987 年完成，1992 年故事集成吉林卷出版，此爲立足於八十年代以來對全國各族民間故事實行普查所得的豐厚資料，不失爲中國故事學的一個重要歷史文獻。《中國民間故事集成》三十省市卷本，現已全部出版：

〔註41〕同註38，頁 3～4。
〔註42〕《中國民間故事集成》總序，頁 8。
〔註43〕同註42，頁 1。
〔註44〕同註38，頁 15～16。

吉林卷（1992.11）、遼寧卷（1994.09）、陝西卷（1996.09）、
浙江卷（1997.09）、四川卷（1998.03）、福建卷（1998.12）、
江蘇卷（1998.12）、北京卷（1998.11）、山西卷（1999.03）、
寧夏卷（1999.06）、海南卷（2002.09）、西藏卷（2001.08）、
河南卷（2001.06）、甘肅卷（2001.06）、廣西卷（2001.12）、
雲南卷（2003.05）、河北卷（2003.01）、湖北卷（1999.09）、
江西卷（2002.12）、貴州卷（2003.05）、湖南卷（2002.12）、
天津卷（2004.11）、黑龍江卷（2005.09）、上海卷（2007.05）、
廣東卷（2007.09）、山東卷（2007.04）、青海卷（2007.04）、
內蒙古卷（2007.11）、新疆卷（2008.02）、安徽卷（2008.10）。

《中國民間故事集成》是在全國範圍內進行普查、廣泛搜集的基礎上，按照
科學性、全面性、代表性的原則編選出來的，是具有高度文學價值和科學價
值的中國各地區、各民族民間故事作品的總集。〔註45〕故事集成編選意義在
於搶救和保存人民創造的優秀口頭文學遺產，可以提高民族自信心和促進各
民族之間的文化交流，提供中外學者對民間故事的研究資料，就文化資產與
學術研究而言，這套書都具有重大意義。

第二節　金榮華《民間故事類型索引》的取材與編排

　　金榮華於 2000 年與 2002 年撰寫出版《中國民間故事集成類型索引》
（一）、（二）兩書〔註46〕，這是為《中國民間故事集成》所做的類型索引。
他在《民間故事類型索引》前言提到撰寫這兩本書的源由：「1986 年秋，筆者
在台北中國文化大學中文研究所試開民間文學課程，介紹 AT 分類而苦無適當
教材，於是取《中國民間故事集成》中之四川、浙江、陝西三個省卷本，纂
成《中國民間故事集成類型索引（一）》，以為輔助；後來又取北京、吉林、
遼寧、福建四個省市卷本編纂第二冊。之後，大量擴充材料，增加其他中國
古今故事集、佛經及外國故事已經譯成漢文出版者，建型歸類，彙成一編，
名為《民間故事類型索引》」〔註47〕，此書於 2007 年 2 月出版。

〔註45〕同註38，頁15～16。
〔註46〕這兩本書分別於2000年1月、2002年3月由台北市中國口傳文學學會出版。
〔註47〕同註22。

　　金氏的《民間故事類型索引》（共三冊，簡稱 ATK）〔註48〕，書中採用的資料包括目前所見中國民間故事的三大套書：《中國民間故事集成》中二十一省市卷本、《中國民間故事全集》（四十冊）、《中華民族故事大系》（十六冊）及古今書籍 19 餘種，外國故事集 74 種，總共 93 種 188 冊，從 7500 多篇故事中歸納出 794 個類型。就 AT 分類而言，這是在丁氏書之後，第二部以 AT 分類法分類中國民間故事的工具書；就使用者而言，則是第一部為中國民間文學工作者所編以中國民間故事為主的世界民間故事的 AT 分類索引。

一、《民間故事類型索引》的取材〔註49〕

　　《民間故事類型索引》所謂的「民間故事」是指廣義的民間散文敘事，包括神話、傳說、民間故事等。其資料取材，包括中國的漢族群、少數民族及台灣原住民族的故事，還有外國的故事集等。以下概述取材資料的情況。

　　（一）《中國民間故事集成》

　　書中採用的《中國民間故事集成》計有二十一省市卷本：

　　吉林卷（1992.11）、遼寧卷（1994.09）、陝西卷（1996.09）、
　　浙江卷（1997.09）、四川卷（1998.03）、福建卷（1998.12）、
　　江蘇卷（1998.12）、北京卷（1998.11）、山西卷（1999.03）、
　　寧夏卷（1999.06）、海南卷（2002.09）、西藏卷（2001.08）、
　　河南卷（2001.06）、甘肅卷（2001.06）、廣西卷（2001.12）、
　　雲南卷（2003.05）、河北卷（2003.01）、湖北卷（1999.09）、
　　江西卷（2002.12）、貴州卷（2003.05）、湖南卷（2002.12）。

《中國民間故事集成》的材料主要來自北京的中國民間文藝研究會（現名為中國民間文藝家協會）在 1984 年推動並主辦全國性的民間文學普查活動，採錄各講述家的口述資料；另一部分選自"五四"以後七十多年間民間文學搜集家們在不同時期採錄的作品，不僅採集面極廣，並且十分深入，可說是中國大陸 1990 年前後的採錄成果，所以《中國民間故事集成》在地域和民族方面都有其普遍性及代表性。

〔註48〕「ATK」是指金榮華先生的著作。前面的「AT」是指採用 AT 分類法系統，後面的「K」是指姓氏，因金先生早年留學法國，姓氏採用法文的華語拼音系統為「King」，故簡稱「ATK」。

〔註49〕參見金榮華：《民間故事類型索引》（台北：中國口傳文學學會，2007 年 2 月），「引用書目」，頁 881～893。

《中國民間故事集成》總序說：「作為全面反映中國民間故事狀況的權威性版本，所選印的作品，總體上說是各地區、各民族口頭流傳的優秀故事的忠實記錄，這些作品既具有鮮明的民族性和突出的藝術特色，是文學欣賞和借鑑的藝術珍品；又有很高的科學價值，是民間文藝學和其他有關學科的寶貴的研究資料。《中國民間故事集成》集現階段流傳於中國各族人民口碑之中的民間故事之大成，在普查、採錄、甄選、編定等每一個環節上都凝聚著許多人的心血，這項工作確實是我國民間文學事業上一項空前浩大的系統工程。」〔註50〕這足以說明故事集成的故事揀選與整編之嚴謹，不論就其普查地域之廣、講述族群之多、採錄故事數量之大，皆堪稱是 1984 年之後中國最具有代表性的民間故事選集。

（二）《中華民族故事大系》

1995 年 12 月上海文藝出版社出版的《中華民族故事大系》，全套書共分十六卷，收輯精選包括漢族在內的五十六個民族優秀的代表性的故事作品共 2500 餘篇，凡一千二百萬字。本書所收作品，大部分是第一次公開發表，其中絕大多數作品是專門為編本書而搜集的，有些民族的作品是第一次以文字形式在書中出現。〔註51〕除了為人們提供一份優秀文學讀物外，還作為民族文化的積累，提供豐富有價值的文化史資料。

此套書前後歷時十五年的時間，組織各地區、各民族的 7000 多位民間文學搜集者採錄、整理、編選而成，是在故事集成之前中國出版的規模最大、收錄故事最多的民間文學總集。「編者在編選時，既考慮到每一個民族的代表性作品，同時又顧及到內容、形式的多樣化，以求反映出每一個民族民間故事的概貌。這套故事大系叢書，實為二十世紀八○年代以來大陸各地區、各民族採錄民間故事的集大成者。」〔註52〕這也是中國大陸目前最有系統出版的少數民族民間故事叢書。

（三）《中國民間故事全集》

台北遠流出版社於 1989 年 6 月出版《中國民間故事全集》，這套書共有

〔註50〕 《中國民間故事集成》總序，頁 1。
〔註51〕 參見《中華民族故事大系》（上海：上海文藝出版社，1995 年 12 月）出版說明，頁 1～2。
〔註52〕 劉錫誠：《二十世紀中國民間文學學術史》（河南：河南大學出版社，2006 年 10 月），頁 727。

四十冊，是收集近七十年來，海內外以專書印行、或登載於報刊雜誌上之各
省漢族民間故事，少數民族則僅收集已翻譯成漢文之作品。按不同省分和種
族集中起來統一分類，再在各類中選出具有代表性、地域性、或民族特色較
強，而且兼具較高藝術價值的作品所編成。〔註53〕

（四）中國古籍

金氏蒐羅中國古籍加以分析歸類，有記錄漢代風俗的《風俗通義》；記載
作者見聞，多朝野遺聞軼事的《山居新話》；還有清官斷案的《百家公案》；
呈現鬼怪故事及民間奇聞趣事的《耳食錄》等書。

（五）台灣離島地區與原住民族民間故事

台灣離島地區與原住民族民間故事的取材資料是金氏於 1988 年到 2000
年之間，帶領研究團隊進行民間故事採集與整理的成果。採集的地區有離島
的金門、澎湖兩地；另外對原住民族口傳文學的採錄則遍及北台灣的桃竹苗、
烏來；南台灣的高屏地區；東台灣的花蓮、台東等地。資料成果結集出版的
故事集有：《台東卑南族口傳文學選》、《台東大南村魯凱族口傳文學》、《金門
民間故事集》、《台北縣烏來鄉泰雅族民間故事》、《台灣高屏地區魯凱族民間
故事》、《澎湖縣民間故事》、《台灣桃竹苗地區民間故事‧泰雅族》、《台灣花
蓮阿美族民間故事》、《台灣賽夏族民間故事》等書。

（六）外國故事集及其他

金氏也蒐羅各國已譯成漢文的民間故事加以分析歸類，如《一千零一
夜》、《格林童話全集》、《伊索寓言》、《意大利童話》、《日本民間故事選》、《尼
泊爾民間故事》、《印度民間故事集》、《阿拉伯民間笑話》、《俄羅斯民間故事
選》、《法國傳奇故事》、《斯洛伐克民間故事精選》、《葡萄牙民間故事選》等
書。故事囊括的地區有：

1. 亞洲地區：

印度、巴基斯坦、尼泊爾、韓國、日本、越南、菲律賓、泰國、緬甸、
寮國、柬埔寨、馬來西亞、印尼、斯里蘭卡、阿富汗、伊朗、伊拉克、
敘利亞、黎巴嫩、沙烏地阿拉伯、以色列、俄羅斯、哈薩克、塔吉克、
烏茲別克、土庫曼、土庫曼、亞美尼亞。

〔註53〕節錄自《中國民間故事全集》（台北：遠流出版社，1989 年 6 月），前言、凡
例。

2. 歐洲地區：

烏克蘭、愛沙尼亞、立陶宛、波蘭、捷克、斯洛伐克、匈牙利、羅馬尼亞、南斯拉夫、塞爾維亞、馬其頓、土耳其、希臘、芬蘭、瑞典、挪威、丹麥、英國、愛爾蘭、德國、意大利、法國、西班牙、葡萄牙。

3. 美洲地區：

美國、海地、巴拉圭、墨西哥、古巴、牙買加、加勒比海地區、巴西、阿根廷。

4. 非洲地區：

埃及、奈及利亞、衣索比亞、馬達加斯加、東非、北非、南非等地。

此外還有佛經及其他書籍：如《佛本生》、《五卷書》、《毘奈耶雜事》、《雜寶藏經》、《舊雜譬喻經》、《六度集經》、《生經》、《故事海》、《大莊嚴論經》、《百喻經》、《經律異相》、《賢愚經》、《韓國文獻說話全集》等。

丁乃通索引採用的資料大致是 1970 年以前發表的，金氏的參考書籍除了 1990 年前後的採錄成果《中國民間故事集成》，還擴及《中華民族故事大系》、《中國民間故事全集》、其他中國故事集、中外古籍、外國故事集、佛經等書。金著正是對丁氏成書後各地採錄刊行大量的故事資料作一綜合檢索，這不僅使這些民間故事獲得保存，也使從事民間故事相關研究者獲得更寬廣的觀察視野。

二、《民間故事類型索引》的編排

金氏《民間故事類型索引》列入的故事類型總共 794 個，分類的原則與型號編排是以阿爾奈（Antti Aarne）和湯普遜（Stith Thompson）的《民間故事類型》（The Types of the Folktale）及丁乃通的《中國民間故事類型索引》為基礎。本書除正文外，前有目錄、凡例、前言、分類架構；後有檢索總目、內容總目、關鍵詞索引（筆劃、漢語拼音）、新增類型總覽、引用書目等，金氏在「凡例」中對故事分類原則和編排方式作了詳細說明〔註54〕：

> 1. 本書之分類及型號皆以阿爾奈（Antti Aarne）和湯普遜（Stith Thompson）之《民間故事類型》（The Types of the Folktale, Helsinki, 1973）（簡稱 AT）及丁乃通之《中國民間故事類型索引》（北京，

〔註54〕 參見金榮華：《民間故事類型索引》（台北：中國口傳文學學會，2007 年 2 月），凡例。

1986）爲基礎。若有變動，皆作互見說明。

2. 不見上列兩書之新類型，無論中外，皆依 AT 之分類原則編號，總表見於附錄，正文不個別標明其爲新設。

3. 各則故事類型之提要皆重新撰寫，西方故事，間或參考尤瑟〔註55〕（Hans-Jörg Uther）之《國際民間故事類型》（*The Types of International Folktales*, Helsinki, 2004）。

4. 本書檢索之材料，中國故事以二十世紀後半採錄成書者爲主；外國故事以譯成漢文出版者爲原則，成書時間不拘。

5. 各類型之故事出處，排列秩序如下：

   (1) 集成（＝中國民間故事集成）

   (2) 全集（＝中國民間故事全集）

   (3) 大系（＝中華民族故事大系）

   (4) 其他

   (5) 外國

   (6) 所錄故事出處，凡古籍有多種版本者，列卷數與篇名，或卷數與故事序號；譯本有多種者，除所據版本之頁碼外，亦兼列篇名或故事序號。

金氏的類型故事提要是採取文章式書寫，不同於 AT、ATT 兩書，如 851〔猜不出謎語的公主〕〔註56〕：

> 公主擇婿，條件是對方必須出一個她猜不出的謎語。有個青年去應徵，公主猜不出他的謎語，半夜到青年的臥室去偷聽青年的夢囈，希望能得知謎底。青年假裝做夢，讓公主知道了謎底，但留下了公主的大衣。第二天公主說出謎底時，青年拿出公主的大衣證明那是他告訴公主的，公主祇好承認，也答應和他結婚。

《民間故事類型索引》的每則故事類型，所列的資料有：類型型號、類型名稱、故事提要、引用篇目（包括出處、篇名、族別、複合故事之型號、頁碼）等。若故事出處內容相同者以等號標示，如 1529〔騙子偷驢〕〔註57〕（（捷克）強盜的未婚妻，84 頁＝三朵白玫瑰，272～273 頁）；要是故事的角色不同，

〔註55〕Hans-Jörg Uther, *The Types of International Folktales*, Helsinki, 2004.這是德國學者尤瑟依 AT 分類法編寫的故事類型索引，新增 250 餘個故事類型。

〔註56〕同註 22，頁 307。

〔註57〕同註 22，頁 545。

在篇目後加註；複合型故事則在篇目後面以「+」標示；若屬於調整的類型編碼，分別以「故事型號原作」（原 AT 書）、「丁氏此碼作」（原 ATT 書）註記作互見說明；相關聯的故事類型，在故事提要以參見方式註明，如：

360〔和魔鬼的交易〕〔註58〕

兄弟三人接受魔鬼的一筆錢，約定在一定時期內祇說三句話：「我們三個人」、「為了錢」、「說得對」。他們起初不願意，但魔鬼保證不會傷害他們，目標另有其人。稍後，兄弟三人出外旅行，投宿的旅舍是黑店，店主謀財害命，卻誣賴他們三人，因為他們祇會說那三句話，認定他們是傻瓜。他們三人發現了主人的罪行，可是受限於這段時期內祇能說那三句話，法官認為他們是認罪了，於是被判了死刑。到了行刑的那天，他們和魔鬼約定的禁語期滿了，魔鬼也出現了。他們立刻為自己辯護，指出店主才是兇手，並且提出證據。結果店主被處死，魔鬼則滿意地取走了店主的靈魂。（參見型號 1697、1697A）

1697〔三句外國話〕

三人去外國旅行，祇會說三句那國的話。不幸那裡發生了命案，別人詢問他們時，他們用僅會的三句話作答：「我們三個人」、「為了錢」、「說得對」，因此被控謀殺罪起訴。（參見型號 360、1697A）

1697A〔三句官話〕

一個人學了幾句官話（北京話），如「是我」、「我自己」、「這個當然」等，覺得很神氣，遇到事情總用這些話回答。有些場合這些話還適用，後來遇到命案，這些話便使他成了嫌疑犯或被定了罪。

（參見型號 360、1697）

書中除了標示中國故事篇目外，還並列外國故事篇目，使用者檢索時即可判斷此類型故事為中國所特有或具有國際性，有助於做同類型故事的研讀與比較。引用的篇目還註明流傳地區和族名，〔註59〕對於民間文學工作者瞭解故事流傳的區域、族群、傳播途徑等有相當助益。按此編排原則，《民間故事類型索引》的內容例舉如下：

<hr>

〔註58〕同註22，頁135、618。
〔註59〕丁乃通《中國民間故事類型索引》引用篇目的流傳地區或族名是標示在「參考書目」，檢索資料時需進一步查核，相較之下金著在使用上較為方便。

433D 蛇郎君〔註60〕

一個老人誤採蛇的花朵，或蛇幫他拾回失落的斧頭。老人有三個
女兒，蛇要老人把其中一個嫁給牠。三個女兒中只有小女兒爲解
老父之憂而嫁蛇，嫁後蛇恢復了人形，夫妻生活美滿。但這引起
大姐的嫉妒，把妹妹引到井邊照影而把她推落井中淹死，並冒充
她到蛇郎家中。妹妹的亡魂則變形爲一隻鳥，譏諷她的姐姐。鳥
被姐姐殺死後，從鳥屍長出一棵竹子，姐姐用來製成床或椅，但
一坐上去就跌倒。姐姐把床或椅燒掉，結果火星蹦瞎了她的眼；
或亡魂又變成一條蛇咬死了姐姐。在諸如此類的連續變形以後，
女主角變回人形，設法讓丈夫認出，夫妻團圓。

集成

四川：〈蛇郎〉483－484 頁：異文 484－487 頁

　　　　〈蛇郎〉（彝族）858－860 頁

　　　　〈蛇大哥〉（羌族）1172－1174 頁

　　　　〈癩疙寶的故事〉（+440A）（羌族）1174－1177 頁

浙江：〈嫁蛇郎〉605－606 頁

　　　　〈爛良心變豬狗〉606－609 頁

陝西：〈柴郎哥〉493－494 頁

（以下從略）

全集

01 台灣：〈蛇郎〉243－246 頁

11 雲南（五）：〈七姐妹割草〉（傈僳族）84－96 頁

12 貴州（一）：〈嘰啾桂〉（水族）370－377 頁

（以下從略）

大系

01：〈菜瓜蛇的故事〉268－270 頁

　　　〈蛇郎〉295－304 頁

　　　　〈五姐兒〉（回族）849－853 頁

03：〈小蘭光〉（彝族）228－231 頁

〔註60〕同註22，頁 154～157。

〈美孃與厄紹〉（布依族）773－778 頁

（以下從略）

其他

廣東民間故事，1－5 頁

澎湖民間故事，193－196 頁

台灣高屏地區魯凱族民間故事，67－76 頁（三則）

台東卑南族口傳文學，71－74 頁（虎）

（以下從略）

外國

（日本）日本民間故事，279－281 頁

（緬甸）外國民間故事，53－60 頁

（以下從略）

書中的「分類架構」提供了 AT 分類法的架構概念，而「檢索總目」、「內容總目」則提供檢索各類別與類型故事。例舉如下：

檢索總目

一、動植物及物品故事

    1. 野獸

    2. 野獸和家畜

    3. 人和野獸

    4. 家畜

    5. 禽鳥類

    6. 魚類

    7. 其他

    （以下從略）

內容總目

一、動植物及物品故事　1－299

1－99　野獸

    1　狐狸裝死為偷魚

    1*　（狐狸偷籃子）→1A

    1A　兔子裝死誘人撿

2　　用尾巴釣魚上大當

2A　尾巴被凍住　就要吃苦頭

3　　狐狸騙大熊　奶油稱腦漿

5　　謊稱腳為棍

（以下從略）

金氏在「檢索總目」下，特地將「神奇的藥方」提舉與「神奇的寶物」並列，這是考量一般人較不易判斷藥方是歸屬在「寶物」類的緣故。另外書後的「關鍵詞索引」可提供華文地區與外籍人士從「筆劃」或「漢語拼音」來檢索故事類型型號，如下列：

關鍵詞索引（筆劃）

女婿（三劃）

貧窮的三女婿妙言勝連襟，922A.1.

向丈人借穀種而懂得了要深耕勤耨，971.

認為布機有四條腿，應該自己走，1291D.

戲偷丈人的財物，1525V.

傻女婿學人講話，歪打正著，1696C.

（以下從略）

關鍵詞索引（漢語拼音）

螞蟻（M）

擊敗大動物，281A.

感人救命之恩而助人脫險，554.

爬滿用血寫的字上被誤認為是神仙顯靈，784.

帶線穿越九曲珠的孔道，851A.1.

莽漢用拳頭打螞蟻，1092A.

（以下從略）

綜上所述，從金著的每個故事類型都能看出以下幾項要點：

1. 藉由故事類型名稱、故事提要能瞭解每個故事類型的故事大要。

2. 書中以互見方式連結 AT、ATT 原型號與調整後的型號，使檢索者能掌握型號的會通情況。

3. 引用篇目資料呈現故事流傳的族群、區域及與其他故事複合的情形，突顯該故事為中國所特有或具國際性的類型性質。

4. 藉此書可掌握及瞭解近年來中國民間故事的採錄、流傳概況與其他各國的分布情況，有助於民間文學工作者進行跨國與跨族群比較研究的開展與國際視野。

第三節　金榮華新增的民間故事類型與調整的型號

金榮華的《民間故事類型索引》雖是以阿爾奈和湯普遜的《民間故事類型》（*The Types of the Folktale*）以及丁乃通的《中國民間故事類型索引》為編排基礎，然對前兩者的類型類目、編碼作了若干調整，金氏新增的類型有 151 個，對 AT 型號調整有 75 個，對 ATT 型號調整有 114 個。

一、新增的民間故事類型與性質

對於民間故事的類型未見於 AT 書者，金氏依據實際所見的民間故事擬定新型號和名稱，如型號 776〔落水鬼仁念放替身〕、779D〔天雷獎善懲惡媳〕等，以顯見中國民間故事的特色。金氏新增的民間故事類型可分「新增的數字型號」、「新增的故事類型」兩部分，以下分述之。

（一）新增的數字型號

1. 1306〔貪婪者的笑話〕

金氏增設此型號以統攝貪婪者之各型笑談。如：

1306A〔貪心人殺雞取卵〕〔註61〕

　　一個貪心的人得了一隻下金蛋的母雞，嫌牠每天祇下一個蛋太少太慢，就把牠殺了，想把牠肚裡的金蛋一次都取出，但是發現雞肚裡祇有一個蛋，或根本沒有蛋。或是一個貪心的人得到一隻能下金子的貓或狗，為了讓牠多下金子，就拚命餵食，結果把牠脹死了。

案：此故事型號 ATT 原作 1305F〔殺鵝取卵〕〔註62〕，然 1305 編號下都是守財奴類的故事，故金氏新增設 1306 以統攝貪婪者之各型笑談，也將此故事調整型號，名稱改為〔貪心人殺雞取卵〕。

〔註61〕同註 22，頁 498。
〔註62〕丁乃通著；鄭建威等譯：《中國民間故事類型索引》（北京：中國民間文藝出版社，1986 年 7 月），頁 344。

1306B〔貪吃者的遺憾〕 〔註63〕

貪吃者臨死還遺憾在一次酒宴上沒吃到盤中的最後一塊肉，有人問他為什麼不趕緊拿？他說：自己手上已有一塊。那人說：為什麼不趕緊把手上那塊吃了呢？他說嘴裡正在嚼著一塊。那人又說，那麼趕快吞下去不就行了。他說當時喉嚨裡也已有了一塊。

1306B.1〔貪吃者責人貪吃〕 〔註64〕

兄弟兩人赴宴，弟弟貪吃，肚子太撐，以致抬不起腿來跨門檻。哥哥見了很生氣，罵他太貪吃。還說：「要不是我吃太飽走不動，真要來打你兩巴掌！」

2. 1144〔其他讓惡魔上當的故事〕

金氏新增此型號以統攝其他讓惡魔上當的故事。如：

1144A〔群魔爭法寶〕 〔註65〕

三個鬼怪或巨魔為了三件法寶在爭吵，那是一隻要什麼有什麼的袋子，一根百戰百勝的棍子，一雙穿了可以飛行的鞋子。一人經過，問知原因後，願意為他們公平處理。他提出的辦法是賽跑，跑得最快的可以先選所要的，或是獲得全部。待眾魔跑遠，他便穿上鞋子，拿起袋子和棍子飛走了。

案：此故事型號 AT 原作 518〔巨人戰勝法寶〕 〔註66〕，屬於「各種神奇的幫助者」類，故事說有個人使用計策使眾魔跑遠，乘機拿走他們的寶物。金氏調整歸類另立新型號 1144A，名稱改為「群魔爭法寶」。

1144B〔怕金子的人〕 〔註67〕

人與鬼怪鬥智，讓鬼怪誤以為他最害怕的是金子，於是鬼怪便把大量的金子搬去他家嚇他，他因此而成了富人。或是農夫故意讓鬼怪以為他喜歡田裡有石塊而討厭肥料，結果鬼怪把田裡的石塊都搬走而倒滿了肥料，讓他種了一季好收成。

案：此故事型號 ATT 原作 1153A*〔怕金子（食物）的人〕 〔註68〕，屬於

〔註63〕 同註22，頁498～499。
〔註64〕 同註22，頁499。
〔註65〕 同註22，頁470。
〔註66〕 Stith Thompson, *The Types of the Folktale*（Helsinki, 1981）pp.186～187.
〔註67〕 同註22，頁471～472。
〔註68〕 同註62，頁330。

「笨魔受驚」類。故事說人與惡魔鬥智，人使惡魔上當，耕作獲得豐收。金氏調整歸類另立新型號1144B，屬於「其他讓惡魔上當的故事」類。

（二）新增的故事類型

金氏根據引用書目的資料，歸納擬定之前 AT、ATT 兩書所沒有的故事類型，計有動物故事29個、一般的民間故事86個、笑話36個，總共151個。金氏新增的故事類型簡目如下：

一、動植物及物品故事

野獸

8A.1	熊被塗黑了身體
8C	膠水爲藥封狼眼
9A.1	兔子撐山岩　群獸驚逃命
47D.1	狐假虎威
51C	水獺爭魚請狼分
64A	大家都斷尾　誰也不笑誰

野獸和家畜

105A	貓的看家本領沒有教
111 C.1	牛和老鼠比誰快
122F.1	等我生了孩子一起吃
122Z.1	兔子帶狼去喝喜酒
138	水牛塗泥鬥猛虎

人和野獸

156E	老虎報恩　搶親做媒
159A.2	老虎誤含火槍管
176B	人唬走了老虎

家畜

201G	義犬救護幼兒

禽鳥類

221C	誰先看到日出誰稱王
221D	誰能抓物飛得快且高
239A	禽鳥裝死脫牢籠

魚類

250B　　鯨魚和海參的比賽

255　　　鱔魚挑撥生是非

其他

275E　　其他各種動物之賽跑

277A.1　青蛙要比誰的喊聲響

284　　　獸借頭角不肯還

284A　　老鼠借牙不肯還

284B　　蝦子借眼

284C　　動物交換肢體或器官

285E　　有緣千里來相會

286A.1　禽鳥救人反被殺

293C　　樹幹樹葉爭功勞

二、一般民間故事

甲、幻想故事

神奇的親屬

神奇的丈夫

430F　　靈犬醫病娶嬌妻

430F.1　靈犬殺敵娶嬌妻

430F.2　犬取穀種得嬌妻

433D.1　豹丈夫

奇異的難題

其他難題

465E　　青年來求婚　女父出難題

神奇的幫助者

動物的幫助

542A　　貓唱歌

550B　　慎言又有禮　動物也歡喜

551A　　兒子為母尋織錦

神奇的寶物

各種寶物

598A　　猴子抬瓜誤抬人　以為瓜爛拋山谷

三、笑話、趣事
　傻瓜的故事
　　　1242D　　傻子運貨　壓死馱馬
　　　1251　　　杞人憂天
　　　1267　　　傻瓜以物易物　結果盡失所有
　　　1305D.3　守財奴死後還盤算
　　　1305D.4　寧死也要一文錢
　　　1305E.2　小氣鬼請客
　　　1306B　　貪吃者的遺憾
　　　1306B.1　貪吃者責人貪吃
　　　1321B.1　誤把自己奔走時弄出的聲音當追兵
　　　1341D　　偷米不著反失褲
　夫妻間的笑話和趣事
　　夫妻間的趣事
　　　1375D.1　真正怕老婆的人
　　　1375F　　要面子的怕老婆丈夫
　　笨丈夫和他的妻子
　　　1408C　　我夫何必學牽牛
　女人的笑話和趣事
　　男人求妻的笑話
　　　1457C　　媒婆巧言施詭詐
　　　1471　　　臭頭皇后
　　其他的婦女趣事
　　　1502　　　粗心少婦抱錯嬰
　男人的笑話和趣事
　　聰明人
　　　1526C　　巧計連環騙財物
　　　1526D　　偽裝老實竊鉅款
　　　1530A.1　我來替你抱孩子
　　　1558A　　付理髮錢
　　　1559　　　抬槓

　　1619A　　花言巧語說當年

　　1619B　　吃魚

　<u>幸運的意外事件</u>

　　1662　　　陰錯陽差立大功

　<u>笨人</u>

　　1681D.1　為沒有的東西爭吵

　　1696E　　傻瓜學舌鬧笑話

　　1696F　　傻瓜學詩　詠錯對象

　　1696G　　無論怎麼說都不對

　　1696H　　愈說愈糟

　　1721　　　文盲看告示　不懂裝懂被戲弄

　<u>各行各業的笑話和趣事</u>

　　1862G　　妙郎中以笑治病

　　1863　　　高手畫像

　<u>說大話的故事</u>

　　1920B.1　不敢說謊

　　1920D.2　吹牛能自圓其說

　　1950B　　懶漢偷懶　看誰先說話

　　1951A　　懶惰夫妻

在這些新增的故事類型中，有些類型的擬定，是因應解決某些情況的，如：

1. 105A〔貓的看家本領沒有教〕

　案：ATT 105〔貓的看家本領〕與 AT 105〔貓的唯一詭計〕的故事情節不
　　　同，〔註69〕故金氏另新增類型 105A〔貓的看家本領沒有教〕。

2. 47D.1〔狐假虎威〕

　案：AT 47D 與 ATT 101*型號述說的是同樣的故事〔註70〕，ATT 型號 101*
　　　〔狗要模仿狼〕的故事提要則包括「狐學虎」（I、IIa.）與「狐假虎威」

〔註69〕參見（1）Stith Thompson, *The Types of the Folktale*（Helsinki, 1981）p.44。（2）丁
　　　乃通著；鄭建威等譯：《中國民間故事類型索引》（北京：中國民間文藝出版
　　　社，1986 年 7 月），頁 16～17。

〔註70〕參見（1）Stith Thompson, *The Types of the Folktale*（Helsinki, 1981）p.30。（2）丁
　　　乃通著；鄭建威等譯：《中國民間故事類型索引》（北京：中國民間文藝出版
　　　社，1986 年 7 月），頁 15～16。

（IIc.）不同的故事情節，故金氏新增類型 47D.1〔狐假虎威〕，以示與 47D〔不自量力狐學虎〕類型故事的不同。

3. 844C〔龍宮歲月非人間〕（浦島太郎）

案：日本池田弘子在《A Type and Motif of Japanese Folk-Literature》訂此型爲 470*（奇異的難題類），而 AT 470*的故事內容應是 844B〔仙境艷遇不知年〕，[註71] 故金氏將此故事型號訂爲 844C，型名爲〔龍宮歲月非人間〕。

4. 1341D〔偷米不著反失褲〕

案：此型故事原是 ATT 1341C〔可憐的強盜〕之(g)情節[註72]，故事概要是說：他和他的妻子只有很少一點米在家裡，假裝沒有注意賊進了家，他們在床上說想把米運出去最好是把米灌進褲腳管裡去（或是賊自己想出了這個辦法），當賊脫下他的褲子或解下他的圍裙要去盛米時，他們偷了他的褲子。這個賊找不到他的褲子，就喊：「現在我真的遇到賊了。」因這情節有別於其他，故金氏另新增類型 1341D〔偷米不著反失褲〕。

（三）新增故事類型的性質

金氏新增的故事類型，充分彰顯中國社會文化風俗的特色。以下分述之。

1. 反映中國人道德觀

這類型的故事大都是反映中國人不損人利己、善行有善報的道德觀。如：

750C.2〔勤勞善心女　神仙賜財寶〕[註73]

一位勤勞的姑娘，受繼母虐待，被棄於山林中。她在林中被一位老奶奶收留。由於她勤勞有禮，在她想回家看父親時，老奶奶給她一隻箱子，到家後打開一看，裡面都是珍寶。繼母看了眼紅，叫她自己的女兒也去山林中找那個老奶奶，但由於這個女孩的懶惰和無禮，老奶奶讓她帶回去的箱子裡，裝的是一條大毒蛇。

〔註71〕參見(1)Hiroko Ikeda, *A Type and Motif Index of Japanese Folk-Literature* (Helsinki, 1971) pp.119～120。(2)Stith Thompson, *The Types of the Folktale* (Helsinki, 1981) p.162。

〔註72〕同註 62，頁 354。

〔註73〕同註 22，頁 279。

751B.1〔私心造橋人變驢〕〔註74〕

有個年輕人過一小河上山打柴，河上無橋，想到眾人來往不便，就用打來的柴在河上架一便橋。此舉贏得了眾人的誇讚，也獲得仙人的嘉許，便助他進京應考和返鄉做官。年輕人心想：用一擔柴搭個便橋，便換來這樣的富貴，如果在河上做一大石橋，豈不更有厚報！於是憑藉官勢，強迫農民荒了農田來替他造橋，弄得怨聲載道。大橋造成後，仙人把他變成了一頭驢。

751F〔出米洞〕〔註75〕

有一個山洞，每天會流出白米供山中僧人或來避難者煮食，有幾人就流出幾人份的量。後來有一人貪心，想有多餘的米拿去賣，便把洞鑿大一點，或是有人不知愛惜，任意糟蹋，於是就再也沒有米流出來了。

中國的民間信仰是大家相信人死後是進入了另一個世界——陰曹地府，那個世界也是有官吏在治理的，治事的官吏和陽世的一樣，有的公正廉潔，有的貪贓枉法。於是與之有關的故事便一一產生。如「討替身」、「上天」、「城隍」，以及一些中國傳統中鬼神世界裡的鬼神關係等，是完全不見於西方傳統的。〔註76〕然而鬼神世界裡仍存有「不損人利己」的道德觀，如：

776〔落水鬼仁念放替身〕〔註77〕

一名漁夫和落水鬼交了朋友。一天，落水鬼告訴他，第二天將在某處討得替身，特來告辭。漁夫第二天便去躲在一旁觀看，果然有一名婦女，抱一嬰兒走來，不慎跌入河中，嬰兒則被拋在岸上哇哇大哭。不料那名婦女在河中浮浮沉沉以後，便爬上河岸，抱起嬰孩走了。當天晚上，落水鬼來和漁夫說，他不再離去了，因為那名婦女是來替代了，但她有一個嬰孩，母親若死，孩子無人撫養，也必死無疑，為了替代一人而喪兩人生命，於心不忍，所以就放棄了。可是過了幾天，落水鬼又來辭行，原來是上天獎賞他對婦女和嬰兒的一念之仁，授命他去別處擔任土地或城隍，要漁夫有空時去看他。後來漁夫去探望他，他托夢給鄉人好好招待

〔註74〕同註22，頁280～281。
〔註75〕同註22，頁281。
〔註76〕金榮華：《中國民間故事與故事分類》，頁106、304～305。
〔註77〕同註22，頁285。

漁夫，並且有所饋贈。

776A〔漁夫義勇救替身〕〔註78〕

　　一名漁夫和落水鬼交了朋友。一天，落水鬼告訴他，第二天將在某處討得替身，特來辭別。漁夫聞知後，即於次日前往阻撓，救下替身。當晚水鬼來責怪漁夫，漁夫好言勸慰。一連幾次以後，天帝以落水鬼長年不傷人命，升爲城隍；或是特准他去投胎爲人，不用再找人替代。

　　中國人相信家族與個人的運勢常與風水寶地有關，所以人們喜歡講述攸關風水的傳說。〔註79〕金氏新增的779E〔涼水加糠有功德〕故事類型，故事裡的「爲善積德不怕壞風水」觀念，則強調人們對善行的肯定。如：

779E〔涼水加糠有功德〕〔註80〕

　　一個風水先生在大熱天趕路，口渴難耐，便向路旁一家的農婦討口涼水喝。這婦女把水遞給他時，順手在水上放了一小撮糠皮。風水先生很生氣，認爲是在作弄他，但也無奈，祇好輕輕吹開浮在水面的糠皮後，慢慢地把水喝了。走時他要報復這個戲弄他的婦女，便說明他會看風水，願意替她選一塊吉地安葬她祖先的骨骸。其實他選的是一塊絕地，葬了祖先的骨骸，幾年內就家敗人亡。過了幾年，這個風水先生又路經該地，見到那個農家非但沒有絕掉，反而是很興旺、很富裕。他十分不解，向農婦問爲什麼給人喝水時放米糠。農婦說：在大熱天趕路的人氣急血旺，這時候大口急飲涼水會內傷；放一點米糠在水面，喝的人要吹開了才能慢慢喝，這樣氣就漸漸順了，不會傷身。風水先生聽了，才明白這農婦是好心有好報，爲善積德，壞風水對她沒有影響。

2.反映中國傳統家庭問題

　　子嗣對中國人來說是極爲重要，這不僅是基於生產力的考量，也攸關整個家族的傳承。如丁乃通 980A*〔智服伯母〕〔註81〕故事類型即爲一例，金

〔註78〕同註22，頁286。

〔註79〕參見(1)姜佩君：《澎湖民間故事研究》（台北：里仁書局，2007年12月），第六章第二節「風水傳說」。(2)唐蕙韻：《中國風水故事研究》，中國文化大學中國文學研究所博士論文，2004年。

〔註80〕同註22，頁290。

〔註81〕同註62，頁321。

氏新增與這個觀念相關的故事類型，如：

985A〔先救別人的孩子〕〔註82〕

　　一名婦女在逃難時帶著兩個孩子，一個是她所生，一個是別人的
　　孩子。後來在危急時，她決定先救別人的孩子，因為那個孩子的
　　父母雙亡，她要為那個家族保留後代。

中國人「不孝有三，無後為大。」的觀念在這類故事中充分顯現。在中國家
庭的人倫關係，講求「孝悌」，然而實際生活裡卻有許多忤逆子，其作為常令
親人痛心，這種故事在民間被講述的情形也極為普遍，不過故事常是強調「浪
子回頭金不換」，而以逆子受罰或痛改前非作結。如金氏新增的故事類型：

980C.1〔家中老母就是佛〕〔註83〕

　　逆子對母親動輒打罵。一天，他去廟中求佛庇佑，老僧告訴他，
　　佛在他家中，斜披衣衫倒穿鞋的人就是，不必來廟中求。這人半
　　夜回家敲門，他母親睡中被驚醒，怕開門遲了被兒子罵，慌忙披
　　了一件衣服倒跂著鞋子來開門。兒子進屋一見，忽然感悟，向母
　　親跪了下去，從此痛改前非，成為孝子。

980C.2〔不孝子欲孝鑄大錯〕〔註84〕

　　逆子懶惰好賭，吃飯還嫌熱嫌冷。母親勸他，或是沒有錢給他
　　去賭，就時時被毆。後來逆子感悟，決心改過，要好好種田，也
　　要好好孝敬母親。第二天，他下田耕作，母親中午替他送飯去，
　　他遠遠看見，趕緊跑過去接飯，匆忙中沒有放下手中的牛鞭。他
　　母親見他拿著鞭子急急朝自己迎來，以為她送飯遲了，兒子的逆
　　性又發，心裡一害怕，放下飯籃就往回跑，但腳下一滑，摔下田
　　埂，頭撞到石塊，竟跌死了。逆子既悔恨，又傷心，安葬母親後，
　　刻像供奉，或是哭死在母親的墳前。

982A〔五子爭父〕〔註85〕

　　有一老農，妻子病故，兩個兒子和媳婦都不孝。一天，老農拾到
　　一包趕路書生遺失的銀子，待書生來尋時還給了他。他的兒子媳

〔註82〕同註22，頁433。
〔註83〕同註22，頁422。
〔註84〕同註22，頁423。
〔註85〕同註22，頁429。

婦知道後，對他不斷責罵。他一氣，就離家出走，乞討度日。後來老農被別村的兩兄弟認做乾爹，這兩兄弟因家中有老農照顧，專心工作，家境日漸富裕；或是老農無意中得到無主藏銀，幫兩兄弟創業致富。老農的兩個兒子知道後，便來認爹，要爹回去住。但老農不願，兩個乾兒子也不肯，最後鬧進官府。不料縣官竟是當年失落銀兩的書生，見了老農，也認他做乾爹，要接他同住，並且責罰了他的兩個忤逆兒子。

982B〔假死拆穿假孝順〕〔註86〕

子女分家後不願老父生活，兒子對他刻薄，出嫁的幾個女兒見他去了也都託辭不留他吃飯。但聽説老父死了，她們來哭喪時則紛紛誇稱父親去看她們時受到了多麼好的招待。不料父親是假死，立刻起來把她們大罵一頓，拆穿了她們的假孝順。

982C〔弄巧成拙　劣子遵遺言〕〔註87〕

有個青年，從小不聽他父親的話，叫他朝東，他就偏偏向西。父親在臨終時，因爲兒子處處和他背道而行，故意説死後要葬在河灘上，以爲這樣説了，他兒子便會把他葬在高山。不料兒子因爲從來沒有順從過父親的意思，這時也有些自責，於是決定遵從父親的意願，把父親葬在河灘上。爲了防止河水氾濫時泡壞棺木，他還花大錢修築了河堤。

中國長久以來的大家庭傳統，產生了不少婆媳間的衝突，反映在民間故事裡的，便是流傳極廣的種種婆媳故事。〔註88〕故事裡強調爲人媳婦者應奉養婆婆的孝道觀念。金氏有新增的故事類型，如：

779D〔天雷獎善懲惡媳〕〔註89〕

長媳富而不孝，幼媳貧而孝。婆婆與幼媳同住，家貧，平時沒有葷菜吃。一日，幼媳出外幫傭，帶回一隻熟雞腿給婆婆吃，但婆婆失手，把雞腿跌落尿桶，於是叫幼媳取出洗淨後給她吃。不久雷雨大作，幼媳認爲老天要懲罰她把不潔之物給婆婆吃，便跑去

〔註86〕同註22，頁430。
〔註87〕同註22，頁431。
〔註88〕同註12，頁107。
〔註89〕同註22，頁287。

　　　　樹下受死，不料天雷打翻大樹，也翻出了土中的一堆白銀。長媳
　　　　知道後把婆婆接去她家，殺了一隻雞，故意把一隻雞腿跌入尿
　　　　桶，再撈起來洗了給婆婆吃。不久，天也下起雷雨，長媳以爲有
　　　　好事將至，也急忙跑去樹下。但是一個天雷下來，把她打死在樹
　　　　下了。

上天獎善有孝心的媳婦，更天賜錢銀解其困厄。不孝媳婦仿效，反遭上天的
懲罰。

　　779D.1〔惡媳變爲鳥〕〔註90〕

　　　　一人出外工作，囑妻子好好奉養失明的婆婆，但妻子欺婆婆目盲，
　　　　每餐以蚯蚓或水蛭供食。丈夫發現後，一氣之下殺了妻子或把
　　　　妻子關進倉屋，而妻子則變成一種鳥，牠要叫很久才能吃到一條
　　　　蟲子。有的故事裡妻子謊稱螞蝗之類的東西爲海參，失明的婆婆
　　　　嚼不爛、嚥不下，又捨不得丟掉所謂的「海參」，便藏在罐子裡保
　　　　存。兒子回來，見了螞蝗，因而得知實情，懲罰妻子，結果妻子
　　　　變成鳥飛走了。

不孝的媳婦遭懲罰變爲禽鳥，流離失所在野外難以棲身。有的故事甚至說鳥
兒會一直哀啼，一直到嘴巴流血才會停止。〔註91〕

　　779D.2〔惡媳變烏龜〕〔註92〕

　　　　媳婦欺負瞎眼的婆婆，把蚯蚓煮了當肉條給她吃，還要毒死她。
　　　　神仙變成一個乞丐，討走了那碗摻了毒藥的食物，回送婆婆一件
　　　　花領褂衫。媳婦回家見了，拿起就穿，不料那衣穿上就脫不下來，
　　　　並且愈縮愈緊，把媳婦變成了一隻烏龜或其他動物。

這則故事更顯示人們對惡媳婦的厭惡，進而醜化其形象。故事裡強調孝心者
得善報，不孝者受懲罰的教化意義濃厚。當然有的故事也有「家和萬事興」
的圓滿結局，如金氏980B.1〔計和婆媳〕故事類型〔註93〕：

　　　　婆婆和媳婦不和，天天爭吵，丈夫夾在中間很爲難。後來丈夫外出經
　　　　商，要一個月以後回來。他對妻子說：妳和媽媽吵，我左右爲難。她

〔註90〕同註22，頁288。
〔註91〕陳麗娜：《屏東後堆客家民間故事》（台北：中國口傳文學學會，2006年6
　　　　月），頁69。
〔註92〕同註22，頁289。
〔註93〕同註22，頁421。

已年老，我這次出去帶點毒藥回來，就早點讓她去世吧。但是這種事查出來要償命的，所以，我這一個月不在家時妳要先對她好，這樣以後鄰居不會懷疑我們。接著他去對老母說：妻子不孝，這次出去回來後，要把她休了。但是這一個月我不在家時您先對她好，我回來把她休掉，她就不會怨您了。一個月後，丈夫回來，假意要用毒藥害母親，妻子覺得婆婆心地好，以前是她不好，堅持不許害婆婆。他又假意要休妻，老母親也堅決反對，認爲媳婦是有孝心的，以前是自己不好。從此這一家人親親熱熱，日子過得很和順。

故事點出身爲兒子、丈夫的男子夾在母親、妻子之間兩難的處境，與他調和處理問題的智慧。

　　3.反映中國農村問題

　　中國的農村問題常發生在地主和長工之間，民間則樂於流傳兩者鬥智的故事。丁乃通在《中國民間故事類型索引》裡，把常見於中國農村社會的長工與財主鬥智故事，分別歸入於下列三個類目：(1)「笨魔的故事」中的「與雇工的故事」，(2)「笑話」中的「男人的故事」，(3)程式故事。金氏則將與地主形象相似的「愚蠢妖魔的故事」類目名稱擴充爲「惡地主與笨魔的故事」，以歸類納入長工與地主的類型故事，使用者在檢索時更爲方便。金氏新增的故事類型有：

1000B.1〔貓不見了〕〔註94〕

　　財主買了三斤肉給幫工加菜，後來反悔，把肉偷走，謊稱是被貓偷吃。於是工人把貓抓來一稱，剛好三斤，便說：如果是貓偷吃了肉，應該不止三斤，現在祇有豬肉的重量，貓跑到哪裡去了？財主無話可說，祇好把肉歸還。

1000C〔長工條件低　暗中藏玄機〕〔註95〕

　　對於刻薄兇狠的地主，長工受雇的要求似乎很低，但眞正實行時卻使地主得不償失，佔不到絲毫便宜。如地主雇一長工，祇給飯吃，不給工錢。工人的要求祇是兩頭不見太陽。地主以爲他是早出晚歸，那知他是早上下田工作，太陽一出就回來休息，直到太陽下山後再下田，可是黑夜卻做不了什麼事。

〔註94〕同註22，頁451。
〔註95〕同註22，頁451～452。

1000D〔財主諧音欺長工〕〔註96〕

財主與雇工講妥，每年的工錢是一頭牛，但到年底財主卻說是一斤油；或是答應每月給工資一百九，但到了月底卻說是一杯酒。故事結果，或是長工無奈，取油而去，獻於廟中。僧人不平，替他爭回公道；或是利用諧音反制，取得應有工資。

1009A〔怎麼說就怎麼做〕〔註97〕

財主吩咐長工做事，長工故意直解語句的字面意義，讓財主哭笑不得。如：財主叫他犁田，從門口第一塊開始一直犁過去，他就從第一塊田一直犁下去，每塊田都祇犁了一條犁路。

1137A〔智者諧音討公道〕〔註98〕

惡財主待長工苛刻，有人不平，設計以八兩酒諧音八兩九（錢銀），或以三兩七錢漆諧音三兩七錢七（分銀），使財主上當付款。

4. 反映中國語文多同音和諧音字的故事

中國文字由形音義組合而成，常有音同字異的情形，因此產生某些笑話，這也是故事情節得以鋪展的重要因素。金氏據此新增的類型，如下列：

926R〔巧使諧音破疑案〕〔註99〕

一名旅客控告店主吞沒了他寄存的銀子，店主否認，旅客也提不出證據，案子疑不能明。於是縣官在店主手上寫一「銀」字，囑咐不可讓字消失，並命他在堂下遠處等候。隨即又去店中傳店主的妻子上堂，問明身份後，忽遙問堂下店主：銀字還在不在？店主急急答應：銀字還在！店主的妻子則聽成「銀子還在」，以為丈夫已經招認，就供出了藏匿銀子的地方。

另有型號1137〔假名諧音巧脫身〕〔註100〕也是巧用諧音雙關語的故事類型。

5. 智童故事

民間故事裡有些是展現智童的聰明機智，情節與巧女故事相似，然因主角易女為男，金氏在「聰明的言行」920型號下，另立相關類型以歸類，如：

〔註96〕同註22，頁453。
〔註97〕同註22，頁456。
〔註98〕同註22，頁469～470。
〔註99〕同註22，頁391。
〔註100〕同註22，頁468。

920A.2〔**男童妙解隱謎**〕〔註101〕

故事與875D.1（巧姑娘妙解隱謎）同，祇是主角由女性換爲男性，
基本內容見該類型之情節概要。

920A.3〔**男童妙對無理問**〕〔註102〕

故事與876（巧媳婦妙對無理問）同，祇是主角由女性換爲男性，
基本內容見該類型之情節概要。

920A.4〔**男童巧智解難題**〕〔註103〕

故事裡的主角被要求用灰做一條繩子，他用草繩浸油後燒之成灰
而成灰繩；或被要求辨認一根木棍的哪一端是樹根部分，他將木
棍放在池水上，指出比較下沉的一端爲樹根部分，因爲這部分的
木質比較緊密而較重。

二、調整的民間故事類型型號

爲了落實 AT 分類爲中國民間文學工作者所用，金氏認爲 AT、ATT 兩書
有以下情況是需要解決的：一是 AT 分類本身的問題，主要是有些故事類型分
類不當，檢索不易。二是丁著在譯成中文後，因爲缺少故事大要的說明和用
詞差異引起之不便。三是關於中西各自具有之吃人笨魔和長工鬥財主等角色
不同的同型故事，中國民間文學工作者如何就中國故事檢索相關之西方資
料。〔註104〕金氏於索引編寫中則針對上述問題提出修正及因應方法。

金氏此書對 AT 分類的修訂，可分三方面來說：一是編號方式的修改，二
是某些類型和類目名稱的重擬，三是若干故事型號的調整。〔註105〕

（一）編號方式的修改

1. 《中國民間故事集成》的分類編碼

《中國民間故事集成》分類原則和次序統一採用三級分類編碼，編碼以
四位數表示。〔註106〕

〔註101〕同註 22，頁 359。
〔註102〕同註 22，頁 360。
〔註103〕同註 22，頁 361。
〔註104〕同註 19，頁 336。
〔註105〕此部分內容主要參酌節錄自金榮華：《中國民間故事與故事分類》（台北：中
　　　　國口傳文學學會，2003 年 3 月），頁 90～97。
〔註106〕《中國民間文學集成工作手冊》，頁 150～152。

(1) 按照民間文學的體裁，劃分出神話、傳說、故事、歌謠、諺語五大類，作爲第一級。第一級以一位數字置於四位數碼之首位，如神話爲1000，傳說爲2000，……。

(2) 大類以下，按照作品的題材內容不同，劃分出中類，爲第二級。如神話類下分：自然天象神話爲1200、動植物神話爲1300，……。

(3) 中類以下，再根據作品具題內容，劃分爲若干小類爲第三級。如自然天象神話下再分日月神話、星宿神話、氣象神話、火神話、水神話等。第三級以兩位數字表示，置於四位數碼之後兩位，如日月神話的編碼爲1201、星宿神話爲1202，……。

例如：　1000　神話
　　　　1200　自然天象神話
　　　　1201　日月神話
　　　　1202　星宿神話
　　　　1203　氣象神話
　　　　1204　火神話
　　　　1205　水神話
　　　　1206　山神話
　　　　1207　海神話
　　　　1208　其他自然神話

　　集成工作手冊也提到本方案專門適用於中國民間文學集成的資料保管，純屬工作性質的分類編碼，絕不影響和制約任何學術研究性的分類編碼，並爲各種學術性分類研究創造便利條件。〔註107〕因《中國民間故事集成》原有的分類編碼並不是以「故事類型」爲依據，所以與AT分類法並不抵觸，對於故事類型索引的編碼也不會有影響。

　　2. 《民間故事類型索引》的編號方式

　　在《民間故事類型》一書裡，AT分類的數碼排列方式有：(1)整數，如300；(2)整數後加英文大寫字母，如300A；(3)整數後加「*」號，如300*；(4)整數後加英文大寫字母再加「*」號，如300A*；(5)整數後加英文大寫字母再加較小之阿拉伯數字，如300A$_1$；(6)整數後加英文大寫字母，再加阿拉

〔註107〕同註106，頁147。

伯數字和「*」號，如 300A₁*。此編號方式多達六種，方式複雜〔註108〕，這是由於 AT 最初規劃時的故事類型不是很多，擴充又非出自一人之手，然而如此編碼實難判斷類型主從或先後的關係。湯普遜也曾提到這個編號問題：「在舊的編輯上有一難處，當補充的號碼被添加並給予恰當的星號，通常是需要使用 4 到 5 顆星的。在現今這相同系統的編輯使用上，這些註記的星號偶而會增加到 12 至 15 個，為避免這樣的尷尬狀況，以增加字母在星號之前的方式去表示，以此方式 879A*，879B*，879C*，等等。」〔註109〕其實這樣的編排方式，仍無法釐清編碼的從屬問題，使用上也會有數量的限制。

　　《民間故事類型索引》編號方式的原則是 AT 原書和丁氏書裏已使用的各式編號基本上不作改動，或將原有編號刪去「*」號，若是新增加的號碼則儘量不用「*」號，如 122M*改為 122M；111C*改為 111C。另外把英文字母後面小寫的阿拉伯數字改為小數點號碼，如將 300A₁ 改為 300A.1，以便新類型在適當處插入補位。如：

　　例一

　　1*〔狐狸偷籃子〕→1A

　　1A 兔子裝死誘人撿（*故事型號原作 1*）

　　案：將 1*改為 1A，表示金氏調整 AT 型號編碼。

　　例二

　　403A**（受苦女郎，神賜美貌）→750C.1

　　750C.1 受苦善心女　神仙賜美貌（*丁氏此碼作 403A**）

　　案：將 403A**改為 750C.1，表示金氏調整 ATT 故事型號與類別。

　　以下分列 AT、ATT、ATK 的編碼方式，以茲比較：

AT		ATT	ATK
（一）	（二）		
8	8	8	8
8*	8A	8A	8*
8A	8*	8*	8A
8A*	8A*	8A*	8A*
……	……	……	8A.1

〔註108〕AT 書中的編碼情形，還有的如：2010A、2010B、2010I、2010IA，參見 Stith Thompson, *The Types of the Folktale* (Helsinki, 1981) p.523。

〔註109〕同註 66，序言，頁 8。

			8A.1*
			8B
			8C

（二）類型和類目名稱的重擬

金氏提到關於類型名稱的重擬，情形有三種〔註110〕：一是 AT 原書以西方文學典故作爲類型名稱，而又無故事大要，直譯爲中文後，中國民間文學工作者不易瞭解其內容者。如編號 910K〔誡言和尤利亞式的信〕（The Precepts and the Uriah Letter），改爲〔謹守誡言，躲過送死陷阱〕。第二種情形是原來的名稱近似俗語，雖然可以望文知義，但西方意味甚重，乃改用中國的習慣用語替代。如編號 700 的〔拇指湯姆〕（Tom Thumb），改爲〔小不點兒〕。第三種情形是原來的名稱過於簡略，而又未能表現故事重點者，依中國流傳之同型故事重擬。如編號 613 的〔二人行〕（The Two Travelers），改原名爲〔精怪大意洩秘方〕。以下分述之。

1. 類型名稱的重擬

（1）改變西方文學典故的類型名稱

如下列：

型　號	AT、ATT 類型名稱	金氏類型名稱
327A	亨舍爾和格萊特	孩子設計烤巫魔
775	米達斯短視的願望	碰到什麼都成金
851A	都浪多	出謎給人猜的公主
910K	誡言和尤利亞式的信	謹守誡言　躲過送死陷阱
926	所羅門式的判決	孩子到底是誰的（灰闌記）

（2）名稱近似俗語，但西方意味甚重，乃改用中國的習慣用語。

如下列：

型　號	AT、ATT 類型名稱	金氏類型名稱
700	拇指湯姆	小不點兒
707	三個金兒子	狸貓換太子
782	米達斯王和驢耳朵	國王驢耳

〔註110〕此部分內容引自金榮華：《中國民間故事與故事分類》（台北：中國口傳文學學會，2003 年 3 月），頁 92～94。

（3）原來的名稱過於簡略，而又未能表現故事重點者，依中國流傳之同型
　　故事重擬。

案：金氏擬定的故事類型名稱，能將整個故事內容切要表現出來，或突
　　顯故事要點，如下列：

型　號	AT、ATT 類型名稱	金氏類型名稱
125B*	驢子嚇唬獅子	驢子比賽勝獅虎
178A	主人和狗	家畜護主被誤殺
281A*	水牛的蚊蚋	小昆蟲擊敗大動物
407	女郎變花	植物或物品變成的妻子
471A	和尚與鳥	仙境一日　人間千年
461	三根魔鬚	尋寶聘妻
503	小仙的禮物	精怪摘瘤又還瘤
511	一隻眼，兩隻眼，三隻眼	結金果實的奇樹
531	真假費迪南	神奇的白馬
571	黏在一起	金鵝（黏在一起的隊伍）
613	二人行	精怪大意洩秘方
720	媽媽殺我，爸爸吃我、杜松樹	變鳥復仇的男孩
834	窮兄弟的財寶	貪心不足金變水
834A	一罈金子和一罈蠍子	無福之人金變蛇
844	帶來好運的襯衣	知足常樂
875B$_1$	公牛的奶	姑娘巧解公牛奶（以不合理喻不合理）
884B	女子從軍	女子從軍　代父出征（花木蘭）
930	預言	送信人福大命大
960	陽光下真相大白	水泡為證報冤仇
1004	泥中的豬，空中的羊	殺牛宰鴨欺財主
1164E	惡魔和流氓	人間無賴鬼也怕
1310D	給它喝水或讓它游泳	放鴨湖中解其渴
1360C	老海德布朗特	躲在籮筐裡的丈夫

1415	幸運的漢斯	傻人幸有賢妻
1430	夫妻建築空中樓閣	夫妻共作白日夢
1542A	回來找工具	說謊要有工具
1558	受歡迎的衣衫	敬衣敬財非敬人
1592A	金南瓜變形	金子變銅人變猴

除了上述的修訂、調整之外，金氏為了使用者的方便，有些類型的名稱就依照中國的傳統或習慣擬定，如採用七言：177〔不怕老虎只怕漏〕、176A〔猴子學人上了當〕、210〔弱小聯合克強敵〕、214B〔驢披獅皮難仿聲〕、232D〔烏鴉智喝瓶中水〕、543A〔魚龜成橋助逃亡〕、654〔神乎其技三兄弟〕、671〔禽言獸語好事多〕、929D〔偽毀贗品騙真賊〕等。另有採用中國章回小說回目對句擬定的類型名稱，如：

9A.1　　兔子撐山岩　群獸驚逃命

49　　　黑熊中計被蜂刺　狐狸鑽空去吃蜜

465　　神奇妻子美而慧　老實丈夫受習難

670A　聽懂禽獸言　洩密救眾人

742A　仙妻伴許交換　色狼人財兩空

749A　生雖不能聚　死後不分離

750D.1　井水變成酒　還嫌無酒糟

842　　命中無財莫強求　財富不到懶人手

844A　仙境一日　人間千年

2. 類目名稱的重擬

至於類目名稱的修訂，也有三種情形如下：一是 AT 原有的類目沒有充分顯示類別的內容。如第一大類名為「動物故事」，改為「動植物及物品故事」以包括植物、物品和自然天體等故事。二是原有的類目名稱不能顯示中國同性質的故事。如「宗教故事」改作「宗教神仙故事」；「傳奇故事」（生活故事）中的「公主出嫁」和「王子娶親」，二者分別改作「選女婿和嫁女兒的故事」及「娶親和巧媳婦的故事」。三是把「笨魔的故事」的名稱擴充為「惡地主與笨魔的故事」，以歸納長工鬥財主等同型故事。〔註111〕以下分述之。

〔註111〕同註 12，頁 94～96。

（1）修訂 AT 沒有充分顯示類別的類目

AT 書第一大類名為「動物故事」，其中除動物故事外，也有植物與其他物品故事。類目與內容並不相符。金氏把大類目改為「動植物及物品故事」，次類目改為「其他」，以包括植物、物品和自然天體等故事。如下列：

其他

293　　人體器官爭功勞

293A　身體的兩個部份不和

293C　樹幹樹葉爭功勞

295　　蠶豆笑破了肚

298　　風和太陽的比賽

298C　蘆葦順風而彎

（2）修訂 AT 的類目名稱不能顯示中國同性質的故事者

因為中外文化的差異，中國的神靈與人們的身份稱謂也與外國不同。中國神仙故事實等同外國的宗教故事，是以將「宗教故事」改作「宗教神仙故事」。「傳奇故事」（生活故事）中的「公主出嫁」和「王子娶親」，則分別改作「選女婿和嫁女兒的故事」及「娶親和巧媳婦的故事」。如下列：

750C.1　受苦善心女　神仙賜美貌

750C.2　勤勞善心女　神仙賜財寶

829A　　神仙應請增人壽

852　　　說個謊話娶嬌妻

875D　　巧媳婦妙解隱喻

875F　　巧媳婦避諱

876　　　巧媳婦妙對無理問

（3）擴充 AT 的類目名稱以包括同屬性的中國故事者

丁乃通在處理中國佃農長工和惡地主鬥智的故事時，把一部份故事歸入「笨魔的故事」。金氏認為將貪殘而蠢的地主與巨魔劃為同類，形象的確相似，類目名稱上則把「笨魔的故事」擴充為「惡地主與笨魔的故事」，方便使用者檢索中國相關的類型故事。〔註112〕如下列：

1000A　　地主出難題　長工有妙計

〔註112〕同註 12，頁 95～96。

1000A.1　地主有規定　長工照著行

1000B　　地主刻薄　長工報復

1000C　　長工條件低　暗中藏玄機

1000D　　財主諧音欺長工

1004　　　殺牛宰鴨欺財主

綜上所述，將 AT、ATT、ATK 三者的類目名稱對照如下：

附表二：湯普遜、丁乃通、金榮華類目名稱對照表

說明：斜體字表示金榮華先生所修正、補列或調整類目名稱的部分。

湯普遜（AT）	丁乃通（ATT）	金榮華（ATK）
一、動物故事 1－299	一、動物故事 1－299	一、*動植物及物品故事 1－299*
1－99 野獸	1－99 野獸	1－99 野獸
100－149 野獸和家畜	100－149 野獸和家畜	100－149 野獸和家畜
150－199 人和野獸	150－199 人和野獸	150－199 人和野獸
200－219 家畜	200－219 家畜	200－219 家畜
220－249 鳥類	220－249 鳥類	220－249 *禽鳥類*
250－274 魚類	250－274 魚類	250－274 魚類
275－299 其他動物與物品	275－299 其他動物與物體	275－299 *其他*
二、一般民間故事 300－1199	二、一般的民間故事 300－1199	二、一般民間故事 300－1199
甲、300－749 神奇故事	甲、300－749 神奇故事	甲、300－749 *幻想故事*
神奇的對手（300－399）	神奇的對手（300－399）	神奇的對手（300－399）
神奇的親屬（400－459）	神奇的親屬（400－459）	神奇的親屬（400－459）
神奇的妻子（400－424）		神奇的妻子（400－424）
神奇的丈夫（425－449）		神奇的丈夫（425－449）
神奇的兄弟姐妹（450－459）		神奇的兄弟姐妹（450－459）
神奇的難題（460－499）	神奇的難題（460－499）	*奇異的難題*（460－499）
疑難獲解（460－462）		*疑問獲解*（460－462）
其他難題（463－499）		其他難題（463－499）
神奇的幫助者（500－559）	神奇的幫助者（500－559）	神奇的幫助者（500－559）

織女（500－501） （案：502－503*沒有類名）		織女（500－501）
		野人和精怪的幫助（502－504）
感恩的亡靈（505－508） （案：510－524*沒有類名）		
		各種神奇的幫助者（509－529）
動物的幫助（530－559）		動物的幫助（530－559）
神奇的寶物（560－649）	神奇的寶物（560－649）	神奇的寶物（560－649）
寶物失而復得（560－568） （案：569－595C*沒有類名）		寶物失而復得（560－568）
		各種寶物（569－609）
神奇的藥方（610－619） （案：620－622 沒有類名）		神奇的藥方（610－619）
神奇的法術（650－699）	神奇的法術（650－699）	奇異的能力和知識 （650－699）
其他神奇故事（700－749）		其他神奇故事（700－749）
被放逐的妻子或少女（705－712） （案：713－748*沒有類名）		
乙、750－849 宗教故事	乙、750－849 宗教故事	乙、750－849 宗教神仙故事
神的賞罰（750－779）	神的賞罰（750－779）	神的賞罰（因果報應） （750－779）
眞相大白（780－789） （案：AT 原書 799 誤作 789）	眞相大白（780－789）	*眞相大白（780－799）*
天堂之人（800－809）	人進天堂（800－849）	天堂之人（800－809）
和魔鬼打交道的人 （810－814） （案：815－849*沒有類名）		和魔鬼打交道的人 （810－814）
		其他宗教神仙故事 （815－849）
丙、850－999 傳奇故事 （生活故事）	丙、850－999 傳奇故事 （愛情故事）	丙、850－999 生活故事
公主出嫁（850－869）	公主出嫁（850－869）	選女婿和嫁女兒的故事 （850－869）
王子娶親（870－879）	王子娶親（870－879）	娶親和巧媳婦的故事 （870－879）
忠貞與清白（880－899）	忠貞與清白（880－899）	戀人之忠貞和友人之眞誠的故事（880－899）

改造潑婦（900－904） （案：AT 原書 909 誤作 904）	改造潑婦（900－904）	*改造潑婦（900－909）*
好的箴言（910－915） （案：AT 原書 919 誤作 915）	好的格言（910－915）	*有用的話（910－919）*
聰明的言行（920－929）	聰明的言行（920－929）	聰明的言行（920－929）
命運的故事（930－949）	命運的故事（930－949）	命運的故事（930－949）
強盜和兇手（950－969）	強盜和兇手（950－969）	盜賊和謀殺的故事 （950－969）
其他愛情故事（970－999）	其他愛情故事（970－999）	*其他生活故事（970－999）*
丁、1000－1199 笨魔的故事	丁、1000－1199 　　愚蠢妖魔的故事	丁、1000－1199 　　惡地主與笨魔的故事
勞動契約（1000－1029）		與雇工的故事（1000－1029）
與人合伙的故事 （1030－1059）		與人合伙的故事 （1030－1059）
與人比賽的故事 （1060－1114）		與人比賽的故事 （1060－1114）
企圖謀殺的故事 （1115－1129） （案：1130－1143C 沒有類名）		企圖謀殺的故事 （1115－1129）
		讓惡霸蠢魔上當的故事 （1130－1144）
笨魔受驚（1145－1154） （案：1155－1169 沒有類名）		*讓惡霸蠢魔害怕或受傷的故事 （1145－1169）*
把靈魂賣給惡魔的故事 （1170－1199）		把靈魂賣給惡魔的故事 （1170－1199）
三、笑話 1200－1999	三、笑話 1200－1999	三、笑話、趣事 1200－1999
1200－1349 傻瓜的故事	1200－1349 笨人的故事	1200－1349 傻瓜的故事
1350－1439 夫妻間的故事	1350－143 夫妻間的故事	1350－1439 夫妻間的笑話和趣事
（案：1350－1379* 沒有類名）		*夫妻間的趣事（1350－1379）*
笨妻子和她的丈夫 （1380－1404）		笨妻子和她的丈夫 （1380－1404）
笨丈夫和他的妻子 （1405－1429）		笨丈夫和他的妻子 （1405－1429）

笨丈夫和笨妻子 （1430－1439）		笨丈夫和笨妻子 （1430－1439）
1440－1524 女人（姑娘）的故事	1440－1524 女人（姑娘）的故事	1440－1524 女人的笑話和趣事
女人的趣事（1440－1449）		女人的趣事（1440－1449）
男人求妻的故事（1450－1474）		男人求妻的笑話（1450－1474）
老小姐的笑話（1475－1499）		未婚婦女的趣事（1475－1499）
其他的婦女趣事（1500－1524）		其他的婦女趣事（1500－1524）
1525－1874 男人（少年）的故事	1525－1874 男人（少年）的故事	1525－1874 男人的笑話和趣事
聰明人（1525－1639）		聰明人（1525－1639）
幸運的意外（1640－1674）		幸運的意外事件（1640－1674）
笨人（1675－1724）		笨人（1675－1724）
教區牧師被背叛（1725－1774）		*僧侶的笑話和趣事（1725－1849）*
牧師和教堂司事（1775－1799）		
其他教士或宗教團體的笑話 （1800－1849）		
有關告解的笑話（1800－1809）		
各行各業的趣事（1850－1874）		各行各業的笑話和趣事（1850－1874）
1875－1999 說大話的故事	1875－1999 說大話的故事	1875－1999 說大話的故事
打獵的吹牛故事 （1890－1909）		
四、程式故事 2000－2399	四、程式故事 2000－2399	四、程式故事 2000－2399
數字或物體的基本連鎖 （2000－2013） （案：實際納入的號碼是2000－2018*）	2000－2199 連環故事	2000－2199 連環故事
關於婚禮的故事（2019－2020）		關於婚禮的故事（2019－2020）
以動物為角色的死亡故事 （2021－2024）		以動物為角色的死亡故事 （2021－2024）
系列裡是關於吃的物件，而系列內的組成構件間是沒有相互關係的（2025－2028）		
其他（2029－2199）		其他（2029－2199）

2200－2299 圈套故事	2200－2299 圈套故事	2200－2299 圈套故事
一般圈套故事（2200－2249）		一般圈套故事（2200－2249）
沒有完成的故事（2250－2299）		
2300－2399 其他程式故事	2300－2399 其他程式故事	2300－2399 其他程式故事
五、難以分類的故事 2400－2499	五、難以分類的故事 2400－2499	五、難以分類的故事 2400－2499

　　金氏修正、補列或調整類目編碼的部分，以下詳述之：
（1）動植物及物品故事（1－299）
　　　案：這樣類目標題的擬定較符合實際歸納故事之類別。
（2）奇異的難題（460－499）
　　　疑問獲解（460－462）
　　　其他難題（463－499）
　　　案：標示出 AT 原有的次標題，使類別更明晰。
（3）野人和精怪的幫助（502－504）
　　　案：補列 AT 502－503*沒有故事類型類名的部分。
（4）各種神奇的幫助者（509－529）
　　　案：補列 AT 510－524*沒有故事類型類名的部分。
（5）各種寶物（569－609）
　　　案：補列 AT 569－595C*沒有故事類型類名的部分。
（6）眞相大白（780－799）；改造潑婦（900－909）；有用的話（910－919）
　　　案：將 AT 原書 799 誤作 789；909 誤作 904；919 誤作 915 處修正。
（7）其他宗教神仙故事（815－849）
　　　案：補列 AT 815－849*沒有故事類型類名的部分。
（8）公主出嫁（850－869）、王子娶親（870－879）
　　　案：將這類目名稱分別改爲較符合中國人的習慣說法爲〔選女婿和嫁
　　　　　女兒的故事〕、〔娶親和巧媳婦的故事〕。
（9）其他生活故事（970－999）
　　　案：AT、ATT 原將此類故事編號爲「其他愛情故事」，然其中的故事
　　　　　類型並不一定攸關愛情，改爲「其他生活故事」，更符合歸納故
　　　　　事的內容。
（10）惡地主與笨魔的故事（1000－1199）

案：在中國常見地主與長工的鬥爭故事，與外國愚蠢妖魔的故事相似，將「笨魔的故事」擴充爲「惡地主與笨魔的故事」類目名稱，則可納入相關的類型故事。

（11）讓惡霸蠢魔上當的故事（1130－1144）

案：補列 AT 1130－1143C 沒有故事類型類名的部分。

（12）讓惡霸蠢魔害怕或受傷的故事（1145－1169）

案：將 AT 笨魔受驚（1145－1154）與 1155－1169 沒有故事類型類名部分，重新調整合併命名。

（13）夫妻間的趣事（1350－1379）

案：補列 AT 1350－1379*沒有故事類型類名的部分。

（14）僧侶的笑話和趣事（1725－1849）

案：將 AT 教區牧師被背叛（1725－1774）、牧師和教堂司事（1775－1799）、其他教士或宗教團體的笑話（1800－1849）、有關告解的笑話（1800－1809）等故事類型類名合併之。

（15）連環故事（2000－2199）以下次標題。

案：標示出 AT 原有的次標題，使類別更明晰。

（三）故事型號的調整

金氏《民間故事類型索引》的編號方式，原則是 AT 原書和丁氏書裏已使用的各式編號基本上不作改動，除了將原有編號刪去「*」號，如刪去 AT 書原有「*」編號的共有 28 個；刪去 ATT 書原有「*」編號的共有 83 個。〔註113〕除此之外對 AT、ATT 原書有些故事分類不當的型號則加以調整。如「宗教故事」類之「神的賞罰」型號 763〔尋寶者相互謀害〕改列在生活故事中的「盜賊和謀殺」類，編號調整爲 969；「聰明的言行」型號 923B〔負責主宰自己命運的公主〕改列在「命運的故事」，編號調整爲 943。〔註114〕在調整的類型號碼下，分別以「故事型號原作」、「丁氏此碼作」註記作互見說明。以下分述之。

1. 調整歸類不當的故事型號

金氏故事型號的調整多依 AT 分類法則，即故事的敘述方式、內容的性

〔註113〕分別參見附表三、四，金榮華調整湯普遜、丁乃通書故事類型的對照表。
〔註114〕同註 12，頁 96。

質、主角屬性而調整。如：

例一

470（生死之交）→844A

471A（和尚與鳥）→844A

844A 仙境一日　人間千年（*故事型號原作 470、471A）

案：這表示金氏調整 AT 書中編號 470、471A 類型故事的歸類，由「奇異的難題類」調整爲「宗教神仙故事類」。

例二

841A*（乞丐不知有黃金）→947A

947A 橫財不富命窮人（*丁氏此碼作 841A*）

案：這表示金氏調整 ATT 書中編號 841A*類型故事的歸類，由「宗教神仙故事類」調整爲「命運的故事類」。

合計金氏對 AT 的型號調整有 75 個：對 ATT 型號的調整有 114 個。金氏所調整的故事型號情形如下：

（1）AT 書部分：[註115]（前者號碼爲 AT 編碼，後者爲金氏調整編碼）

* 160A*（人和野獸類）：290（其他）

   案：故事的重心在兩者僵持不下，漁翁才得利，故調整之。

* 178A（人和野獸類）：286A（其他）

   案：人誤解家畜（牛）或狗，而非專指人與野獸。AT 286*〔烏龜的婚禮〕是說動物遺忘邀請其他動物而生誤解。[註116] 178A 也是主人誤解其狗，有時被誤解的是家畜、禽鳥、犬，所以故事以「誤解」爲歸類標準，故調整至 286。

* 178B（人和野獸類）：286B（其他）

   案：故事是人與狗（家畜）的互動，故調整之。

* 301B（神奇的對手）：513（各種神奇的幫助者）

   案：故事主要是說幾位奇能異士幫助主角完成任務，故調整之。

* 403（神奇的妻子類）：509（各種神奇的幫助者）

   案：故事中是鳥或牛等動物幫助善心的姐姐，故調整之。

* 470、471A（奇異的難題類）：844A（其他宗教神仙故事）

〔註115〕參見附表三「金榮華調整湯普遜書故事類型對照表」。

〔註116〕同註66，頁84。

案：故事情節裡沒有難題，而強調歷經神仙境界恍如隔世，故調整
之。

- 470*（奇異的難題‧其他難題）：844B（其他宗教神仙故事）
案：故事說一年輕人無意間進入仙境，過些時日返家才發現景物全
非，已過幾個世代，想返仙境也無徑可循。此屬仙境奇遇事，故
調整之。

- 480（奇異的難題類）：747B（其他神奇故事）
案：故事以勤苦的姐姐與懶惰的妹妹對比，747 型大都是善心人獲好
報，惡人仿之反得教訓的故事，故調整之。

- 503（野人和精怪的幫助類）：747A（其他神奇故事）
案：故事是嚴懲無理者的結果，而非強調精怪的幫助，故調整之。

- 510B（神奇的幫助者類）：743（其他神奇故事）
案：故事中沒有神奇的幫助者，情節與金、銀、星衣有關，是以改列
743 型神奇故事。

- 518（神奇的幫助者類）：1144A（讓惡霸蠢魔上當的故事）
案：故事中沒有神奇幫助者，而強調羣魔上了人的當，喪失寶物，故
調整之。

- 681（奇異的能力和知識類）：725A（其他神奇故事）
案：故事不是強調奇異能力和知識，而是強調繁華如雲煙，如夢境一
場，故列入 AT 725〔夢〕型號下。

- 754（神的賞罰類）：989A（其他生活故事）
案：強調人因有沒有財富而心生憂愁、快樂，非關神的賞罰，AT 988
－989C 型號皆與財富有關，故金氏將其調整編列在新增型號 989
〔善用小錢成鉅富〕下。

- 763（神的賞罰類）：969（生活故事‧盜賊和謀殺的故事）
案：故事中神仙出現是個引子，而非故事重心，亦非神之賞罰而使兩
人互謀喪命，故改列「盜賊謀殺故事」類。

- 782（宗教神仙故事類）：734（其他神奇故事）
案：故事雖然最後真相大白，然亦無涉宗教神仙，故改列「其他神奇
故事」。

- 821B（宗教神仙故事類）：920A（生活故事‧聰明的言行）

案：故事純屬機智言行，非關宗教神仙，故調整之。

- 838（宗教神仙故事類）：996（其他生活故事）

　　案：強調生活中姑息縱容孩子的結果，故調整之。

- 844（宗教神仙故事類）：989C（其他生活故事）

　　案：故事呈現生活智慧知足常樂，非宗教神仙類，故調整之。

- 882A*（戀人之忠貞和友人之眞誠類）和 1730（僧侶的笑話和趣事類）：1444（女人的笑話和趣事）

　　案：故事是有關女子戲弄追求她的人，故調整之。

- 884B（戀人之忠貞和友人之眞誠類）：985B（其他生活故事）

　　案：代父出征，非關戀人忠貞、友人眞誠，故調整之。

- 896（戀人之忠貞和友人之眞誠類）：986A（其他生活故事）

　　案：女子被他人所救，非關戀人忠貞、友人眞誠，故調整之。

- 923B（聰明的言行類）：943（生活故事・命運的故事）

　　案：公主識金乃常識所致，非關聰明，故歸屬「命運故事」類。

- 924A（聰明的言行類）：1660A（男人的笑話和趣事・幸運的意外事件）

　　案：故事主角非眞的聰明，乃自以爲是會錯意，而意外解除災厄，故調整之。

- 926A（聰明的言行類）：331A（神奇的對手）

　　案：此乃幻想故事，331 爲瓶中妖怪，是以改隸屬「神奇的對手」類。

- 926D（聰明的言行類）：1534E（男人的笑話和趣事・聰明人）

　　案：狡官強佔民物，非聰明言行，歸屬「笑話」類。

- 967（盜賊和謀殺的故事類）：543（動物的幫助類）

　　案：英雄得動物之助而逃過災難，故調整之。

- 970（生活故事類）：749A（其他神奇故事）

　　案：戀人死後化爲連理枝、雙蝶，屬神奇故事，故調整之。

- 980*（其他生活故事）：1864（笑話、趣事・各行各業的笑話和趣事）

　　案：金氏言 980 號所屬各故事皆以父子或婆媳間之關係爲主，此則故事之重點在表現木匠之機智，非國王父子關係，不宜羼入。〔註117〕

〔註117〕同註22，頁 626。

故改列各行業笑話類。

- 1174（把靈魂賣給惡魔的故事）：920A.1（生活故事・聰明的言行）
  案：主角被要求用沙作一條繩子，主角反要求對方先給他一個樣本。
  這是以難制難的解決方法，歸於「聰明的言行」較適宜。
- 1534D*（男人的笑話和趣事類）：929B（生活故事・聰明的言行）
  案：被告者以裝啞迫使對方說出當時警語而免除刑罰，屬聰明之舉，
  故調整之。
- 1536B（男人的笑話和趣事類）：1444A（女人的笑話和趣事）
  案：故事強調女子急智，而非男子笑話，故調整之。
- 1586（聰明人類）：1252（笑話、趣事・傻瓜的故事）
  案：三個傻瓜自以爲聰明的舉動，差點害死了父親，應歸屬「傻瓜的
  故事」類。
- 1642（男人的笑話和趣事類）：1319P（笑話、趣事・傻瓜的故事）
  案：主角自以爲聰明的舉動，歸屬「傻瓜的故事」類較適宜。
- 1741（僧侶的笑話和趣事類）：1635C（男人的笑話和趣事・聰明人）
  案：廚子偷吃雞，誣賴給來客，非關僧侶，故調整之。
- 1761*（僧侶的笑話和趣事類）：1526E.1（男人的笑話和趣事・聰明
  人）
  案：主人翁並不一定是僧侶，歸屬「聰明人」類較適宜。
- 1804B（僧侶的笑話和趣事類）：1592D（男人的笑話和趣事・聰明人）
  案：主人翁並不一定是僧侶，歸屬「聰明人」類較適宜。
- 1829（僧侶的笑話和趣事類）：1526E（男人的笑話和趣事・聰明人）
  案：主人翁並不一定是僧侶，歸屬「聰明人」類較適當。

附表三：金榮華調整湯普遜書故事類型對照表

AT 書的類型號碼、名稱	金氏書的類型號碼、名稱	修改編號○	修改類型名稱◎	調整型號歸類△
1*狐狸偷籃子	1A 兔子裝死誘人撿	○	◎	
35B*在捕獸夾上取獵物的狐狸	35B 在捕獸夾上取獵物的狐狸	○		
51***狐狸分乾酪	51B 狐狸分糕餅	○	◎	

57*狐狸奉承錦雞	57A 狐狸奉承錦雞	○		
59*豺狼挑撥離間	59A 狐狸挑撥生是非	○	◎	
122M*公羊直衝狼的肚子	122M 公羊直衝狼肚	○	◎	
122N*狼村長	122N 做了村長再吃	○	◎	
125B*驢子嚇唬獅子	125B 驢子比賽勝獅虎	○	◎	
160A*鷸蚌相爭	290 鷸蚌相爭			△
162*人處罰狼	162B 弄倒樹卻壓了自己	○	◎	
163A*動物為人趕蒼蠅	163A 動物為人趕蒼蠅	○		
178A 主人和狗	286A 家畜護主被誤殺		◎	△
178B 義犬作抵	286B 義犬盡職被誤殺		◎	△
201E*義犬捨命救主	201E 義犬捨命救主	○		
232A*烏鴉濺污了天鵝	232A 烏鴉被塗成了黑色	○	◎	
232D*烏鴉智喝瓶中水	232D 烏鴉智喝瓶中水	○		
281A*水牛的蚊蚋	281A 小昆蟲擊敗大動物	○	◎	
298C*蘆葦迎風而彎	298C 蘆葦順風而彎	○		
301B 壯漢和伙伴尋找失蹤的公主	513 奇能異士來相助		◎	△
332B*上帝和死神	332B 上帝和死神	○		
400*鳥妻	400A 鳥妻	○		
403 黑白新娘	509 誰是真正的妻子		◎	△
407 女郎變花	400D.1 植物或物品變成的妻子		◎	
470 生死友人互訪	844A 仙境一日　人間千年		◎	△
470*遊歷仙境娶仙女	844B 仙境遇艷不知年		◎	△
471A 和尚與鳥	844A 仙境一日　人間千年		◎	△
480 泉旁織女	747B 泉旁紡紗女		◎	△
503 小仙的禮物	747A 精怪摘瘤又還瘤		◎	△
510B 金袍、銀袍和星袍	743 千獸裘		◎	△
518 群魔爭法寶	1144A 群魔爭法寶			△
560C*吐金玩偶，失而復返	560C 吐金玩偶	○	◎	

681 瞬息京華	725A 黃粱夢	◎	△
738*蛇鬥	738 蛇鬥	○	
750*好施者有福	750 施者有福	○	
754 快樂的修道士	989A 財富生煩惱	◎	△
763 尋寶者相互謀害	969 得寶互謀俱喪命	◎	△
782 米達斯國王的驢耳朵	734 國王驢耳	◎	△
821B 煮熟了的雞蛋生小雞	920A 男童巧喻熟蛋孵雞	◎	△
828 人多要了牲畜的壽命	173 人多要了牲畜的壽命		△
838 教養無方	996 劣子臨刑咬娘乳	◎	△
844 帶來好運的襯衣	989C 知足常樂	◎	△
880*賭徒的妻子	880A 賭徒的妻子	○	
882A*紡車旁的求愛者	1444 美婦巧戲登徒子	◎	△
884B 女子從軍	985B 女子從軍　代父出征 （花木蘭）	◎	△
896 好色的「聖人」和箱子裡的女郎	986A 箱中少女變虎熊	◎	△
905A*被更換環境的闊太太	905A 被更換環境的闊太太	○	
923B 負責主宰自己命運的公主	943 對自己命運負責的公主		△
924A 僧侶與商人用手勢討論問題	1660A 比手劃腳會錯意	◎	△
926A 聰明的法官和罐子裡的妖怪	331A 真假新娘（新郎）		△
926D 法官霸占引起糾紛的物件	1534E 縣官審案　霸占引起爭執的物件	◎	△
967 蛛網救人	543 蜘蛛鳥雀掩逃亡	◎	△
970 連理枝	749A 生雖不能聚　死後不分離	◎	△
980*畫家和建築師	1864 木匠和畫家	◎	△
1119 巨魔錯殺了自己的孩子	327 孩子和吃人的妖怪	◎	△
1174 做一條沙繩	920A.1 小男童以難制難	◎	△
1271C*為石披衣取暖	1271C 為樹披衣取暖	○	◎

1278*以浮雲日影作記號	1278A 以浮雲日影作記號	○	
1328A*太鹹的湯	1328A 太鹹的湯	○	
1531A 不認得剃了髮的自己	1284 把自己丟了（不認識自己）	◎	△
1534D*裝啞打贏官司	929B 裝啞打贏官司		△
1536B 三個駝背兄弟淹死了	1444A 少婦巧計移眾屍	◎	△
1586 殺蠅吃官司	1252 射蠅出人命	◎	△
1642 一筆好交易	1319P 讓青蛙數錢	◎	△
1653D 樹上落下的獸皮	1653 樹上墜物驚盜賊（樹下的強盜）	◎	
1681*傻子建造空中樓閣	1681D 傻瓜的白日夢	○	◎
1711*不怕死人的伐木工	1676 裝鬼嚇傻瓜　傻瓜不知怕		◎
1730 愚僧求愛陷入圈套	1444 美婦巧戲登徒子	◎	△
1741 祭司的客人和被吃掉的雞	1635C 偷吃了雞的廚子兩頭騙	◎	△
1761*騙子裝神像遭打	1526E.1 裝神弄鬼被拆穿	◎	△
1804B 讓你聽錢聲　就算付你錢	1592D 請你聽錢聲　就算付你錢		△
1829 活人假裝神像	1526E 裝神弄鬼騙錢財	◎	△
1965 克諾依斯脫和他的三個兒子	1930 荒謬世界（虛幻之邦）	◎	
2031C 強中更有強中手	2031 強中更有強中手		
2042C*咬一口（刺一下）引起一串禍事	2042C 咬一口引起的一連串禍事	○	
2047*為什麼	2047 為什麼	○	

（2）**丁氏書（ATT）部份：**〔註118〕（前者號碼為 ATT 編碼，後者為金氏調整編碼）

- 200*（家畜類）：110A（野獸和家畜）
  案：故事主角是貓與老鼠，故歸「野獸和家畜類」。
- 326E*（神奇的對手類）：745B（其他神奇故事）

〔註118〕參見附表四「金榮華調整丁乃通書故事類型調整表」。

案：故事中兩者並沒有相對較勁，故歸屬「神奇故事」。

- 403A**（神奇的妻子類）：750C.1（宗教神仙故事‧神的賞罰）

 案：故事強調善心女獲好報，並非神奇妻子，故調整之。

- 403C.1（神奇的妻子類）：855A（生活故事‧選女婿和嫁女兒的故事）

 案：新娘並沒有神奇處，純粹是換新娘弄巧成拙的生活故事，故調整之。

- 449A（神奇的丈夫類）：733（其他神奇故事）

 案：故事是說旅客受害變成驢，非關丈夫，故歸「其他神奇故事」類。

- 465A.1（奇異的難題類）：742（其他神奇故事）

 案：故事當中因為沒有難題，之所以歸於 465A.1，是因前半部情節與 465 型故事情節相似緣故，現依內容調整之。

- 480D（奇異的難題類）：565A（神奇的寶物‧寶物失而復得）

 案：故事沒有奇異難題，而是寶物嚴懲貪殘者，故調整之。

- 480F（奇異的難題類）：747（其他神奇故事）

 案：故事當中沒有難題，是善心人得感恩鳥的回報，惡者受到懲罰，故調整之。

- 503E（野人和精怪的幫助類）：542（動物的幫助類）

 案：助人的是狗，而非野人、精怪類，故調整之。

- 503M（野人和精怪的幫助類）：715B（其他神奇故事）

 案：故事中並沒有野人、精怪等，是以歸神奇故事類。

- 511B*（神奇的幫助者類）：939A.1（生活故事‧命運的故事）

 案：故事當中沒有神奇的幫助者，而是繼母想害繼子，反害其子，故調整之。

- 535（動物的幫助類）：156E（人和野獸類）

 案：AT 535 的類型名稱是「虎的養子」，故事大意：一棄兒被虎收養，得一神弓，長大後議親，但為他人冒替，乃出走至一寡婦處。寡婦有一女，即原來議親之對象，此時因神弓而認出男方身份，兩人終成眷屬。〔註 119〕丁氏於此型下所列之「虎媒」故事，與此不同，金氏另新設 156E〔老虎報恩　搶親做媒〕類型，故事提要：

〔註 119〕同註 22，頁 191。

「老虎報人解救之恩，搶救或馱來一女，媒介恩人成婚」〔註120〕。
丁氏該型號故事提要如下：

ATT 535〔虎的養子〕〔註121〕

Ⅰ.(b¹)男孩的父親已成了一隻老虎精。(e)其他魔物。

Ⅱ.老虎作媒把女孩帶給主角。(g)當有人控告男主角誘拐她
時，老虎來到法庭作證，人得以釋放。

- 555B（動物的幫助類）：596（神奇的寶物・各種寶物）
  案：石像非動物，是以歸類「各種寶物」類。

- 555C（動物的幫助類）：597（神奇的寶物・各種寶物）
  案：聚寶盆的神奇能力是自然具有，沒有任何動物的幫助，是以歸
  「各種寶物」類。

- 613A（神奇的藥方類）：598（神奇的寶物・各種寶物）
  案：故事裡沒有提到任何神奇藥方，而有百呼百應的寶物，故歸於「各
  種寶物類」。613A 的 Ⅰ、Ⅱ（h）情節常是獨立成篇的故事，金氏另
  外分立新型號。Ⅰ（蠱王）故事涉及神奇，故設立為型號 714「蠱
  王」，歸屬「各種神奇故事類」；Ⅱ（h）設立型號 598A「猴子抬瓜
  誤抬人 以為瓜爛拋山谷」，歸屬「神奇的寶物類」。

- 745*（神奇故事類）：948（生活故事・命運的故事）
  案：故事情節非神奇而是巧合，或是命定兩人好心好報的結果。

- 780D*（宗教神仙故事類）：749B（其他神奇故事）
  案：事非涉宗教、神仙事，改列神奇故事類。

- 841A*（其他宗教神仙故事類）：947A（命運的故事）
  案：841A*〔乞丐不知有黃金〕故事說有一人好吃懶做，後淪為乞丐。
  雖然前妻暗中接濟他，懶惰成性的他卻嫌東西重，把一袋暗藏了
  銀子的饅頭換給他人，真所謂「橫財不富命窮人」，此故事無涉及
  宗教，故歸947A「命運的故事」類。

- 910*（有用的話類）：991（其他生活故事）
  案：有用的話類（910－919）大多是化險為夷話語，故此故事應歸生
  活故事類。

〔註120〕同註22，頁56。
〔註121〕同註62，頁178。

- 910A＊（有用的話類）：989B（其他生活故事）

  案：故事是說人對於金錢的領悟，故歸 989 財富類。

- 920C.1（聰明的言行類）：851D.1（生活故事・選女婿和嫁女兒的故事）

  案：故事主題在選女婿的方法，故調整之。

- 922＊（聰明的言行類）：981A（其他生活故事）

  案：故事主題是說百姓解救國家防止了戰爭，故歸 981〔老人救國〕類下。

- 934D.2（命運的故事類）：829A（其他宗教神仙故事）

  案：故事情節涉及神仙作爲，應屬神仙故事，故調整之。

- 935A、935A＊（命運的故事類）：998（其他生活故事）

  案：所說的是訓誡生活勿浪費的故事，非關命運，故調整之。

- 967A＊（盜賊和謀殺的故事類）：543A（動物的幫助類）

  案：英雄得動物之助而逃過災難，故調整之。

- 970A（生活故事類）：749A（其他神奇故事）

  案：戀人死後化爲連理枝、雙蝶，屬神奇故事，故調整之。

- 980A（其他生活故事類）：980、980B（其他生活故事）

  案：因爲 ATT 980A 的故事情節不同於 AT 980A，所以金氏將 ATT 的三個故事情節調整型號如下〔註122〕：

  ① 980A〔半條毯子禦嚴冬〕：依 AT 原意重新撰寫故事提要。

  ② 980A（a）、（b)故事情節：歸屬於 980B 型號，名稱改爲「跌碎飯碗勸婆婆」。

  ③ 980A（c)故事情節：歸屬於 980 型號，名稱改爲「兒子一言驚父親　從此孝養老祖父」。

- 1153A＊（笨魔受驚類）：1144B（讓惡霸蠢魔上當的故事）

  案：笨魔並非是受傷或害怕，而是讓其上當，故調整之。

〔註122〕參見(1)Antti Aarne and Stith Thompson, *The Types of the Folktale*（Helsinki, 1981）p.344。(2)丁乃通著；鄭建威等譯：《中國民間故事類型索引》（北京：中國民間文藝出版社，1986 年 7 月），頁 319～320。(3)金榮華：《民間故事類型索引》（台北：中國口傳文學學會，2007 年 2 月），頁 419～420。(4)金榮華：〈談孝——就所知民間故事印證其演進，並論 AT 980、980A 和 980B 三型故事之分類〉，《民間故事論集》（台北：三民書局，1997 年 6 月），頁 267～280。

- 1305F（笑話、趣事・傻瓜的故事）：1306A（笑話、趣事・傻瓜的故事）

  案：1305 號（傻瓜的故事）所屬各型爲守財奴之笑話，金氏因此另立 1306 號（貪婪者），統攝貪婪者之各型笑談。〔註123〕此故事乃強調貪婪的作爲，故歸屬之。

- 1405**（夫妻間的笑話和趣事類）：1446A（笑話、趣事・女人的笑話和趣事）

  案：故事強調女子呆傻，故調整歸屬「女人的笑話」。

- 1405A**（夫妻間的笑話和趣事）：1446B（笑話、趣事・女人的笑話和趣事）

  案：故事是取笑拙女的笑話，故調整之。

- 1534E*（男人的笑話和趣事類）：997（其他生活故事）

  案：故事內容是忤逆的兒子與父親訴訟之事，依此而言，應歸屬生活故事類較適宜。

- 1534G*（男人的笑話和趣事類）：1542C（男人的笑話和趣事類）

  案：1534 型號是屬於行事荒謬類的笑話，而 1542 型號是關於騙人趣事的笑話。故事中的主角運用機智讓他人應允某事，故事又具有趣味性，故調整爲「男人的笑話和趣事」類。

- 1562C（男人的笑話和趣事・聰明人）：1684（男人的笑話和趣事・笨人）

  案：所謂傻瓜，是指自以爲聰明者所做的傻事；所謂笨人，是指天資魯鈍而行事錯誤者。〔註124〕1562C 類型故事說的是有人篤信曆書而不知變通，實屬呆笨行爲，故歸於「笨人」類。

- 1567B*（男人的笑話和趣事類）：1000B（惡地主與笨魔的故事・與雇工的故事）

  案：故事主要是講地主與長工的故事，故調整之。

- 1568（男人的笑話和趣事類）：1000A（惡地主與笨魔的故事・與雇工的故事）

  案：故事主要是講地主與長工的故事，故調整之。

- 1568A（男人的笑話和趣事類）：1000A.1（惡地主與笨魔的故事・與雇

〔註123〕同註 22，頁 498。
〔註124〕同註 12，頁 127。

工的故事）

　　案：故事主要是講地主與長工的故事，故調整之。

- 1592C（男人的笑話和趣事類）：1517（笑話、趣事・女人的笑話和趣事）

　　案：故事主角是女子，故歸女人的笑話類。

- 1681C*（男人的笑話和趣事・笨人）：1683（男人的笑話和趣事・笨人）

　　案：AT 1681〔男孩的不幸〕說的是男孩愚蠢的舉動，沒有模仿之意。〔註125〕1683*〔農夫數石〕則是農夫自認比他人聰明。〔註126〕就1681C*故事而言，調整爲 1683 型號較適宜。

- 1696D（男人的笑話和趣事類）：1382B（笑話、趣事・夫妻間的笑話和趣事）

　　案：主要指女（妻）子濫用客氣話所鬧的笑話，應歸屬夫妻間的笑話類。

- 1699C（男人的笑話和趣事・笨人）：1619（男人的笑話和趣事・聰明人）

　　案：故事強調人利用字句沒有標點可以兩讀的方式獲利，故調整之。

- 1704A（男人的笑話和趣事類）：1305E（笑話、趣事・傻瓜的故事）

　　案：故事主角自以爲聰明，而實爲傻瓜行徑，故調整之。

- 1704C（男人的笑話和趣事類）：1305G（笑話、趣事・傻瓜的故事）

　　案：故事說的是守財奴行徑，故歸於 AT 1305〔吝嗇鬼和他的黃金〕型號下較適宜。

- 1704D（男人的笑話和趣事類）：1305H（笑話、趣事・傻瓜的故事）

　　案：故事應歸屬吝嗇者的故事類。

- 1830*（僧侶的笑話和趣事類）：829（其他宗教神仙故事）

　　案：中國說的大都是神仙的故事，故調整之。

- 1862*（各行各業的笑話和趣事）：1635B（男人的笑話和趣事・聰明人）

　　案：故事主要說聰明者作弄各行業者，故調整之。

〔註125〕同註 66，頁 475。
〔註126〕同註 66，頁 476。

附表四：金榮華調整丁乃通書故事類型對照表

丁氏書的類型號碼、名稱	金氏書的類型號碼、名稱	修改編號 ○	修改類型名稱 ◎	調整型號歸類 △
78B 猴子把自己用繩子捆在老虎身上	78 繫身虎背被拖死		◎	
111C*狡猾的老鼠	111C 牛和老鼠比誰大	○	◎	
125F*喊叫有狼，或發假警號	125F 驢子屢發假警訊結果自己喪了命	○	◎	
156D*老虎重義氣	156D 虎盡子責養寡母	○	◎	
176A*人以智勝猴	176A 猴子學人上了當	○	◎	
200*貓的權利	110A 老鼠讓貓睡過頭	○	◎	
275D*蝸牛和老虎在泥中賽跑	275D 蝸牛和老虎在泥淖中賽跑	○		
312A*母親入猴穴救閨女	312A.1 母親猴穴救閨女	○		
326E*藐視鬼屋裡妖怪的勇士	745B 荒屋得寶	○	◎	△
403A**受苦女郎，神仙賜美貌	750C.1 受苦善心女　神仙賜美貌	○		△
403C.1 繼母偷天換日	855A 換新娘弄巧成拙		◎	△
449A 旅客變驢	733 旅客變驢			△
465A.1 百鳥衣	742 百鳥衣			△
480D 仁慈的少婦和魔鞭	565A 仁慈的少婦與魔鞭			△
480F 善與惡的弟兄和感恩的鳥	747 善心人和感恩鳥			△
503E 狗耕田	542 狗耕田			△
503M 賣香屁	715B 賣香屁			△
511B*異母兄弟和炒過的種子	939A.1 異母兄弟和炒過的種子	○		△
554D*蜈蚣救主	554D 蜈蚣救主	○		
555*感恩的龍公主	555D 龍宮得寶或娶妻	○	◎	
555B 含金石像	596 含金石像			△
555C 聚寶盆和源源不絕的父親	597 聚寶盆		◎	△

576F*隱身帽	576F 隱身帽	○		
592*險避魔箭	592B 神箭早發	○	◎	
592A*樂人和龍王	592A 樂人和龍王	○		
592A.1*煮海寶	592A.1 煮海寶	○		
613A 不忠的兄弟和百呼百應的寶貝	598 不忠的兄弟和百呼百應的寶貝			△
745*負債人同病相憐　雙雙得救	948 躲債廟	○	◎	△
780D*歌唱的心	749B 相戀不得見　人死心不死	○	◎	△
825A*懷疑的人促使預言中的洪水到來	825A 陸沉的故事	○	◎	
841A*乞丐不知有黃金	947A 橫財不富命窮人	○	◎	△
851A*對向公主求婚者的考試	851A.1 對求婚者的考試	○		
851B*決心去做似乎做不到的事或者冒生命危險作為結婚先決條件	851B 選努力及時完成工作者為婿	○	◎	
851C*賽詩求婚	851C 賽詩求婚	○		
876B*聰明的姑娘在對歌中取勝	876B 姑娘詩歌笑眾人	○	◎	
888C*貞妻為夫復仇	888C 貞節婦為夫復仇 (孟姜女)	○		
893*秘密的慈善行為	893A 至友報恩不明言	○	◎	
910*饑餓是最好的調料	991 餓時糟糠甜如蜜	○	◎	△
910A*金錢並非萬能	989B 金錢非萬能	○		△
920C.1 用對屍體的感情來測驗愛情	851D.1 少女偽死測真情		◎	△
922*熟練的手藝人或學者防止了戰爭	981A 小人物防止了戰爭	○	◎	△
922A*卑微的女婿解答謎語或問題	922A.1 小女婿妙言勝連襟	○	◎	
926*爭執的物件平分為兩半	926A.1 到底誰是物主	○	◎	
926B.1*誰的袋子？	926B.1 拾金者的故事	○	◎	

926D*誰偷去了賣油條小販的銅錢？	926D.3 誰偷了賣油條小販的銅錢	○		
926D.1*審判驢和石頭	926D.1 審石頭	○	◎	
926E*鐘上塗墨	926E 鐘上塗墨	○		
926E.1*抓住心虛盜賊的其他方法	926E.1 抓住心虛盜賊的其他方法（蘆杆短了一截）	○		
926F*洩露秘密的物件	926F 審畚箕	○	◎	
926G*誰偷了驢（馬）	926G 誰偷了驢馬	○		
926G.1*誰偷了雞或蛋	926G.1 誰偷了雞或蛋	○		
926H*失言	926H 一句話破案	○	◎	
926L*假證人	926L 假證人難畫真實物	○	◎	
926M*解釋怪遺囑	926M.1 解釋怪遺囑	○		
926P*這些不是我的財富	926P 財物不是我的	○	◎	
927A**中毒者報仇	927D 中毒者報仇	○		
934D.2 如何避免命中注定的死亡	829A 神仙應請增人壽		◎	△
935A 富家婆終於知艱辛	998 富家子終於知艱辛		◎	△
935A*浪子識世情惜已太晚	998 富家子終於知艱辛		◎	△
967A*烏龜和魚給英雄搭一座橋	543A 魚龜成橋助逃亡	○	◎	△
970A 分不開的一對鳥、蝴蝶、花、魚或其他動物	749A 生雖不能聚　死後不分離		◎	△
978*眾人說的假話有人信	978B 眾人說的假話有人信	○		
980A*智服伯母	980G 智服伯母	○		
1062A*擲柴比賽	1062A 扔物比遠	○	◎	
1062B*負重賽跑	1062B 挑擔賽跑	○	◎	
1092*誰能殺螞蟻	1092A 比武殺螞蟻	○	◎	
1097A*建築比賽	1097A 建築比賽	○		
1153A*怕金子的人	1144B 怕金子的人			△
1215*傻子和他的兒子、他的父親	1215A 你打我兒　我打你兒	○	◎	

1266B*傻瓜買雁	1266B 傻瓜買野鴨	○	◎	
1266C*呆子買油	1266C 傻瓜買油	○	◎	
1275A*路標失蹤，傻瓜迷途	1275A 傻瓜認路進水塘	○	◎	
1305F 殺鵝取卵	1306A 貪心人殺雞取卵		◎	△
1319N*誤認塑像爲人	1319N 把貨賣給了菩薩	○	◎	
1349Q*拔牙	1349Q 拔牙	○		
1375D*有權威的人也怕老婆	1375D 大官也怕老婆（我的葡萄架也要塌了）	○	◎	
1375E*妻妾鑷髮	1375E 妻妾鑷髮	○		
1387A*懶得不肯動手的妻子	1387A.1 懶得不肯動手的丈夫或妻子	○		
1405**懶惰的女裁縫	1446A 拙女學裁縫	○	◎	△
1405A**拙妻做被子	1446B 拙女縫被	○	◎	△
1419B*交換了鞋	1419B.1 跳窗的原來是自己	○	◎	
1419F*袋子裡的奸夫	1419F.1 袋子裡的是米	○	◎	
1530A*捧好一堆雞蛋	1530A 賣蛋小販上了當	○	◎	
1530B*小販受騙吃苦	1530B 小販受騙	○		
1530B.1*無禮的送信人受罰	1530B.1 來僕不敬罰揹磨	○	◎	
1534E*給打傷自己父親的忤逆兒子出主意	997 嚙耳訟師	○	◎	△
1534G*金口玉言	1542C 蜜汁寫字騙帝王	○	◎	△
1543E*假毒藥和解毒劑	1543E 假毒藥和解毒劑	○		
1559D*哄上哄下騙進騙出	1559D 哄上哄下　騙進騙出	○		
1559F*哄人打賭：要官學狗叫	1559F 打賭要官學狗叫	○		
1559G*扁擔上睡覺	1559G 扁擔上睡覺	○		
1562C 切遵教誡，一成不變	1684 今日不宜動土		◎	△
1563A 讓他吧	1563 模糊語意調戲少女		◎	
1567A*吃不飽的塾師	1567A.1 抗議飯菜太壞的塾師	○	◎	
1567B*吃不飽的僕人以牙還牙	1000B 地主刻薄　長工報復	○	◎	△

1568 地主的無理條件和僕人的對策	1000A 地主出難題　長工有妙計		◎	△
1568A 佣人表面上的優厚條件	1000A.1 地主有規定　長工照著行		◎	△
1568A** 頑童吃甜點心	1568B.1 頑童吃點心	○		
1592C 神貓與神鑼	1517 我的東西更值錢		◎	△
1635A* 虛驚	1635A 惡作劇者兩頭騙人受騙者虛驚一場	○	◎	
1681C* 笨拙的模仿者	1683 傻瓜的有樣學樣	○	◎	△
1687* 忘掉的東西	1687B 傻瓜忘物	○	◎	
1691* 猛吃的新郎	1691A.1 憨丈夫遵囑猛吃	○	◎	
1696* 家裡出事別怪我	1696A.1 家裡出事別怪我	○		
1696A 總是晚一步	1696 傻瓜行事總出錯		◎	
1696B 我應該怎麼做	1696 傻瓜行事總出錯		◎	
1696D 傻媳婦濫用客氣話	1382B 傻媳婦濫用客氣話			△
1699C 錯讀沒有標點的文句	1619 可以兩讀的文句		◎	△
1704A 吝嗇老頭不吃好飯	1305E 守財奴吝嗇成性		◎	△
1704C 虛擬的好菜	1305G 守財奴以看代吃以虛代實		◎	△
1704D 肉貴於命	1305H 肉貴於命			△
1830* 各人祈求的天氣不同，女神盡皆賜予	829 有求必應	○	◎	△
1862* 郎中、棺材店老板和僧侶	1635B 惡作劇者說謊　不同行業的人白忙	○	◎	△
1962A.1 巨中更有巨霸人	1962A 巨中更有巨霸人	○		

2. 合併的類型型號

　　金氏依故事的敘述方式、內容的性質、主角屬性，將 AT、ATT 的十六個故事類型調整合併。以下分述之。

- 78B→78（ATT→AT）（說明：符號「→」代表前碼併入後碼，以下皆同）
　案：ATT 78B 的故事提要：猴子爬上樹去抓一個人給老虎吃，當被抓的人因害怕而把尿灑在猴子頭上時，猴子摔了下來，老虎拖著猴

子逃跑，把牠拖死了。〔註127〕情節與 78 相仿，故歸併之。

- 301B→513（AT→AT）

  案：301B 的情節往往是 513 的前半段故事，故歸併之。

- 400*→400A（AT→ATT）

  案：400*型號主要是說天鵝少女尋回羽毛後飛走的故事，與 400A〔仙侶失蹤〕故事相仿，故合併之。

- 828→173（AT→AT）

  案：AT 173 與 828 型號的故事相同，說的是「人與動物調整壽命長短」〔註128〕，故事大要：一開始人與動物各有三十年的壽命，所有動物都覺得時間太長，而人覺得時間太短，最後人獲得動物的部分壽命。就其內容而言，故事與宗教神仙無關，因 828 型號屬於「其他宗教神仙故事」類，歸屬於 173 型號「人與野獸」類較妥切，故合併之。

- 841A*→947A（ATT→AT）

  案：因 ATT 841A*〔乞丐不知有黃金〕故事情節並不一定與宗教神仙有關，故調整歸併到「生活故事・命運的故事」類的 947A，名稱改為〔橫財不富命窮人〕。

- 935A、935A*→998（ATT→ATK）

  案：935A〔富家婆終於知艱辛〕、935A*〔浪子識世情惜已太晚〕故事情節非關命運，故歸入「其他生活故事」（970－990）類中，另立型號 998〔富家子終於知艱辛〕以歸併之。

- 1119→327（AT→AT）

  案：這兩類型的故事除鬥智對象不同外，故事的情節與結構都相同，而此類故事主要是突顯神奇的對手，故歸併 327「神奇的對手」類。

- 1531A→1284（AT→AT）

  案：1284 是說人在穿了新衣或剪頭髮後，不認得他自己，與 1531A〔剃了髮後不認得自己〕故事相似，1531 是「聰明人」類編號，如此歸類不妥，故歸併於 1284 型號「笑話・傻瓜的故事」類。

〔註127〕同註 62，頁 14。
〔註128〕同註 66，頁 63、279。

- 1563A→1563（ATT→AT）
  案：1563A〔“讓他吧”〕（ATT）與 1563〔“兩個嗎？”〕（AT）故事相似，故歸併之。

- 1653D→1653（AT→AT）
  案：1653D〔樹上落下的獸皮〕故事情節結構與 1653〔樹下的強盜〕相似，兩者說的是樹下的強盜被突如其來從樹上落下的獸皮砸中，留下財寶驚慌離開。故歸併之。

- 1696A、1696B→1696（ATT→AT）
  案：ATT 1696A〔總是晚一步〕，是說一個傻孩子（有時候是丈夫），總是按照他母親（妻子）教他的話去說，但總是把話用錯地方。1696B〔我應該怎麼做〕故事是說和媽媽住在一起的孩子所遇到的不幸。AT 1696〔我應該說（做）什麼？〕故事說一個傻子依照他母親或妻子教他的話去說，或教他的原則去做，但是因為他弄不清事情的性質，只見到部分的表面現象，因此總是出錯。〔註129〕這實已包括 ATT 1696A 及 1696B 兩類型故事，故歸併之。

- 1696D→1382B（ATT→ATT）
  案：1696D〔傻媳婦濫用客氣話〕編號是屬於「男人的笑話和趣事」的「笨人」類，而其故事則與 1382B〔愚婦學巧婦〕相似，故歸併之較妥切，名稱仍依 1696D。

- 1711*→1676（AT→AT）
  案：1711*〔不怕死人的伐木工〕與 1676 型號故事相似，1676 型號是故意要使人驚恐的故事類，所以將 1711*歸併之較妥切。

- $1962A_1$→1962A（ATT→AT）
  案：AT 1962A〔巨霸人〕情節已包括 $1962A_1$ 故事，故歸併之。

- 1965→1930（AT→AT）
  案：1965〔克諾依斯脫和他的三個兒子〕與 1930〔虛幻之邦〕故事相似，而 1960 型號後的故事皆是誇飾巨大的事物，1965 型號故事是說一個奇怪的地方，一切的事情都非常荒謬。故歸併於 1930 較妥切。

- 2031C→2031（AT→AT）

〔註129〕同註 22，頁 611。

　　案：AT 2031C 與 2031〔強中更有強手〕故事相似，故歸併之。

　　金氏對 AT、ATT 兩書型號的調整與修正，在型號下皆以互見方式註明，使用者可以會通原型號與調整後的編碼。

　　金氏《民間故事類型索引》一書，雖以 AT 國際分類法編碼，但並非全盤套用，對其中類目標題、型號歸類不當等缺失有所調整修正，使符合實際檢索的故事內容；這不僅讓民間文學工作者能充分掌握民間故事在國際編碼上的位置，也突顯中國民間故事與文化的特色。金氏對故事類型索引所做的取法、修正與開創，皆見其編纂用心與見識恢弘。

第四節　金榮華《民間故事類型索引》的傳承與貢獻

　　金榮華的《民間故事類型索引》以國際 AT 分類法編碼，對中國大量的民間故事進行歸類立型，更擴及外國的民間故事。金氏不僅對 AT、ATT 的類目標題、型號歸類不當等缺失屢有調整修正，新增的故事類型也充分反映中國的文化特色。此書並可擴展為其他故事類型索引的編寫，對民間故事的歸類與比較研究有提綱挈領之助，將有助於民間文學工作者對故事流傳的區域、族群、傳播現象等課題的研究。故段寶林稱其「對民間故事有精深的研究，對國際流行的 AT 故事類型索引運用非常純熟，在研究中又有新的發現。」〔註130〕過偉也綜述金氏對民間故事的研究，其貢獻有四：「之一，在民間故事情節分析方面；之二，在湯普遜、丁乃通兩部"故事類型索引"的基礎上調整或增補新碼；之三，編撰類型索引；之四，在專著《中國民間故事與故事分類》中對情節分類目錄與類型分類目錄的諸多論述。」〔註131〕

一、金榮華《民間故事類型索引》對丁書的繼承與修訂

　　金榮華說：「編製故事的情節分類目錄和類型分類目錄就是『民間故事學』的一項基礎工作，使用這些分類目錄也是對民間文學工作者的一項基本要求。」〔註132〕在故事類型分類方面，他在《中國民間故事集成類型索引（一、

〔註130〕段寶林：〈珍貴的海峽兩岸第一部——《台灣民間文學》述評〉，《民間文化論壇》2005 年六期，頁 106。

〔註131〕王甲輝、過偉主編：《台灣民間文學》（上海：上海文藝出版社，2005 年 5 月），頁 271～274。

〔註132〕同註 12，前言，頁 1。

二）》落實對 AT 分類的修正與增補，擴充資料後所編寫的《民間故事類型索引》則對民間文學研究者提供檢索更多故事文本與開闊國際視野的途徑。

（一）是第一本為中國民間文學工作者使用所編的 AT 類型索引

丁乃通為了使西方民間故事研究者瞭解和研究中國的民間故事，其《中國民間故事類型索引》編寫格式主要是沿承 AT 書適應於西方學者的。金氏書是第一本為中國民間文學工作者使用所編的 AT 類型索引工具書，提供研究者認知中國民間故事面貌與概況，也是世界民間故事的分類索引。

本書就取材而言，承接對丁書後出民間故事的分析與歸類，包括具有代表性的《中國民間故事集成》二十一省市卷本、《中華民族故事大系》、《中國民間故事全集》等書。就體例來說，此書雖依照 AT 分類法編寫，而非全盤套用，對其類目標題、類型名稱、類型歸屬等部分進行研究，加以增修，如重擬類型名稱以符合中國的習慣用語，擴充類目名稱以容括同屬性的中國故事，書後的「關鍵詞索引」提供研究者便捷檢索資料的途徑，在丁著既有的故事類型外，金氏還歸納新增 151 個故事類型，更突顯中國的文化特色。金氏書諸如這些型號的調整與增補，使 AT 分類法更適用中國民間故事的實際情況，民間文學研究者在使用上也更為便利。過偉對金氏包括中國民間故事三大套書所做的類型索引，就稱許其工作「將極大地方便並促進海峽兩岸四地中國學者、外國學者研究中國民間故事，作中外故事比較研究，弘揚中華文化。」〔註133〕

（二）對 AT、ATT 故事類型索引的修訂

劉魁立說：「湯普森在增訂索引時作出了巨大的努力。但是他的工作囿于阿爾奈原定的規範，對阿爾奈的劃型、分類、編碼在原則上和總體上沒有進行重大改革。因而阿爾奈索引所固有的某些根本性的缺點在這部已經通行世界各國的 AT 索引中仍然繼續存在。」〔註134〕金氏書雖是採用 AT 分類法編寫，對 AT、ATT 兩書若干分類標題、型號編寫、歸屬錯類等皆作了調整與修正，如類型編碼方面，把英文字母後面的星號或小寫的阿拉伯數字改為小數點號碼，如 312A*改為 312A.1；300A₁改為 300A.1，以便新類型在適當處插

〔註133〕同註 131，頁 270。
〔註134〕劉魁立：〈世界各國民間故事情節類型索引述評〉，《劉魁立民俗學論集》（上海：上海文藝出版社，1998 年 10 月），頁 368。

入補位，金氏如此調整不僅使類型從屬關係更明確而故事類型數量也可以更擴大。

　　金氏擬定的故事類型名稱，較 AT、ATT 兩書更能精要呈現故事內容，或突顯故事重點。如 78〔繫身虎背被拖死〕、598A〔猴子抬瓜誤抬人　以爲瓜爛拋山谷〕、750D.1〔井水變成酒　還嫌無酒糟〕、776〔落水鬼仁念放替身〕、784〔陰錯陽差訛爲神〕、926L〔假證人難畫眞實物〕、1555〔眾人出酒皆清水〕等，在標題上已概要表述了故事內容。

　　金氏爲每個故事類型都撰寫文章式的概要，提供檢索者瞭解掌握故事情節，減少之前研究者檢索資料必須 AT、ATT 兩書一起參看的不便。〔註135〕以 300 型號故事爲例：

　　AT 300〔屠龍者〕〔註136〕

　Ⅰ. 英雄和他的狗(a)牧羊人(b)跟後來表現出不忠誠的妹妹；或(c)其他的英雄(d)獲得有幫助的狗(e)透過交換；或(f)因爲這狗生來就跟在英雄身邊；或(g)因爲善意，他獲得動物們的幫助(h)他也獲得魔法棒或魔法劍。

　Ⅱ. 祭品(a)公主被要求當做祭品；及(b)獻祭給一隻龍，公主以結婚作爲被救的條件。

　Ⅲ. 龍(a)呼吸間都噴著火；及(b)有七個頭(c)被砍斷時會不可思議的再復原原狀。

　Ⅳ. 打鬥(a)英雄靜待龍出現時，被公主把事情搞砸了；及(b)英雄陷入了魔法的睡眠中(c)公主試著叫醒英雄，用(d)切斷一根手指；或(e)滴下淚落在英雄臉上(f)在打鬥中，英雄獲得他的狗的協助；或(g)他的馬的協助。

　Ⅴ. 龍舌頭(a)英雄切下龍的舌頭以作爲營救公主的物證(b)一個假冒者之後尋找到龍，並切下龍頭假裝作爲是他營救公主的物證。

　Ⅵ. 假冒者(a)英雄離開了公主(b)隨著命令英雄必須沉默於他營救公主的事實身分離開；或(c)英雄被謀殺；及(d)英雄被他的狗救

〔註135〕丁乃通說：「本書是根據 AT《民間故事類型》第二版中的類型名稱和號碼。不熟悉那本書的讀者，在用本書時，一定要參看那本書，才能有最好的成果。」《中國民間故事類型索引》中譯本序，頁3。

〔註136〕Antti Aarne and Stith Thompson, *The Types of the Folktale* (Helsinki, 1981) pp.88～89.

復活(e)假冒者從公主身上施下了個秘密的詛咒。

VII.認可(a)當英雄營救的事實被認可,他在婚禮當天攔截到假冒者

(b)在他的狗偷竊婚禮蛋糕的這段期間,或是在贈送(c)龍舌(d)

戒指;或(e)另外的紀念品的當下。

ATT 300〔屠龍者〕〔註137〕

普通只有 II、III、IV 部分。很多可能屬於這種類型的故事,都歸入
301 型了(比如 II、III:有的往往包含在 301IIa,IVa 裡)。只有第
二部分的一些說法沒有列在這裡,除非這個說法已和其他類型混在
一起。

II(a)用來祭獻的人常是一個男孩或兩個孩子。

III(d)不讓人們用某個湖或某河流裡的水。

ATK 300〔屠龍救人犧〕〔註138〕

毒龍要居民每年獻祭一名少女,這一年抽到公主為人犧。一個青年
途經其地,救出公主,囑其先回,然後殺了毒龍,並割取龍舌後離
去。有人在他離去後割下龍頭冒功,要娶公主,威脅公主不得說出
真相。幸好青年及時出現,以龍舌為證,殺死冒功者,娶了公主。

還有如丁氏書型號745A〔命中註定的財寶〕〔註139〕故事情節概述:

通常命中註定要享有這些財寶者的名字已刻在財寶上,由神仙告訴
他,有時是神仙托夢告訴他的。

金氏同型號的〔財各有主命中定〕〔註140〕故事提要:

一人在深山發現了一處藏銀,但他要拿時卻被神仙阻止。神仙告訴
他,那些銀子是屬於某人的。後來他妻子生下一兒,別人為這孩子
取名,竟然就是神仙所說的人,於是他抱了兒子去取銀,神仙就沒
有再出來阻止。或是一人極貧,神仙幫助他,把別人的銀子先借給
他用,但叫他將來要還給那人。後來這人很有錢了,一天,救助了
一位即將臨盆的婦女,那婦女產下一男,取的名字竟然是神仙說的
那個人,於是這人就善待這對母子,還把財產分一半給他們。有的

〔註137〕同註62,頁57。

〔註138〕同註22,頁105。

〔註139〕同註22,頁233。

〔註140〕同註22,頁263。

故事是說，一人發現藏銀，上面有他的名字。

還有丁著276A〔螃蟹欺騙了母牛〕故事概要是：「牛怒踏螃蟹，把它踩扁了。」〔註141〕金氏同型號的〔螃蟹欺牛被踩扁〕〔註142〕故事說：

> 牛受了螃蟹的騙，心中惱恨，一見螃蟹便用腳去踩，螃蟹被踩扁了，現在背上還留著牛的蹄印。

故事說明了螃蟹背上印記的源由。此外丁著型號下沒有概述故事情節的，金氏則有故事提要，如：

301G〔桃太郎〕〔註143〕

> 一對沒有子女的老夫婦，在溪邊得到一個從上游飄來的桃子，桃子裡有一個男嬰。男嬰很快長大，他要求老夫婦為他準備一些飯糰，然後帶上大刀前往惡魔島。一路上，他把飯糰分給了一條狗、一隻野雞和一隻猴子，於是牠們和他一起去惡魔島，合力打敗了大小惡魔，使他們不敢再作惡，並把惡魔的財寶帶回，作為給老夫婦的禮物。

733〔旅客變驢〕〔註144〕

> 一家旅舍主人把一種特殊的餅給來投宿的旅客吃，旅客吃了會變成驢，然後他將這些驢出售獲利。但是這個秘密被一名旅客發現了，就偷了他的餅給他自己吃，結果旅舍主人自己變成了驢。

751A〔修行婆變鵝〕〔註145〕

> 觀音菩薩化身為一老婦人，向修行婦女借宿一夜而被拒，一看門老人遂代為安排住處。次晨離去，菩薩故意留下一包銀子，看門老人承認有，修行婦女則要吞沒，於是菩薩讓看門老人和他一起升天，而把修行婦女變成了一隻鵝。

980F〔兒子比財產可貴〕〔註146〕

> 二人一窮一富，窮者有四子，富者無兒女。一日富者宴請窮者，碗筷桌椅皆金製，極盡誇耀。窮者擇日回請，於院中樹蔭下擺桌，

〔註141〕同註62，頁51。
〔註142〕同註22，頁91。
〔註143〕同註22，頁109～110。
〔註144〕同註22，頁255。丁氏此碼原作449A。
〔註145〕同註22，頁280。
〔註146〕同註22，頁424～425。

四子侍立。日影移動或忽然下雨，四子即移桌搬椅，使二人飲食如常，富者不覺嘆道，錢是死寶，人是活寶。或是二人坐寒風中，富者穿皮襖，懷元寶；貧者與四子衣單寒顫，四子即拾柴生火，寒意全消。富者愈坐愈冷，元寶不能取暖。

998〔富家子終於知艱辛〕〔註147〕

（一）富家子不愛惜糧食，每天有大量的剩飯或麵條倒入陰溝。不久富家破產，富家子外出乞食，他的鄰居給了他許多飯或麵條，他連連道謝，鄰居告訴他，這些食物都是他以前倒在陰溝裡由他們洗淨曬乾後保存下來的。

（二）富家婆婆浪費糧食，每天用米飯餵雞餵鴨餵母豬，媳婦勸說不聽，便每天暗自省下一竹罐。後來收成不繼缺了糧，幸好媳婦存下的米已累積了好幾擔，才免得去向別人借。

綜觀上例，足見金氏書的故事類型名稱與故事概要，對於檢索資料的使用者來說是較為清楚明確的。

對於有的學者質疑 AT 分類法不能突顯中國民間故事的問題，金氏提出因應之道，以擴充 AT 原有類目名稱、原有型號與調整型號互見的方式解決。如「宗教故事」改為「宗教神仙故事」、「笨魔的故事」改為「惡地主與笨魔的故事」；在型號 733〔旅客變驢〕中註明「丁氏此碼作 449A」等。新增民間故事類型的性質，則充分呈現中國的社會現象與文化特色，如中國人的道德觀、傳統家庭與農村問題等。〔註148〕

二、第一本將中外民間故事依類型並列的索引

金著是第一本將中外民間故事依類型並列的索引。丁乃通檢索的書籍，大致是 1970 年以前發表的書刊，書成後，他提到後續檢索資料增訂的需要：「本書（ATT）寫成時，正是中國"文革"時期。當時以為中國民間故事不會再有大規模的採錄出版，本書所用的資料已經相當齊全，雖有遺漏，為數不會太多。想不到打倒"四人幫"後國內情勢大好，民間故事的書刊如雨後春筍，出版很多，也許不到幾年，本書便有增訂的必要。」〔註149〕金氏引用書

〔註147〕同註 22，頁 443。金氏將丁氏的 935A 與 935A*兩型號調整歸併為「998」。
〔註148〕參見第伍章第三節「金榮華新增的民間故事類型與調整的型號」。
〔註149〕同註 62，序言，頁 5。

目以二十世紀後半採錄成書者爲主，大量搜集中國大陸、台灣等地的民間故事，如《中國民間故事集成》、《中國民間故事全集》等，另外還引用許多台灣原住民族口傳的民間故事，如卑南族、阿美族等，以及桃竹苗、澎湖、金門等富台灣特色的民間故事，使從事民間文學工作者能掌握近代中國民間故事的概況，書中還並列外國故事已譯成漢文出版者，重要的外國故事集皆包含在內，如：印度《五卷書》、阿拉伯《一千零一夜》、德國《格林童話》、希臘《伊索寓言》等。使用 AT 分類法，可藉由型號知道故事的國際編碼與流布區域；而同型號的中外故事並列，使研究者在檢索中，即知故事是世界性、區域性或本國性的類型，書中提供故事流傳的區域、族群、傳播現象等的相關訊息，更使民間文學研究者有更廣闊的研究視野。所以「此書豐富生動的資料，爲學者提供便利的研究工具。」〔註 150〕金著正是承續開展丁氏所言工作的豐碩成果。

　　金榮華的《民間故事類型索引》對 AT、ATT 調整修訂部分，可供 AT 原書修訂時的參考；新增的類型，也可供 AT 原書修訂時的增入。另外，後續編寫的相關類型索引也可藉此開展，例如相同文化區或歷時性的民間故事類型索引，如金氏目前正著手編寫的《中國歷代筆記故事類型索引》，逐步將中國龐雜的民間故事作駕簡馭繁的歸類工作，這對未來民間文學研究者從事跨族群、跨區域比較研究將有相當裨益。

　　亞細亞民間敘事文學學會曾於 2005 年 8 月在中國北京召開「中日韓民間故事類型索引編撰工作預備會」，會中議題主要是：亞洲民間故事類型索引的編輯原則、分類方法及種類論定，與會者對於民間故事的分類方法提出眾多意見。〔註 151〕金氏的《民間故事類型索引》不僅可作爲探討亞洲地區各國文化交流的檢索資料，也可做爲編纂東亞中日韓三國民間故事類型索引的參考。

　　民間故事反映著民間文化，也是民眾生活文化的產物。民間故事在人們口頭上流傳與創作，對於這既傳承又時新的口傳文學，用故事類型判別歸類，探索故事傳播與變異的途徑，就如金榮華所說：「目錄學是治學門徑，類型索引是民間故事的目錄學。」能嫻熟類型索引，則是掌握民間故事研究之

〔註 150〕王秀珍：〈民間故事研究的治學門徑——評金榮華著《民間故事類型索引》評介〉，《全國新書資訊月刊》2008 年 11 月，頁 86。

〔註 151〕施愛東：〈中日韓民間故事類型索引編撰工作預備會在京閉幕〉，《民間文化論壇》2005 年五期，頁 89。

鑰，金氏的《民間故事類型索引》，不僅傳承 AT、ATT 的分類優點，且在既有的體例上，開創性地作了修訂與增補，使體例更完善，更適用於中國民間故事的類型分類，這對民間故事類型索引的架構與開展有相當卓越的貢獻。

第陸章　中國民間故事類型研究的
　　　　其他著作

　　中國民間故事類型索引除了前文所提到的艾伯華《中國民間故事類型》、丁乃通《中國民間故事類型索引》、金榮華《民間故事類型索引》三本專著外，其他也有學者發表相關的研究與著述，依書寫出版時間先後有：蔡麗雲《中國民間動物故事類型研究》（1997）〔註1〕、袁學駿〈中國民間故事基本類型（提綱）〉（2001）〔註2〕、祁連休《中國古代民間故事類型研究》（2007）〔註3〕等書。這些著作有的是針對某一類別故事類型的研究；有的是新創故事類型編製體系；或者是對古代典籍的民間故事類型進行梳理，各書皆有特色。以下分述之。

第一節　蔡麗雲《中國民間動物故事類型研究》

　　《中國民間動物故事類型研究》是蔡麗雲（1971～）的碩士論文，論文共分六章：第一章緒論、第二章民間動物故事的範圍、第三章民間故事的「AT類型分類法」概述、第四章丁著《中國民間故事類型索引》之民間動物故事

〔註1〕　蔡麗雲：《中國民間動物故事類型研究》（中國文化大學中國文學研究所碩士論文，1997年）。
〔註2〕　袁學駿：〈中國民間故事基本類型（提綱）〉，《民間文藝論集》（北京：中國文史出版社，2001年6月）。
〔註3〕　祁連休：《中國古代民間故事類型研究》（河北：河北教育出版社，2007年5月）。

類型的修訂、第五章中國民間動物故事類型的增補、第六章結論。著者在「研究動機」中提到之所以從事這個專題探討，是對丁乃通《中國民間故事類型索引》一書在使用上的觀察，內容概述如下〔註4〕：

1. 故事類型號碼方面，丁著《中國民間故事類型索引》中，有少數類型號碼因編訂不妥，致使該類型定位模糊。

2. 在故事類型名稱方面，因丁著沿用 AT 原作名稱，若是丁先生所自行編訂的新類型，則自訂其名，因此在類型名稱上，可能大部分會較偏向西方故事思維。其他亦有如冗長、簡略等未切合故事類型主題之情形。

3. 而在故事提要方面，需得參照、比對湯普遜《民間故事類型》一書，運用上並非如是便捷。

4. 故事之新資料在近一、二十年來也大量出現，故丁氏《中國民間故事類型索引》若能有所修訂或是增補，則也是對民間文學的研究者提供一些方便。

著者基於以上考量，試圖為丁著《中國民間故事類型索引》之動物故事類型作一修訂以及增補的工作，所以選定「中國民間動物故事類型」為研究對象。

湯普遜的「AT 分類法」將「動物故事」編定為類型號碼 1－299 號，細目為：

1－99	野獸
100－149	野獸和家畜
150－199	人和野獸
200－219	家畜
220－249	鳥類
250－274	魚類
275－299	其他動物與物品

丁氏《中國民間故事類型索引》的民間動物故事類型也依此編碼歸類。著者在本書的第四章即是對丁氏書之民間動物故事類型的「類型號碼」、「類型名稱」以及「故事提要」逐一作修訂，並藉由故事資料的建立，提供類型檢索之用，著者在這個章節，以修訂類型名稱居多，另增補條列各民族動物故事

〔註4〕 同註1，頁2～3。

資料出處，如：

1*【調虎離山，狐狸偷籃】〔註5〕

動物以裝死、裝跛、唱歌等方式，吸引過路者注意，當過路者放下手中物品，準備抓取該動物時，其同夥趁機將過路者之物品盜離。

□ 類型名稱原作：【狐狸偷籃子】

在湯普遜《民間故事類型》中，1*號之類型名稱為「狐狸偷籃子」（The Fox Steals the Basket.），但此一類型故事之趣味，在於動物們如何個「偷」法，應以此偷法命名，故改為「調虎離山，狐狸偷籃」。

資料：

※《土族撒拉族民間故事選》第44～48頁

（土族。流傳區域：青海互助、民和）

※《中華民族故事大系・第一卷・蒙古族民間故事》第713～714頁。

※《中華民族故事大系・第二卷・苗族民間故事》第969～973頁。

（流傳區域：雲南楚雄）

（以下從略）

著者在閱讀近年來海峽兩岸採集與出版的大量民間文學作品後，發現中國尚有其他動物故事可成一新類型或 AT 書中雖已編訂成號而丁著未及收錄的，因此為之增補，希望能提供研究者查閱與參考之用。所以論文第五章的內容是對中國民間動物故事類型的增補。如：

2D*【老虎著火，逆風而跑】〔註6〕

老虎著火，其他動物（常是黃牛）說服牠往山上跑，因逆風會助長燃燒，虎因而被燒傷。

資料：

※《中華民族故事大系・第六卷・傣族民間故事》第907～911頁。

※《中華民族故事大系・第七卷・佤族民間故事》第874～876頁。

（流傳區域：雲南滄源）

（以下從略）

〔註5〕同註1，頁27。
〔註6〕同註1，頁128。

總計全書共列出中國民間動物故事類型 179 個〔註7〕。AT 書未編號，丁氏增
加的有三十個類型，蔡氏擬定的有十個新類型〔註8〕，如下列：

2D* 　　 老虎著火，逆風而跑

31A 　　 勸虎入阱避天塌，計使虎怒而脫離

74C 　　 猴以丟果之名，行丟刺之實，戲弄狐狸

126* 　　 兔假扮為取獸皮之官，宣旨以救羊

157* 　　 人請虎吸槍桿菸

200A₂ 　　 豬狗齊耙地，印足以搶功

200** 　　 鼠報錯時，致貓失排肖權

201G* 　　 義犬阻狼以護主

232A** 　　 動物互畫身體

235B 　　 動物換腿

　　蔡著引用故事資料的書目極為豐富，尤其是諸多中國民間文學集成各縣
卷本，在與 AT 書、ATT 書詳加比對後，增其所無。書後附錄「中國民間動物
故事類型整理表」、「中國各族民間動物故事類型之分布概況整理表」、「中國
各省民間動物故事類型之分布概況整理表」等，對中國民間動物故事類型分
布概況作充分梳理與呈現。賈芝曾說：「國外學者對中國民間故事寶藏之豐富
瞭解甚少，甚至還存在著與實際相差極遠的錯誤觀念，比如有人說中國沒有
動物故事。事實上，中國各少數民族都有許多妙趣橫生的動物故事，就是在
漢族中也有很生動的動物故事流傳。」〔註9〕今蔡著增補中國民間動物故事的
諸多篇目，正可作為除丁著之外的另一佐證。過偉也稱其「這是海峽兩岸第
一部中國動物故事類型研究及類型索引之作，取材宏富，分類精當，有開創
意義。」〔註10〕惟蔡著是學術論文，尚未考量實際應用層面，全文還不具有
索引體例，日後或許可依此著為基礎彙編「中國民間動物故事類型索引」，以
發揮更好的檢索功能。

〔註 7〕 類目名稱參見附錄六「蔡麗雲《中國民間動物故事類型研究》類目簡表」。

〔註 8〕 同註1，頁 149～150。

〔註 9〕 丁乃通著；鄭建威等譯：《中國民間故事類型索引》（北京：中國民間文藝出
版社，1986 年 7 月），序言，頁 2。

〔註10〕 王甲輝、過偉：《台灣民間文學》（上海：上海文藝出版社，2005 年 5 月），頁
396。

第二節　袁學駿〈中國民間故事基本類型（提綱）〉

　　劉魁立認爲：「AT 分類法主要著眼於研究許多民族中間流傳的具有共同情節類型的故事，漠視了民間文學作品的思想藝術內容。」〔註 11〕今有袁學駿以民間故事的主題思想進行歸類，撰寫〈中國民間故事基本類型（提綱）〉（以下簡稱〈類型提綱〉）〔註 12〕。烏丙安對此著作的評價是：「作者牢牢把握住故事主題思想這把鑰匙，去開啓故事分類的神秘大門，同時兼顧歐美學者以"母題"和"類型"分類的方法，爲解析中國民間故事的本質特徵及其社會的、藝術的功能做出新的探索。」〔註 13〕

　　袁學駿（1945～）提到書寫〈類型提綱〉的始末，他從 1970 年開始進行鄉村口頭作品的搜集工作，1981 年開始充當民間文學編輯，1985 年開始負責石家莊地區民間文學三套集成的搜集整理和編輯工作。1987 年對藁城市耿村"民間故事村"的普查、搜集整理和編輯活動。然後便閱讀湯普遜的《世界民間故事分類學》和丁乃通的索引等書，並開始以耿村幾千篇故事爲基礎，進行中國故事的結構分類研究。當時寫成分類草稿《民間故事基本結構類型》小冊子，後來編寫成〈中國民間故事基本類型（提綱）〉，收入於《民間文藝論集》。〔註 14〕

一、〈中國民間故事基本類型（提綱）〉體例

　　著者說明他的故事分類工作的重要理論依據是中國的「文以載道」觀念。分類體系的思路是：抓住故事講述人的出發點、落腳點，體現作品的思想教育等功能，突出五千年文明的東方風範，運用辯證思維，適當淡化母題和情節，試造新的分類體系，以「主題先行，題材優先。」爲原則編寫，採取下列方式編排：

　　　　1. 首先將中國歷代各民族的神話、傳話和故事三大類，統一按作品的主題思想進行歸類，做到古今一體、虛實一體。所謂古今一體，是將古代神話、今日活的神話和傳說、故事放在一起，熔爲一爐再提取、分類、剝離：虛實一體，便是讓神話的幻想的和寫實的

〔註11〕劉魁立：〈世界各國民間故事情節類型索引述評〉，《劉魁立民俗學論集》（上海：上海文藝出版社 1998 年 10 月），頁 362。

〔註12〕同註 2，頁 13～190。

〔註13〕同註 2，序言，頁 2。

〔註14〕作者說因爲無力出成單本，故收入此書中。此部分內容節錄自《民間文藝論集》，頁 6、12。

在各大類中共存，只是在具體型式上各有側重，有時人異分設、人與動物分設。

2. 同時吸收 AT 法和鍾敬文的、艾氏的某些有益成分，用一些已經普遍使用的簡潔的型名，也歸結出一些新的型式名，努力使之有中國特色和較強的概括力，對主題、題材有確定性，防止過於狹窄或過於寬泛。〔註15〕

袁氏的「民間故事」採取廣義的範疇，辨析步驟是：先從故事的主體思想出發，其次從體材、構思、記載早晚和民間影響大小出發，第三從關鍵情節出發，適當注意大小母題的變異型態。這種思路與方法，稱爲「主題思想分類法」。〔註16〕

〈提綱〉全文共分十二類：1.創生類、2.爭戰兵謀類、3.婚愛類、4.孝悌類、5.君臣忠奸類、6.善惡恩仇類、7.尋獲類、8.教考修行類、9.鬼魂類、10.預測驗證類、11.競比智巧類、12.愚拙類。在大類下分主型、亞型，再適當分式。如孝道型，下設六十活埋型、賣兒賣身型、歷難求供型、寡不嫁型、順從聽命型、悅老型、哭孝型、理解老人型等亞型。在主型和亞型之間，尋找主型作品的思想涵蓋性，使主亞型之間形成有內在聯繫的型式體系。各型式大都有一些例子簡要舉出，一部分與 AT 法、艾氏法、鍾氏法有所對照。全文有 291 個主型，307 個亞型，80 式，共有 678 個型式。各大類之間序號空留各 20～30 個，以備後補。〔註17〕袁氏的目的是作一次中國故事分類的試驗，採取了與別人不同的思路和方法。〔註18〕

內容示例一：

133.〔塑像選婿型〕〔註19〕

美女樹立美男模特兒以選婿，多被騙，嫁與醜夫，後悔不及。

①保定地區三卷《醜郎賺俊女》。②樂亭縣一集《畫像選婿》。③耿二 527 頁《茄子娶親》。④樂亭民間故事集一集 267 頁《畫像選婿》，美妻無奈。

〔註15〕同註 2，前言，頁 7～8。
〔註16〕同註 2，前言，頁 9。
〔註17〕同註 2，前言，頁 8。類型名稱參見附錄七「袁學駿〈中國民間故事基本類型〉類目簡表」。
〔註18〕同註 2，前言，頁 12。
〔註19〕同註 2，頁 71。

示例二：

284E.〔接窮神型〕〔註20〕

窮神，不嫌人窮供品可憐。是窮人能夠接來的神。

①吉林《關東山傳說》中《接窮神》。②姜淑珍故事中《接財神》。神以乞丐形象來，變女子與窮人成婚，複合於異類婚姻。③董均倫等《聊齋漢子》中有接窮乞丐爲勞力致富者，乃神化之。

二、對〈中國民間故事基本類型（提綱）〉的商榷

張餘對袁氏著作有以下的評析〔註21〕：

> 袁學駿以“主題劃類”的方法是對“AT 類型”的一種大膽突破，是對東方民間故事“寓教於樂”特點的深刻把握和具體反映。以“情節分型”中，袁學駿的型名擬定，較爲符合中國故事的特點。如“牛郎織女型”。……

> 不足之處，主要是情節類型的概括方面顯得粗疏，在故事材料的羅列檢索方面注意不夠。“AT 類型索引”在方法上的主要貢獻，我以爲一是以故事情節分類編碼，二是將眾多故事材料羅列索引，像工具書一樣，查閱起來簡捷方便，因而才能成爲故事類型研究的國際性模式。袁學駿的《中國民間故事基本類型（提綱）》與“故事類型索引”的科學性和實用性的要求還有相當距離。

所謂「粗疏」、「材料的羅列檢索方面注意不夠」等應是指資料概括寬泛、類別等問題。以下分述之。

（一）「類」與「類型」的概念相間

袁著的分類原則是先分大類，再分類型。而內文實際編排型式的情況有下列兩種：

1.「同一故事類型」的型式

如：

171.〔鞭子攪水型〕〔註22〕

〔註20〕同註2，頁105。

〔註21〕張餘：〈勇敢的突破可貴的探索——讀袁學駿《中國民間故事基本類型（提綱）》〉，《民間文化論壇》2005年第一期，頁108。

〔註22〕同註2，頁81。

受氣媳婦天天去擔水，甚苦。老道給一條鞭子，攪缸即可有水。婆婆（丈夫）試攪發大水，媳婦救而坐缸化石。太原晉祠中傳說，承德《湯泉》，隆堯的《水屁股娘娘》等。

2.「故事有類無型」的型式

如：創生類，2.日月來歷型的亞型，其內容大略如下：

2A.〔星星來歷型〕〔註23〕

星星來歷與日月來歷相關連，但也有不少故事與日月無關。一般是群星來歷，也有星座、單星雙星三星來歷故事。故事出處：

(1) 參商二星是高辛氏兩個兒子變成的。

(2) 傅說星是傅說魂變成的。

(3) 王母娘娘有神釘。她用神簪打碎黏到天上，成為星斗。

(4) 黑龍打架，青天戳破，寶兒與龍王三女兒拔黑龍牙，剝龍皮，抽龍筋以補天。以牙為針是星星。

(5) 善良村姑金花吞了金豆升天為星。

(6) 黃帝的女兒為上天盜神鐮，讓百姓的莊稼不遭雨淋，被玉帝下令斬為十六段，變成鐮刀型的十六顆星。

(7) 說太陽是天上懸掛的夜明珠，老龍王偷走，神童去找，龍王不給，搶之，一腳踢遠，龍王吸回，形成晝夜，而神童便在夜間變成星星、月亮為天下照明。

〔星星來歷型〕的型式引用的故事大體上雖都是解說星星的由來，但沒能成為故事類型，是屬於有類而無型的情況。雖然就類型名稱而言，故事歸類於此似無不妥，然所謂「故事類型」，金榮華說：「是就整個故事的內容和結構作分析，把基本內容和主要結構相同而細節卻或有異的故事歸集在一起，取同捨異，就成為一個故事類型。」「同類型的故事，故事的基本核心模式應該是相同的，如果不是同一個模式，那麼它就是另外一則或另外一型的故事。」〔註24〕所以把同一類的故事統合，擬定成一故事類型是不妥的。

（二）歸類的寬泛

故事分類的方式有很多種，「主題」是其中一種，「類型」也是其中一種，

〔註23〕同註2，頁15。

〔註24〕金榮華：《中國民間故事與故事分類》（台北：中國口傳文學學會，2003 年 3 月），頁 9、69。

兩者依據分類的要素不同，前者是依據內容，後者依據故事情節的結構。按照故事題材內容歸類收存採錄所得的各種故事，有全面性，但目的和以故事結構作分類的類型不同。同一題材的故事因敘述的不同會有不同的內容。例如，蒙古有一則笑話：惡作劇者巴拉根倉坐在路旁，看見一人頭上頂著一個瓦罐走來，就出奇不意地指著天空喊道：「看哪，天上竟有兩個太陽！」那人一聽，不加思索地也抬頭向天上望去，結果頂在頭頂上的瓦罐掉下來跌碎了。後來有人把那個頂著瓦罐走來的人說成一個有錢的地方官員，強調這是巴拉根倉對統治階層的一次鬥爭，內容的意義就不一樣了。若就故事類型看，兩者為一。若就內容看，前者入「笑話」類，後者入「機智人物」類的「勞動者機智故事」。〔註25〕故事內容題材與類型歸類的差別，就在於主題劃分往往因人而異，在判別上較不容易，而故事類型有相同的基本核心模式，在歸類上較明確。

　　袁氏說〈提綱〉「立有一批寬泛型式，正是對中國學者約定俗成的適應。」〔註26〕他認為「中國故事普遍有一個不變的主題，那就是懲惡揚善。如果一個作品既有善惡主題，又有更重要的其他主題，結構也便於歸於某一類，則根據其他主題來確定型式。如果其他主題不明，則歸入善惡恩仇大類中。」〔註27〕但如此歸類寬泛往往使故事歸類不一，檢索也不易。如下列「故事歸屬多類別」的型式：

　　213A.〔劉秀口封型〕〔註28〕

　　這是典型的逃亡脫險、落難口封型。劉秀被王莽追出，多有人神、動植物保護，隨時許願、口封。河北、河南、山西、山東、遼寧多地皆有此類故事。有一批可入神仙助人、神仙指點型、動物救人型等。

　　288C.〔借角借眼型〕〔註29〕

　　動物借角、借眼，長在自己頭上就不肯再還。此型可為結冤型之亞型。

像上列歸類兩可的型式，突顯故事從主題思想分類的難處。袁氏在「善惡恩仇」類目前的說明：

〔註25〕此部分內容節錄自金榮華：《中國民間故事與故事分類》（台北：中國口傳文學學會，2003 年 3 月），頁 64～65。

〔註26〕同註2，前言，頁 8。

〔註27〕同註2，前言，頁 10。

〔註28〕同註2，頁 86。

〔註29〕同註2，頁 107。

> 然而，它們總是與其他母題交叉存在，所以從第一類創生類中就已
> 包容了善惡鬥爭、恩仇報應。納入本類的只是宏觀上的一小部分，
> 有一些還應在後面幾類中出現方更適當。〔註30〕

或許袁氏也察覺到以此分類，故事歸類常有兩可的情況發生。他在前言說：
「無論怎樣劃分，都不可忽視講述人的出發點和作品主旨的關係，也不能忽
視人物的言行和情節的關係。」〔註31〕正如其言，講述者的立場不同，講述
的重點也不相同，若歸類太過寬泛，故事有難以判定歸屬的問題，研究者也
不易檢索資料。

　　袁學駿的〈中國民間故事基本類型〉，他雖說是框架性提綱，非類型索引
〔註32〕，然在許多人認為 AT 分類法比較不重視故事思想內容和藝術特點等的
分析和闡明，所以不適用於中國民間故事等語之時，他是首先以「主題思想」
對中國民間故事進行分類，運用「主題劃類，以情節分型」編排方式撰寫成
書的研究者，其著作對從事中國民間故事的類型研究是具有參考價值的。

第三節　祁連休《中國古代民間故事類型研究》

　　1982 年劉魁立在〈世界各國民間故事情節類型索引述評〉提到關於編纂
中國民間故事類型索引的建議：「我國歷史悠久，搜集故事的傳統也甚為久
遠，以記錄民間故事的時間的遲早而論，恐怕在世界各國很少能找到先於中
國文獻的。……從歷史的角度來分析若干故事，把在不同歷史時代記錄下來
的同一類型的故事編成索引，或將為我國民間文學研究者開拓一片新的田
地。」〔註33〕經過多年，在 2007 年 5 月終有一部相關的書籍出版，就是祁連
休的《中國古代民間故事類型研究》〔註34〕。

　　祁連休從事民間故事類型研究，是其來有自的。1992 年他編寫《中國傳
說故事大辭典》時，書中就擬定了傳說類型二十三個、故事類型四十四個。
〔註35〕他也說過：

〔註30〕同註 2，頁 98。
〔註31〕同註 2，前言，頁 10。
〔註32〕同註 2，頁 13。
〔註33〕同註 11，頁 389。
〔註34〕祁連休：《中國古代民間故事類型研究》（河北：河北教育出版社，2007 年 5
　　　　月）。
〔註35〕祁氏擬定的傳說類型有：端節掛艾型傳說、仁義胡同型傳說、耙和尚型傳說

> 我在編撰的辭書和學術著作中，還做過一些民間故事類型的梳理工
> 作。比如，在《智謀與妙趣──中國機智人物故事研究》一書中，
> 就梳理出相關的民間故事類型 324 個。編製一部名符其實的《中國
> 民間故事類型研究》，是我國民間文藝學學科建設的一項重要的基礎
> 工程。〔註36〕

可見祁連休的類型研究是「從研究機智人物故事類型始，擴展到所有民間故
事的類型研究。」〔註37〕，以下分述此書的分類與編排方式。

一、《中國古代民間故事類型研究》的取材

顧名思義本書的研究對象並非全部的中國民間故事類型，而是其中的古
代部分，時間的上限為先秦，下限為清末民初，即包括中國史學上所指的古
代和近代兩個階段。〔註38〕取材資料以歷代文言小說為主，與中國古代民間
故事類型有關的古代典籍文獻，還有諸子經籍、史書、文集、地理著作、地
方志、宗教典籍、以及變文、通俗小說、寫卷、佛教文學經典等，與當代出
版的民間文學集，旁及一些少數民族和外來文化的典籍。主要引用書目共有
377 種，還有現當代口傳故事資料，包括自上世紀二○年代以來各個階段採錄
的口傳故事資料，尤其是《中國民間故事集成》省卷本，用以勾劃出中國古
代民間故事類型在現當代流布情況的大致輪廓。〔註39〕

至於本書梳理和論析的「民間故事類型」所指的是「以狹義的民間故事
類型為主，兼及民間傳說類型，而不涉及神話類型。……本書之所以這樣確
定研究對象，是由於中國古代的民間故事類型與神話類型的界限比較明確，
比較容易將兩者區分開來，而中國古代民間故事與民間傳說關係相當密切。」
〔註40〕祁氏進一步說明：「多數的民間故事類型兼具有民間故事類型與民間傳
說的特徵，實難截然分開。鑒於此種狀況，本書在梳理和論析中國古代民間

　　等二十三個：故事類型有：灰姑娘型故事、狗耕田型故事、狼外婆型故事等
　　四十四個。參見祁連休、蕭莉編：《中國傳說故事大辭典》（北京：中國文聯
　　出版公司，1992 年 2 月），頁 14～17、25～32。
〔註36〕祁連休：〈中國故事的獨特魅力〉，《河南教育學院學報》2008 年六期，頁 15。
〔註37〕呂微：〈阿卡琉斯的憤怒與孤獨──祁連休著《中國古代民間故事類型研究》
　　讀後〉，《民俗研究》2007 年三期，頁 241。
〔註38〕同註 34，緒論，頁 16。
〔註39〕同註 34，緒論，頁 18。
〔註40〕同註 34，緒論，頁 13。

故事類型時，不但涉及兼有故事類型與傳說類型特徵，而且也涉及傳說類型，而不以狹義民間故事來界定中國古代民間故事類型。只有如此，才可能避免分類型時因為過分的拘謹而出現失誤，在一個廣闊的民間故事的傳播背景上充分展示中國古代民間故事類型的全貌，認識中國古代民間故事類型的特徵及其發展規律。」〔註41〕

二、《中國古代民間故事類型研究》的編排

本書共三卷本，內容分上下編。上編主要是說明古代民間故事類型在現當代時期的流傳情況考察所得。如，以中國古代民間故事類型的發展態勢為例，可以分為古代發展甚大和古代發展不大兩大類。倘若聯繫現當代的流傳情況來考察，每一個大類又有多種不同的發展態勢。在古代發展甚大的故事類型中，有的古今發展一直都健旺；有的古代發展健旺，現當代已基本上不在流傳。在古代發展不大的故事類型中，有的古代發展不大，現當代廣為流傳；有的古代發展不大，現當代流傳不廣；有的古代發展不大，現當代已基本上不在流傳。〔註42〕

祁氏鑑別故事類型的方式有主次的兩個考察的著眼點：以古代文獻記載為主，以現當代口傳資料為輔。「對於世界性的民間故事類型來講，儘管我們在中國古籍文獻中只發現一篇作品，我們也能毫不猶豫地認定其民間故事類型的特徵，而無須參照當代口頭流傳的諸多異文。但是對於相當一批在中國古籍中僅有一篇作品的非世界性民間故事類型來講，參照現當代採錄的各種口傳異文，方能做出準確的鑑別和認定。」〔註43〕

本書的下編依斷代條列各朝代的故事類型。分為：1.春秋戰國時期的民間故事類型；2.秦漢時期時期的民間故事類型；3.魏晉南北朝時期的民間故事類型；4.隋唐五代時期的民間故事類型；5.宋元時期的民間故事類型；6.明代時期的民間故事類型；7.清代時期的民間故事類型。〔註44〕每一故事類型列有：類型名稱、故事提要、歷代古籍文獻資料、現當代的故事篇名。並註明艾伯華和丁乃通著作的對應類型。祁氏「為了便於進行具體的對比研究，深入了

〔註41〕 同註34，緒論，頁16。

〔註42〕 參見祁連休：《中國古代民間故事類型研究》（河北：河北教育出版社，2007年5月），第二章〈中國民間故事類型的發展態勢〉。

〔註43〕 同註34，緒論，頁12。

〔註44〕 參見附錄八「祁連休《中國古代民間故事類型研究》類目簡表」。

解中國古代民間故事類型形成、發展、變異的狀況，本書將大量徵引中國古代民間故事類型的相關文獻資料的原文，個別文獻則以梗概的方式進行介紹。」〔註45〕全書共列出498個故事類型，可用 AT、ATT、ATK 類型索引分類編號的類型有170多個。

祁氏說明故事類型的確定、命名、排列到論析，均基本上不涉及「AT 類型分類法」的原因是：

> 本書所論列的五百餘個故事類型，完全是立足本國，以大量的古籍文獻中梳理、概括出來的。每一個故事類型的確定，都是以中國古代民間故事類型自身的特點為依據的，其命名也是按照中國人的思維方式並且適當參照中國學界過去的一些作法來確定的。這樣運作，不但可以關注＂AT 類型分類法＂不涉及的傳說類型，而且可以充分關注中國特有的故事類型，以其更好地展示中國古代民間故事類型的全貌，並且避免按＂AT 類型分類法＂操作時出現削足適履的種種尷尬，避免＂AT 類型分類法＂中諸如確定的類型過於寬泛、或者將一個完整的故事分為幾個類型一類的弊病。〔註46〕

內容示例：〔刮地皮型故事〕〔註47〕

> 大致寫貪官某人觀侍宴時，一伶人扮鬼神（或言貪官某任滿歸家遇一老叟），自言為土地神，是某刮地皮被捲來的，這一故事類型，初見於宋‧鄭文寶撰《南唐近事》。……

故事提要後再引用各朝代文獻原文來解說故事的演變，如：明‧趙南星《笑贊》、明‧曹臣《舌華錄》、清‧石成金《笑得好》、清‧小石道人《嘻談續錄》、清‧程世爵《笑林廣記》與現當代的故事流傳區域與篇名等。

祁連休說：「我們用以判斷時間遠近的依據乃是錄寫相關故事的古籍，並非此等故事在民間流布的實際時間。古籍刊行的時間與故事流布的實際時間顯然是存在一定距離的。」〔註48〕這就像陳泳超所說的：「民間故事的歷史：一種是記錄史，一種是其實際的生命史。前者是可以觀測的，後者就幾乎無法企及了。」〔註49〕。祁氏書中所說現當代已基本上不在流傳的民間故事類

〔註45〕 同註34，緒論，頁18。
〔註46〕 同註34，緒論，頁17。
〔註47〕 同註34，頁625～627。
〔註48〕 同註34，頁36。
〔註49〕 陳泳超：〈民間故事的記錄史和生命史〉，《河南教育學院學報》2008年六期，

型：大浴盆型故事〔註50〕、袋中奸夫型故事〔註51〕、桑中生李型故事〔註52〕、
孝媳善報型故事〔註53〕等，這些故事我們發現在現當代仍有些地區在流傳，
顯見民間故事流布之廣與生命力的旺盛。

　　趙景深曾對〈印歐民間故事型式表〉的編排方式做過評析：「我以爲還是
要先研究大類。大類似乎稍可包括一切，也許可以弄到包括無遺的地步，
而型式恐怕是永遠不會完結。」〔註54〕同樣的，對研究者來說，祁氏書的編
排方式，在瞭解各朝代故事類型的流傳概況有相當大的幫助，然對故事類型
較不熟悉或要檢索某一故事類型者而言，在資料的搜尋與掌握上就有相當
的難度。或許他日可考量以此書爲基礎，另依故事內容擬定類目統攝歸納，
編寫故事類型索引，使研究者檢索資料時更方便，而此書的檢索功能也能更
擴展。

　　祁連休說：「對於從事民間故事研究的學人而言，從卷帙浩繁的中國典籍
文獻裡面搜尋、鑑別出民間故事，將其作爲本學科的研究對象進行全方位、
多角度的探究和論析，建立起中國古代民間故事研究的學科系統，仍然是今
後一個十分艱鉅的重大使命。」〔註55〕或許因爲抱持這樣的使命感，祁連休
窮盡多年對龐雜資料的梳理成果終於呈現。誠如其他學者所說的：「此書生
動而有力的表明：民間故事不僅存在於口頭，也存在於書面，在中國這個歷
史悠久而文獻紀錄豐富的國度裡，尤其如此。因而，爲盡可能多的民間故事
展示了多種存在的可能，是祁著取得的重大創穫，也是對未來研究的重要啓
示。」〔註56〕「《中國古代民間故事類型》的學術專著，爲來日編製貫通古今
包括各個民族民間故事類型的大型檢索工具書奠定一個方面的切實基礎。」

　　　　頁23。

〔註50〕 參見金榮華：《民間故事類型索引》（台北：中國口傳文學學會，2007 年 2
　　　　月），頁 629～630。

〔註51〕 參見(1)金榮華：《民間故事類型索引》（台北：中國口傳文學學會，2007 年 2
　　　　月），頁 522～523。(2)洪惟仁：《台語經典笑話》（台北：台語文摘，1993 年），
　　　　頁 59。

〔註52〕 同註 50，頁 292～293。

〔註53〕 同註 50，頁 287～288。

〔註54〕 趙景深：〈中國民間故事型式發端〉，廣州中山大學《民俗週刊》第八期，頁
　　　　10。

〔註55〕 同註 34，緒論，頁 9。

〔註56〕 戶曉輝：〈類型：民間故事的存在方式——讀祁連休《中國古代民間故事類型
　　　　研究》〉，《民俗研究》2007 年三期，頁 261～262。

〔註 57〕此書以中國古今書籍爲主，將歷代文獻匯集呈現，對故事類型的歷史溯源與現況的探究，著者是有其重要貢獻的。

〔註57〕同註 37，頁 247。